Quarto das nossas memórias

Editora Appris Ltda.
1.ª Edição - Copyright© 2024 da autora
Direitos de Edição Reservados à Editora Appris Ltda.

Nenhuma parte desta obra poderá ser utilizada indevidamente, sem estar de acordo com a Lei nº 9.610/98. Se incorreções forem encontradas, serão de exclusiva responsabilidade de seus organizadores. Foi realizado o Depósito Legal na Fundação Biblioteca Nacional, de acordo com as Leis nᵒˢ 10.994, de 14/12/2004, e 12.192, de 14/01/2010.

Catalogação na Fonte
Elaborado por: Dayanne Leal Souza
Bibliotecária CRB 9/2162

S543q 2024	Sheikoh, Beth Granella
	    Quarto das nossas memórias / Beth Granella Sheikoh. – 1. ed. –
	Curitiba: Appris, 2024.
	    293 p. : il. ; 23 cm.
	
	    ISBN 978-65-250-6859-6
	
	    1. Amor. 2. Vida. 3. Liberdade. 4. Resistência. 5. Humanidade.
	6. Sobrevivência. 7. Sacrifício. I. Sheikoh, Beth Granella. II. Título.
	
	                                                                CDD – B869

Appris editora

Editora e Livraria Appris Ltda.
Av. Manoel Ribas, 2265 – Mercês
Curitiba/PR – CEP: 80810-002
Tel. (41) 3156 - 4731
www.editoraappris.com.br

Printed in Brazil
Impresso no Brasil

Beth Granella Sheikoh

Quarto das nossas memórias

Curitiba, PR
2024

FICHA TÉCNICA

EDITORIAL	Augusto V. de A. Coelho
	Sara C. de Andrade Coelho
COMITÊ EDITORIAL	Marli Caetano
	Andréa Barbosa Gouveia (UFPR)
	Edmeire C. Pereira (UFPR)
	Iraneide da Silva (UFC)
	Jacques de Lima Ferreira (UP)
SUPERVISORA EDITORIAL	Renata C. Lopes
PRODUÇÃO EDITORIAL	Adrielli de Almeida
CONSULTORIA LITERÁRIA	Cristina Teixeira
REVISÃO	Katine Walmrath
DIAGRAMAÇÃO	Amélia Lopes
CAPA	Eneo Lage
REVISÃO DE PROVA	Sabrina Costa

Um país não pode ser livre se as mulheres não o são.

(Abdullah Ocalan)

Agradecimentos.

Em primeiro lugar, sou grata a Deus, por me capacitar e me ajudar nessa jornada. Também quero agradecer ao meu querido guerreiro Janu, por compartilhar um pouquinho da sua história. Às mães Dellal, Nesrîn, Michele Harding e Michaela Hoffmann, que foram tão gentis em dar seus depoimentos. Aos meus amados filhos, pelo apoio incondicional. À minha consultora literária, Cristina Teixeira, que foi uma grande parceira durante essa caminhada. Ao nobre e gentil cavalheiro Siyamend Ali, diretor de mídia das Forças Democráticas Sírias, pelas informações cedidas, que foram de suma importância.

Muito obrigada a cada um de vocês que, de alguma forma, contribuíram para a realização deste projeto.

Dedico esta obra a todos os revolucionários e lutadores da liberdade.

Prefácio.

Escrever é um emaranhado de possibilidades, por isso é tão desafiador expressar o simples.

Quarto das nossas memórias é uma jornada repleta de surpresas. Criado pelas sensíveis mãos de Beth Granella Sheikoh, este livro transcende a mera narrativa, tornando-se uma celebração da essência humana.

A autora presenteia-nos com um texto singular, que desafia a invisibilidade midiática misturando um rio caudaloso de emoções, com revelações surpreendentes.

A improvável relação amorosa de uma esteticista de Santa Catarina e um soldado do Curdistão Sírio nos arrebata, envolve e inspira, tornando *Quarto das nossas memórias* uma obra essencial na literatura contemporânea que fala sobre linguagem, limites, religião, diferenças, mas sobretudo a força do povo curdo diante da dura realidade da guerra.

Beth expõe com detalhes a perseguição de uma nação sem pátria e assim mostra o abismal contraste entre as etnias. Somos gentilmente convidados a embarcar em um texto repleto de nuances que, inevitavelmente, nos levam a uma reflexão. Seu trabalho é um poderoso testemunho sobre a capacidade de resiliência humana, a força do amor entre as pessoas e a luta de um povo ancestral pela sobrevivência. Como consultora literária, nesta obra participei de uma jornada de aprendizado mútuo e de valor inestimável; e agora tenho a honra de convidá-los a mergulhar nesse instigante e misterioso universo.

Cristina Teixeira

Escritora; especialista em Dramaturgia pelo Royal Court Theatre; membro da British Association – UK e embaixadora de Turismo pela Riotur

Nota da autora.

Este projeto foi absurdamente desafiador. O fato de eu não ter formação acadêmica, nem entender de literatura, me preocupou. Tive medo e muitas vezes me senti incapaz de realizar um trabalho à altura dessa temática, extremamente delicada. Cheguei a pensar em desistir em mais de uma ocasião, ou em entregá-la a um escritor experiente. Mas, nos meus momentos de fraqueza, Janu esteve sempre ao meu lado, me encorajando a seguir em frente, e sua confiança em mim foi o meu combustível.

Quando conheci Janu, ele me contou sobre os conflitos em que estiveram envolvidos, desde a eclosão da guerra civil da Síria, em 2011. Até aquele momento, eu desconhecia a existência da etnia curda e da Revolução de Rojava. Aprendi sobre a luta desse povo pela sobrevivência e também sobre a luta das mulheres a fim de se libertarem da cultura do Oriente, tão patriarcal e opressora, imposta ao gênero feminino por milênios. A partir do momento em que soube das atrocidades realizadas, das tentativas de extermínios executadas e das injustiças impostas, nasceu em meu coração uma grande empatia e foi impossível ignorá-los. Achei as narrativas de Janu e da sua gente tão incríveis, tão fascinantes e ao mesmo tempo tão tristes, que pensei: esta é uma história feita de histórias impossíveis, uma história que eu desconhecia e que precisava compartilhá-la com o mundo.

Em primeiro lugar precisava convencer Janu de que eu escrevesse sobre sua vida. Ele sempre foi bastante reservado e expô-lo em público não lhe agradava em nada. No início relutou um pouco, mas diante da minha insistência ele acabou concordando. Em segundo, Janu nunca dispunha de tempo suficiente para as entrevistas. Por isso demorei a coletar as informações. Ainda havia a dificuldade de ele se lembrar da ordem em que aconteceram as campanhas e batalhas de que participou. Ele costumava me pedir algumas horas, antes dos nossos diálogos, a fim de recordar os eventos da guerra, que vinham de forma desordenada, aleatórios, em sua mente.

No entanto, não bastava conhecer somente a biografia de Janu. Precisava conhecer, também, sua cultura, seu povo e a atual situação em que eles viviam. Morando no Brasil e sem poder ir até Rojava, para aprofundar meus conhecimentos, tive que pesquisar e estudar tudo o que existia sobre os curdos na internet, desde os tempos antigos. Essa foi a parte fácil, mas insuficiente. Eu queria fazer contato com pessoas reais que residiam lá, que pudessem me contar sobre o seu dia a dia, me atualizar dos acontecimentos. Essa foi a parte mais complicada. Garimpei amizade com mulheres curdas por cerca de dois anos e meio. Até conseguir que confiassem em mim o suficiente para me dar seus relatos.

O povo curdo é muito acolhedor e generoso, mas cauteloso, o que é compreensível, pois já foi tão explorado, tão traído e maltratado, que ganhar a confiança deles não é simples. No entanto, quando confiam em você, é um grande privilégio, pois te tomam como um irmão, como da família. Fiz amizades verdadeiras e com isso conheci um pouco a vida da população de Rojava que as mídias internacionais não mostram. Consegui informações suficientes e pude compor a minha obra, que foi baseada nas histórias reais de cada um dos personagens. Escrevi de forma simples, numa linguagem de fácil compreensão para qualquer pessoa, de qualquer idade.

A minha maior dificuldade foi o idioma. O curdo é mais fácil de entender, mas como ele foi proibido nas escolas, desde que houve a separação do Curdistão em 1923, a maioria dos curdos das gerações anteriores a 2011 não sabe ler nem escrever na sua língua nativa. Conhecem e falam dialetos, porque aprenderam com seus antepassados e assim não os deixaram extinguir-se. Então usávamos o árabe, eu tinha que escrever e traduzir todos os textos que recebia, o que demandava muito tempo e dedicação. A tradução digital às vezes mudava o sentido das palavras, quase perdi uma amiga querida por causa disso. Janu me salvou, me pediu para enviar os prints das conversas e viu que tinha erros na tradução, que eu a chamava de "mentirosa e de louca". Nossa! Esse dia foi tenso, graças a Deus ele conseguiu contornar a situação e no fim deu tudo certo.

Desde menina queria ser escritora, costumava criar contos românticos com drama, suspense e ação. Escrevia sempre a lápis em cadernos pequenos e os guardava onde ninguém pudesse encontrar. Apesar da falta de experiência na escrita, decidi parar de sonhar e desafiar-me. A jornada foi cheia de obstáculos, mas também uma grande aventura. Descobri muito a meu próprio respeito, conheci uma outra parte de mim que nem sabia que existia e escrever este livro foi uma revolução pessoal.

Sumário.

UM.
JANU 19

DOIS.
ROJAVA 29

TRÊS.
GENOCÍDIO. 40

QUATRO.
A ÁGUA SALVADORA 46

CINCO.
QUEM É VOCÊ? 55

SEIS.
12 DIAS 65

SETE.
PRAZER EM CONHECÊ-LO 71

OITO.
A PRIMAVERA ÁRABE 81

NOVE.
ABDULLAH OCALAN. 86

DEZ.
DIAMANTE BRUTO 95

ONZE.
NOSSOS AMIGOS EM COMUM 101

DOZE.
MÁRTIRES IMORTAIS 108

TREZE.
YAZIDIS: UM CRIME DE ÓDIO.....................................117

QUATORZE.
A OPERAÇÃO NASCENTE DE PAZ..............................129

QUINZE.
UM NOIVADO NADA CONVENCIONAL.......................152

DEZESSEIS.
EVAN, O DOCE MENINO GUERREIRO 165

DEZESSETE.
AS DESTEMIDAS HEROÍNAS CURDAS 176

DEZOITO.
BARAN..185

DEZENOVE.
MEU BLOG FAZENDO AMIGOS E INIMIGOS..................201

VINTE.
PRAIA DAS NOSSAS MEMÓRIAS..............................215

VINTE E UM.
MÃES: DORES E AMORES 245

VINTE E DOIS.
DISTÂNCIA, UM MERO DETALHE 272

Um.

JANU

Trabalhar como esteticista exigia delicadeza, perfeccionismo, dedicação e pontualidade. Entender o que a cliente desejava ou precisava era crucial. A área da beleza sempre foi a minha paixão. Meu ofício se parecia com o de um terapeuta. Porém, na minha clínica as clientes não se sentavam no divã, e sim na maca durante uma sessão de massagem, peeling ou outro procedimento estético. Elas costumavam abrir seus corações desabafando comigo, me confidenciavam coisas que nunca contariam nem em confissão. Ver a satisfação delas ao se olharem no espelho e sentirem-se lindas e felizes, com o resultado dos meus serviços, me deixava muito grata.

Procurando buscar qualidade de vida, decidi mudar minha clínica para o bairro Estreito, no continente, onde morava. O trânsito de Floripa estava cada vez mais caótico, enfrentar filas todas as manhãs e tardes a fim de ir trabalhar na "ilha da magia" se tornou cansativo demais. Aluguei uma belíssima sala bem localizada e com excelente acústica num edifício comercial recém-inaugurado. Não demorava mais de cinco minutos, andando a pé, da minha residência até lá. Essa era a melhor parte e considero uma grande bênção. Além da vista panorâmica que tinha do mar e do calçadão onde costumava fazer minhas caminhadas matinais.

Meu condomínio está localizado no alto de uma colina, no lado continental, e do décimo primeiro andar eu tinha uma vista incrível! Da ponte Hercílio Luz, cartão postal de Florianópolis. Assistia aos fogos de artifício de finais de ano no conforto do meu lar. A capital catarinense ganhou o apelido de "ilha da magia" por conta das lendas de bruxas e outros folclores que os nativos contam e foram passadas de geração em geração.

Do meu apartamento via o sol nascer todas as manhãs, surgindo esplendoroso por detrás das montanhas. Seus raios refletiam nas águas do canal do estreito, que dividia a ilha de Florianópolis. Em dias de calmaria, espelhavam a vida ao redor. Confesso que me sentia privilegiada, por morar em um dos lugares mais lindos e com melhor qualidade de vida, em educação, segurança e saúde, do Brasil.

Amava meu trabalho, achava os cuidados com a saúde e aparência importantes. Mas, de um modo geral, reconhecia que tem havido um certo exagero nos últimos anos, tanto das mulheres quanto dos homens na busca pela beleza e na luta contra o envelhecimento. A cada dia, novos produtos surgiam no mercado, oferecendo resultados "milagrosos". Procedimentos estéticos, cosméticos, suplementos alimentares e acessórios vinham atraindo consumidores cada vez mais jovens, que faziam uso desmedido dessas ferramentas na busca de corpo, rosto e cabelo perfeitos. Sem falar das cirurgias plásticas para fins estéticos, em que o Brasil, diga-se de passagem, era campeão.

Cada elemento da nossa vida tem que ser na medida certa, equilibrado. Tudo em excesso deixa de ser saudável, se torna obsessivo e perigoso.

Eu era uma mulher livre e independente em todos os sentidos. Depois de um casamento fracassado que acabou em divórcio, relacionamento amoroso estava definitivamente fora de questão. Gostava da vida simples que levava com meus dois filhos adolescentes, os quais apelidei de aborrecentes, pois me deixavam de cabelo em pé. Compartilhava a guarda com o pai deles, uma semana comigo e outra com ele. Esses dois tomavam todo o meu tempo e quase me enlouqueciam. Que idade difícil. Cheios de personalidade e achavam que já sabiam tudo sobre o mundo. Ana é minha primogênita, com 14 anos, Pedro é um ano e meio mais novo, e Lili é nossa caçulinha felina, nosso xodó. Desconhecia a raça da Lili, era uma linda bola de pelos quadricolor, branca, laranja, preta e marrom, com uma cauda que parecia um espanador gigante. Ela me escolheu como sua pessoa. Todos os dias quando chegava do trabalho e abria a porta do apartamento, lá vinha Lili, toda manhosa, se esfregando em mim e pedindo colo. Dormia na minha cama e onde eu estava ela também estava, razão pela qual vivia com a roupa cheia de pelos.

Estava na casa dos 40, com planos de aposentadoria para os 60. Sim, eu diria que a minha vida seguia bem equilibrada. Depois do meu trabalho, minha segunda paixão era brincar de ser artista, uma atividade muito prazerosa. Amava pintar telas grandes a óleo, curtia todos os estilos. Para me manter em forma não abria mão das caminhadas, no calçadão da beira-mar continental; preferia ao ar livre. Nunca suportei academias fechadas, com aquelas músicas irritantes tocando no meu ouvido o tempo todo.

É! Minha vida estava muito boa, obrigada. Sem marido para dar satisfação, nem namorado, ou amigo do beijo, nada que me tirasse a paz e o sossego. Tinha meu grupinho de amigas da igreja, do livro, da pintura. Todos com reuniões muito animadas, regadas a boas conversas e boas gargalhadas.

Não queria e não desejava mudar nada na minha vida, estava tudo perfeitinho assim desse jeitinho mesmo. Pelo menos esse era o meu plano.

Na semana em que as crianças passavam comigo, de segunda a sexta-feira o ritmo seguia acelerado. Começando às seis da manhã. Nem precisava de despertador, a função de me acordar pela manhã sempre foi da Lili, que todos os dias pontualmente me chamava com seu miado, pedindo comida e água. Tentava enrolar o máximo para me levantar e dizia a mim mesma: — Só mais um pouquinho. Quando via minha felina impaciente, arranhando o colchão, mordendo meus braços, se deitando em cima de mim e me encarando com aquele olhar de julgamento, o jeito era pular da cama.

Fazia uma oração antes de sair do quarto e me preparava para mais um dia. Acordar meus filhos pela manhã exigia paciência e muito amor. Eles estavam sempre de mau humor nesse período. O Pedro demorava no banho e nunca encontrava as meias; a Ana não saía sem fazer a chapinha no cabelo. No desjejum um queria panquecas doces, o outro preferia salgadas. A cada dia, uma novidade com eles. Até deixá-los no colégio, era sempre uma correria.

A caminhada pela manhã era sagrada, me mantinha em forma e aliviava o estresse. Preferia tomar meu desjejum depois da atividade física. Iniciava na clínica às nove da manhã; apesar de todos os atendimentos serem agendados, tinha horário para começar, nunca para encerrar meu trabalho. Exceto pelas segundas-feiras, quando não abria mão das minhas aulas de pintura. Pois essa terapia maravilhosa! Me dava liberdade de transmutar-me em cada desenho que criava.

Somos sabatistas, sábado de manhã sempre foi o dia sagrado de irmos à igreja adorar ao criador do universo. Acho muito importante ensinar a meus filhos valores cristãos.

E o resto do dia, desfrutar da companhia dos bambinos, no aconchego do meu lar doce lar. Ler um bom livro, assistir um filminho romântico, tudo isso era fundamental para continuar acreditando que o amor existia.

Nunca gostei de baladas e agitos. Nos domingos de verão nosso programa favorito era curtir a praia, ficar na água até a pele enrugar, pegar jacarezinho, aquele bronzeado, depois ir ao supermercado fazer as compras da semana. No inverno aqui no litoral, o lazer se resumia a piqueniques nos parques, visitar shoppings e pegar um cineminha.

E assim seguia minha vida com meus bambinos, descomplicada, leve.

No início da primavera de 2018, não lembro o dia nem a hora exata, mas sei que estava arrumando as flores silvestres que colhi pelo caminho durante minha andança matinal. Um hábito que tinha para fazer arranjo de mesa. Recordo-me de receber uma notificação no Messenger, de um desconhecido.

O nome estava escrito em árabe, logo imaginei que fosse um desses pervertidos que ficavam enviando pornografia para as mulheres na internet. Não costumava visualizar mensagens de estranhos, mas por alguma razão, logo essa, resolvi responder. Logo de cara, não fui nada gentil com aquele desconhecido.

Era uma mensagem simples de bom dia, como vai? E, para minha surpresa, em português. Respondi que estava bem e quis saber logo quem ele era. Perguntei seu nome e o que queria.

Ele me disse:

— Sou Janu da Síria, sou curdo, não quero nada além da sua amizade.

No que eu respondi bruscamente:

— Não tenho nenhum interesse em fazer amizade com desconhecidos. Por acaso você é um desses árabes pervertidos, que ficam assediando as mulheres nas redes sociais? — Fui direta e reta.

Rapidamente ele respondeu e também foi muito franco:

— Não, não sou árabe e não sou pervertido. Quero apenas levar ao conhecimento das pessoas a causa do meu povo.

Por um momento eu titubeei e pude sentir orgulho por trás daquelas palavras. E ele continuou escrevendo:

— Mas você parece ser uma mulher muito arrogante.

Arrogante, eu? Mas que disparate, quem esse cara pensa que é para falar assim comigo? Me chamou de arrogante! Nem me conhece. Fala sério! Cara sem noção! — esbravejei.

— Se você não quiser saber de mim, nem sobre a minha luta, não tem problema. Os europeus são bem mais amigáveis e nos apoiam — terminou ele.

Que grosso, pensei enquanto teclava.

— Certo, então fique com seus amigos aí, que eu não quero saber de nada disso e adeus.

Me despedi dele ali mesmo com um emoji de mãozinha dando tchau, esperava que ele não me enviasse mais nada. Mas qual foi a minha surpresa quando ele me respondeu de volta, com um emoji de uma rosa e um muito obrigado por sua gentileza.

Só podia estar brincando. O que me deixou com muita raiva e um pouco de vergonha de mim mesma. E o meu impulso, é claro, foi de bloqueá-lo. E eu bloqueei.

Depois de algumas semanas, confesso que me senti incomodada pela minha atitude grosseira e despropositada. Afinal costumava ser muito educada com as pessoas. E aquela má-criação que eu fiz foi totalmente gratuita. Julguei sem conhecê-lo e nem dei a ele a chance de falar. E se ele fosse um cara legal? E se ele fosse um cara sincero? Afinal, ele não disse nada ofensivo. Tudo o que ele queria era amizade. Meu coração estava aflito, eu precisava resolver aquilo. De repente um pedido de desculpas, para desfazer aquela primeira impressão, afinal não se tratava apenas da minha reputação, mas da imagem do Brasil também. Nem pensar em deixá-lo achando que os brasileiros eram todos uns arrogantes insensíveis.

Quando dei por mim, lá estava eu a pesquisar quem eram os curdos, que até aquele momento só tinha ouvido falar vagamente nos noticiários. Li à beça sobre o assunto e, ao contrário do que imaginei, não eram uns tribais arcaicos que viviam em conflitos com seus vizinhos do Oriente Médio. Para minha surpresa, esse povo era uma das etnias mais antigas da Mesopotâmia, do tempo dos sumérios, medos e persas. Confesso que fiquei fascinada pela história dessa gente ancestral, posso dizer que foi amor à primeira leitura. Na atualidade a população curda é de aproximadamente trinta e cinco a quarenta milhões de pessoas, vivendo na região do Curdistão, dividido em quatro países, Síria, Irã, Iraque e Turquia, e uma minoria na Armênia, lugar que habitam desde suas origens, e também milhares deles espalhados pelo mundo, com maior concentração na Europa.

Depois de ver melhor quem era esse povo, que em seu idioma se diz "Gelê Kurd", o desbloqueei. Como costumava dizer, libertei meu prisioneiro. Numa manhã de domingo, me encontrava sozinha em casa, as crianças estavam com meu ex-marido. Me vi de bobeira, sem nada para fazer mesmo. Enquanto saboreava meu café, decidi lhe enviar uma mensagem de bom dia, que imediatamente foi respondida. Ele parecia esperar por mim. Pedi desculpas pela minha grosseria inicial, expliquei o porquê de agir daquela forma. Janu entendeu meu ponto de vista, que as mulheres sofrem muito assédio pelos homens em geral nas redes sociais.

Ele me desculpou e me disse complementando:

— Seja bem-vinda! — Então baixei a guarda e tivemos uma conversa amigável. Nos apresentamos cordialmente e decidimos deixar o mal-entendido, ou seja, a minha descortesia no passado.

— Muito prazer, sou Beth, moro em Florianópolis, região Sul do Brasil — me apresentei.

— Prazer em conhecê-la e seja bem-vinda, sou Janu da Síria — disse ele.

— Estou curiosa, não conheço nenhum sírio. Em que cidade da Síria você vive? — quis saber.

— Eu não sou sírio, apenas nasci neste país e não vivo numa cidade da Síria. Sou curdo e vivo em Qamishli, Rojava, região do Curdistão Sírio — esclareceu ele.

— Janu, estou meio confusa aqui, deixe-me organizar as ideias na minha cabeça, para entender melhor isso tudo — disse a ele.

— Se não entender alguma coisa me pergunte, eu esclareço para você — replicou.

— Bem, Janu, deixe-me entender, você nasceu na Síria, mas não é sírio, sua etnia é curda, é isso? Você escreve em português, como aprendeu a minha língua? — perguntei.

— Sim, isso mesmo. Mas não conheço sua língua, eu uso o tradutor de idiomas. Eu falo árabe, porque é a língua do país, e curdo kurmanji, a minha língua nativa — disse-me ele.

— Entendi. Eu não conheço o seu idioma nativo, me escreva em curdo, por favor, quero ver como é — pedi a ele.

— Eu não sei escrever em curdo, o governo sírio proibiu a língua kurmanji nas escolas. Eu aprendi a falar com meus pais, nossa língua era proibida antes da revolução. Muitas coisas eram proibidas para nós, não podíamos nem dizer que éramos curdos — justificou.

— Sério isso? Lamento saber. E agora ensinam seu idioma nas escolas do Curdistão e podem dizer que são curdos? — indaguei.

— Oh, sim! Agora nossas escolas ensinam aos alunos nossa língua nativa e podemos fazer tudo o que temos direito, não estamos mais sob o domínio do inimigo ditador sírio — respondeu-me.

Senti altivez em suas palavras. De fato, ele tinha um bom motivo para comemorar, pois aquela foi sem dúvidas uma grande conquista do povo curdo de Rojava. Por uns instantes me coloquei em seu lugar, pensei como seria nascer em um país em que me obrigassem a negar minhas origens, que me proibissem de falar a língua dos meus ancestrais, que existia há milhares de anos. Que me negassem a minha identidade. Procurei uma palavra que descrevesse meus sentimentos por Janu e empatia foi o que senti por ele. Fiquei pensando qual seria a palavra em curdo para empatia.

— E por que você não vai para a escola, para aprender a escrever seu próprio idioma? — questionei.

— Não tenho tempo para ir à escola, estou ocupado lutando para que nossas crianças fiquem seguras e possam estudar — replicou ele.

— Entendi. Então, Janu, você não acha a tecnologia incrível? Podemos nos conectar com pessoas do outro lado do planeta e nem precisamos entender seu idioma. O tradutor digital faz isso por nós e também podemos saber a localização um do outro. Me envie a sua localização e te enviarei a minha e saberemos exatamente onde estamos neste momento — comentei.

— Oh, não me peça isso. É proibido essas coisas. É assim que os inimigos nos encontram e nos matam — disse ele.

— Que história é essa de inimigos matarem você, Janu? O que você faz da vida? Quantos anos você tem? — perguntei assustada.

— Sou um lutador, um guerreiro, tenho 31 anos — informou ele.

— Há quanto tempo está lutando?

Perguntei com receio de ouvir a resposta, pois li muito a respeito do quanto os soldados voltavam traumatizados para casa, depois de lutarem por um curto período de tempo. Sabia apenas em teoria o que a guerra fazia com a mente de uma pessoa.

— Tudo começou em 2011 — disse-me ele.

— Oh, meu Deus, eu lamento muito por você. Não sei como é a guerra, mas imagino que seja difícil. Como é para você lutar, como se sente a respeito? — quis saber.

— Eu não sei dizer como me sinto — ele respondeu secamente. — Preciso sair agora, tchau — informou Janu despedindo-se e se desconectou subitamente. Sem sequer me dar a chance de dizer adeus.

Foi uma conversa rápida, mas interessante! Será que ele saía do bate-papo sempre assim, sem aviso prévio? Senhor Jesus Cristo! Era muito tempo para alguém estar lutando. Nem imaginava como estava o emocional dele. Será que o aborreci com minhas perguntas? Coitadinho, que Deus o abençoe e o proteja. Estarei orando por ele a partir de hoje, disse a mim mesma.

Antes de desligar olhei para a foto de perfil. Tenho que admitir que ele era diferente de todos os homens que conheci, sem dúvidas. A imagem mostrava se tratar de um militar. Nela se via Janu sentado no chão empoeirado, encostado numa parede de alvenaria, com os seus braços apoiados sobre os joelhos e suas mãos sobrepostas, como se estivesse apenas descansando. Não podia ignorar sua aparência exótica, isso foi incrivelmente marcante e o que me chamou mais atenção. A princípio achei que fosse árabe por causa do seu nome, também pelo desenho da sua barba, cor da pele e cabelos negros. Dava para ver seu colete tático militar mostrando claramente uma granada, a arma sutilmente escondida debaixo do braço esquerdo, pentes com munições variadas, um rádio entre outros acessórios. Porém, foi seu lenço floral com franjas de cores vibrantes e colocado desajeitadamente em volta do pescoço que me deixou em dúvidas sobre sua personalidade. Foi quando notei, olhando mais atentamente para a pequena foto, que na parede em que ele tranquilamente se apoiava havia várias marcas de tiros. Na verdade, o local inteiro parecia ter sido alvejado por balas de diversos calibres. E ele ali, na calçada, acomodado calmamente. Entre seus dedos, um cigarro queimando pela metade, que a julgar pela ponta da cinza parecia nem estar sendo tragado. Com a cabeça meio inclinada e olhar distante, ele revelava melancolia. Não deixei de perceber também que usava na mão esquerda uma aliança, o que indicava ser comprometido. Confesso que tudo isso me deixou confusa e intrigada, e o que era pior, muito curiosa, queria saber mais sobre a região, cultura e sobre esse meu amigo guerreiro, e resolvi pesquisar mais.

Dois.

ROJAVA

No início da revolução, Rojava tinha por volta de quatro a cinco milhões de pessoas de etnia curda. A região localiza-se na parte norte-nordeste da Síria e a oeste do rio Tigre, ao longo da fronteira turca. Conhecida também como crescente fértil, assim como as demais regiões do Curdistão. Com sítios arqueológicos que datam do período Neolítico, como "Tell Halaf", esse território pertenceu ao reino Mitani. Seu centro costumava ser o vale do rio Khabur, que hoje corresponde ao atual cantão de Jazira. Fez parte do Império Assírio, uma antiga civilização que surgiu na Mesopotâmia, por volta de 1.300 a.C. até 612. Depois disso outros povos governaram aquela localidade, tais como os aquemênidas, helênicos, romanos, sassânidas, entre outros. Além de sucessivos califados árabes, que passaram por lá. Os otomanos foram os últimos a dominar a região no século XX e foram eles também que causaram mudanças demográficas significativas ao promoverem uma limpeza étnica entre cristãos e romenos. Finalmente, com o fim da Primeira Guerra Mundial e o tratado de paz de Lausanne, Rojava passou a integrar a Síria.

Bem, quanto mais eu lia sobre Rojava e as injustiças e invasão sofridas pelos curdos daquela região, mais repulsa eu sentia por governos ditadores e opressores como o da Síria. E confesso que me sentia aliviada por ser brasileira. Aqui as coisas não eram perfeitas, estão longe disso; todavia, pelo menos temos liberdade de expressão e nunca fomos aniquilados culturalmente. O Brasil, apesar de ser um dos países mais jovens da América Latina, é democrático, multiétnico e laico também. Muito diferente do velho mundo do Oriente Médio.

Era madrugada de quarta-feira, segunda quinzena do mês de dezembro de 2018. Estávamos em clima natalino e a primavera se despedia. O vento forte assobiava agitando as redes de proteção nas janelas do meu apartamento, me acordando a todo instante. E lá pelas duas horas da manhã recebi uma notificação no Messenger.

— Rosas da manhã e jasmim. — E um emoji de uma xícara de café e uma rosa vermelha. — Como você está, querida?

Era Janu. Estranhei o adiantado da hora, no entanto decidi responder.

— Olá, que surpresa! Estou bem. E você como está? — perguntei.

— Estou bem, obrigado. O que você está fazendo agora? — quis saber ele.

— Estava dormindo, aqui no Brasil são duas horas da manhã agora — respondi.

— Peço perdão — desculpou-se.

— Nossa diferença de horário é de seis horas, então quando você está tomando seu café da manhã eu ainda estou na caminha sonhando com os anjos — brinquei.

Não acredito em coincidências, acho que tudo tem um propósito nesta vida. Precisamos apenas ficar atentos aos sinais. O vento me acordando no meio da noite, o Janu enviando mensagens. Ora, eu poderia interpretar como uma inconveniência e ter ficado chateada, ou ver como uma oportunidade de aprender algo novo com ele.

— Aqui são oito horas da manhã. Não me dei conta disso, sinto ter incomodado você. Bem, volte a dormir, nós falamos outra hora — escreveu-me ele.

— Espere! Reza a lenda que, quando se acorda uma pessoa no meio da noite, tem que pagar tributo — brinquei. Janu não entendeu meu último comentário, tive que explicar várias vezes que foi uma brincadeira. Logo vi que ele não entendia piadas.

Na verdade, eu ansiava em falar com ele. Li muito a respeito de Rojava e tinha mil perguntas a lhe fazer.

— Bem, agora que você me acordou, fique comigo e vamos conversar um pouco. Estou muito curiosa, talvez você possa me falar mais sobre a sua terrinha.

— Será um prazer ficar contigo e conversar, mas não entendo: o que quer dizer com terrinha? — replicou Janu.

— Refiro-me a Rojava, sua cidade — expliquei.

— O que você quer saber? Pergunte o que quiser e eu te esclareço — disse-me prontamente.

— Li a respeito do governo sírio tentando promover uma limpeza étnica curda, no próprio Curdistão, isso procede?

Perguntei apenas para confirmar as informações, pois já sabia a forma desumana como o governo sírio os tratava. Para ser honesta, era até difícil de acreditar. Precisava ouvir isso da boca de um curdo, que vivesse lá e sentisse na pele a marginalização e opressão a que eram submetidos.

— Sim, é verdade, o governo inimigo quis nos exterminar. E muitas cidades e aldeias que tinham nomes curdos muito antigos tiveram seus nomes trocados por nomes árabes. As propriedades dos curdos eram dadas para as famílias árabes e os legítimos donos foram expulsos das suas casas. Era proibido ensinar a língua curda nas escolas, só aprendemos a ler e escrever em árabe — me dizia ele.

— Então o governo sírio tentou dizimar a sua cultura? — perguntei pasma.

— Sim, por muitas décadas estivemos sob o domínio do regime sírio, éramos privados dos nossos direitos humanos e tentaram acabar com nossa etnia, infelizmente quase conseguiram — respondeu-me ele.

— Lamento saber disso, meu amigo. Tudo o que está me dizendo me faz sentir náuseas dessa situação — desabafei.

— Não foi só a Síria, que vem tentando tirar o nosso direito à existência, os governos de todos os países do qual o Curdistão faz parte nos querem destruir. Eles querem roubar tudo de nós. Nossas terras são férteis e muito ricas em recursos naturais, o que já não existe mais aqui no Oriente Médio — concluiu.

As palavras dele expressavam a verdade. Nas quatro regiões do Curdistão, o povo sofria repressão com extrema violência a qualquer sinal de oposição aos governos da Síria, Irã, Iraque e Turquia. Crimes de guerra e crimes contra a humanidade foram praticados contra eles. E o que mais me chocava é que isso nunca foi segredo para o mundo, mas parece que as grandes potências mundiais e os órgãos competentes, "direitos humanos", nunca interferiram. Quanto aos ativistas pró-curdos, que ousaram confrontar as ditaduras, eram silenciados rapidamente com prisão ou morte.

— Nunca mais seremos oprimidos, por nenhum ditador, lutaremos pelos nossos direitos até o fim. Pesquise sobre os genocídios que os curdos sofreram no Iraque, você vai entender o que estou te falando. O governo turco é o nosso pior inimigo na atualidade, pesquise sobre ele também. Mas não se preocupe, querida, nós vencemos e estamos livres agora — completou.

— Pode apostar que vou pesquisar sobre tudo o que me disse — respondi com entusiasmo.

— Eu tenho que ir agora. Cuide-se, querida, e até breve.

Novamente ele saiu do bate-papo sem aviso prévio e sem me dar maiores explicações e eu fiquei aqui cheia de perguntas. Como assim venceram? Eles não estão em guerra? Nossa conversa foi rápida, mas muito interessante. Depois que nos despedimos naquela madrugada, não consegui mais dormir de curiosidade. Fechei meus olhos e tentei me introduzir naquele cenário em que Janu vivia, antes de se libertarem do governo ditatorial sírio. Esforcei-me para imaginar como seria a minha vida se eu fosse uma mulher curda sem marido e mãe de dois filhos naquele país. Nem os nomes deles, segundo as nossas origens, eu poderia escolher. E que tipo de descriminação sofreríamos?

Precisei afastar aqueles pensamentos, pois fui tomada por uma profunda angústia que pesou meu coração. Me levantei, preparei uma xícara de chá de camomila, sentei-me na rede da varanda e fiquei lá até o sol nascer e seu fulgor dissipar toda a escuridão. Sempre gostei de apreciar a natureza, de ver o horizonte, de ter a sensação de liberdade de olhar para a amplitude do céu.

Quando descobri que Rojava, na língua curda, também significava "oeste e pôr do sol", algo fez sentido dentro de mim e o que mais me fascinou sobre essa região foi o extraordinário protagonismo das mulheres, que atuam no mesmo pé de igualdade com o sexo masculino, isso era realmente algo incrível. Em uma cultura extremamente patriarcal, onde o gênero feminino não tem direito à liberdade de expressão. Eu diria que um milagre aconteceu. Existia mesmo, no Oriente Médio, uma região curda, com um sistema de governo democrático e laico, que priorizava a presença feminina, tanto no campo político quanto no militar? Isso era realmente possível? Um sol que brilhava no horizonte dessa maneira tão espetacular? Isso era novidade para mim e acredito que tal feito é novidade para o mundo! Fiquei completamente deslumbrada com a região autônoma do Curdistão Ocidental, como se diz em curdo: "Rojavayê Kurdistanê", e da minha varanda contemplei um novo raiar do dia.

De repente ouvi o miado da Lili que me pedia ração, abri a porta da sacada e lá vem ela se esfregar em minhas pernas e me trazer de volta à realidade. Enquanto colocava a comida em seu pote, dizia a mim mesma: — Beth, em qual planeta você vive? Como desconhece todas essas novidades? O que você andou fazendo enquanto as mulheres curdas promoviam uma revolução, em Rojava? — questionei-me. Na verdade eu estava bem aqui cuidando da minha família e lutando minhas próprias batalhas. Senti uma súbita vontade de conhecer aquele lugar pessoalmente, de repente uma visitinha a meu novo amigo, quem sabe?

O ano letivo estava acabando e, naquela última semana de aula, as crianças passaram comigo e foi uma correria. Era a formatura da Ana, minha filha, no ensino fundamental. O Pedro ficou de recuperação em várias matérias e precisava de ajuda nos estudos para as provas finais. Minha agenda estava lotada na clínica, me vi sobrecarregada e sem tempo nem de respirar. E ainda havia aquela questão não resolvida, com Janu, da nossa última conversa, que estava me tirando o sono. Que história era aquela de estarem livres se ainda continuavam em guerra?

— *Beth, uma coisa de cada vez, você não é uma supermulher, use o cérebro, peça ajuda, delegue funções. Contrate uma professora particular para ajudar o malandrinho do seu filho e passe a incumbência de comprar o vestido de formatura da Ana para a avó dela. Trate dos assuntos mais urgentes primeiro, depois chame Seu Janu para uma conversinha. Falava comigo mesma.*

E assim eu fiz, a avó paterna da Ana, Dona Natália, ficou muito feliz em ajudar sua neta preferida com os preparativos da formatura. Devo admitir que foi de muito bom gosto a escolha de todo o conjunto. Desde as sandálias de salto médio, de tiras finas prateadas. O vestido verde-esmeralda, combinando com a cor dos olhos castanhos esverdeados de Ana. Seus longos cabelos escuros divididos ao meio, ondulados pelo babyliss, soltos sobre seus ombros e uma leve maquiagem em tons de rosa completou seu look. Senti muito orgulho da minha filha e naquele dia percebi que ela estava se tornando uma mocinha. Pode ser coisa de mãe coruja, mas Ana parecia uma princesa; mesmo depois de colocar a beca e o capelo, ela ainda continuava linda. E graças a Deus o Pedro não reprovou na escola. Aquela semana turbulenta passou e finalmente as tão esperadas férias escolares de verão chegaram.

Na semana seguinte, sozinha em casa e com mais tempo livre, me lembrei que tinha uma questão pendente com Seu Janu. Antes de dormir, decidi lhe enviar uma mensagem de boa noite, pois fazia um tempinho que não nos falávamos, devido à minha correria com meus filhos, trabalho e tudo mais. Porém, ele nem visualizou, passaram-se dois dias e nada de Janu se conectar. Comecei a questionar se deveria me preocupar, afinal desconhecia se aquilo dele sumir era comum. Me levantei pela manhã e segui minha rotina normal. Entretanto, vez ou outra vinha à minha mente a ausência dele e parecia que uma sutil inquietação despontava em meu coração. Passava das quinze horas naquela segunda-feira, estava no intervalo comendo meu sanduíche vegano de pão sírio, que eu adoro. Enquanto observava o mar agitado, lanchas e barcos indo e vindo no canal do estreito, fiquei pensando que de repente fazer uma viagem de férias, com as crianças, em um cruzeiro seria legal. Ainda meditava sobre esse assunto quando passando pela minha mesa olhei para a tela do meu laptop e vi uma notificação no Messenger. Era Janu, mentiria se negasse que senti um súbito alívio.

— Olá, querida, como vai? — escreveu-me ele.

— Como assim ganharam? Como assim estão livres? — perguntei direto.

— Eu não entendo, do que você está falando? — indagou ele.

— Refiro-me à nossa última conversa. Olha, você não pode continuar fazendo isso... — disse a ele.

— Bem, eu não estou entendendo. O que foi que eu fiz? — quis saber Janu.

— Ainda bem que perguntou, pois vou te esclarecer tudo. Por onde devo começar? Deixe-me ver... Bem, primeiro, você tem o hábito de me deixar falando sozinha. Nunca espera eu me despedir; segundo, você não me explica direito as coisas; e, terceiro, onde você estava e o que estava fazendo que não me respondeu por dias? — eu expliquei para ele.

Estava curiosa para saber o que ele me diria.

— Por que está brava comigo? Nunca te deixei falando sozinha, sempre te digo tchau antes de sair. E o que eu não te expliquei direito? E, por último, eu estava em missão, não podia usar o celular — rebateu ele. No que respondi, meio sem graça, ignorando sua primeira pergunta.

— Você me disse que estão livres e que venceram, no entanto ainda estão em guerra. Eu não entendi isso, me explique, por favor. E que missão foi essa? Posso saber do que se trata? — intimei-o.

— Não posso te falar detalhes do meu trabalho, saiba apenas que se não te respondo é porque não posso fazê-lo — disse-me Janu.

Beth, mas o que foi isso, um interrogatório? Confesso que não entendi minha própria atitude.

E Janu continuou teclando.

— Eu disse a você que estamos livres do regime ditador da Síria. Antes éramos governados e oprimidos por ele, agora nos tornamos seus adversários. Tomamos a nossa região do seu domínio e somos autônomos, não respondemos mais às suas leis e políticas. Mas não podemos deixar que o regime de Al-Bashar tome de volta nossa região, precisamos estar em alerta, ficar na defensiva e estar prontos para lutar contra eles se precisar — prosseguiu Janu. — E quanto à Turquia temos que impedir que invada mais cidades curdas, eles querem tomar Rojava há muito tempo, estamos em guerra contra o Estado de ocupação turco. Não deixaremos nem a Síria nem a Turquia tomarem nosso território, lutaremos com eles se for preciso até o último suspiro. Por isso te disse que somos livres. Você entendeu?

Bem, preciso ler com mais atenção o que Janu me escrever a partir de hoje. Para que não haja mais mal-entendidos, agora estou me sentindo meio encabulada com essa situação.

— Sim, eu entendo agora — respondi. Janu me enviou figurinhas de positivo e me perguntou:

— Você ainda não me respondeu, por que está brava comigo?

— Ora, eu não estou brava com você. Que ideia? Não há razão alguma para isso — disse-lhe não querendo dar o braço a torcer.

— Como quiser, mas eu posso sentir sua raiva daqui — retrucou Janu.

— Quem é você, um bruxo, um vidente? — brinquei.

— Não, apenas sinto sua energia — argumentou ele.

Conversamos um pouco naquela tarde, fiquei sossegada por saber que ele estava bem. Contei a ele sobre a formatura da Ana e as dificuldades que Pedro teve para passar de ano. Ele me aconselhou a ter paciência com as crianças, a não brigar com elas, apenas conversar. O que me deixou surpresa, confesso, nunca imaginei que ele entendia de educação de filhos ou tinha familiaridade de como lidar com adolescentes rebeldes. Seu Janu era mesmo uma caixinha de surpresas!, pensei comigo.

Nos meses que se seguiram nossas conversas se tornaram quase que diárias. Estávamos nos conhecendo e tínhamos muitos assuntos e curiosidades um sobre o outro e também sobre nossa cultura e costumes. Éramos de realidades completamente diferentes. Estávamos contando e explicando muita coisa sobre nossas vidas. Esse era o início de uma grande amizade.

Ele falava sobre a sua luta e do seu povo para sobreviverem e aquilo tudo me parecia surreal. Eu, que só conhecia a luz, a paz e a segurança, tinha dificuldades de entender a escuridão da guerra, em que Janu se encontrava. Parecia estar ouvindo uma história fictícia, dessas que a gente costuma ler em livros ou filmes de terror. Quem dera fosse só uma fábula, infelizmente essa era a vida de Janu e de milhões de pessoas que vivem no Curdistão nos dias atuais.

Então, depois que entendi quem eram as pessoas de Rojava, entendi também quem era Janu. Um guerreiro, um sobrevivente e um mensageiro, que usava as redes sociais para levar ao conhecimento das pessoas a verdade sobre sua luta. Parecia importante para ele me fazer entender que seu povo não era terrorista, como algumas mídias costumam rotular os curdos e quase todo o mundo árabe. Que as razões pelas quais pelejaram eram muito justas, pois tinham o direito sagrado à autodefesa, sua sobrevivência estava em jogo. Afinal, lutar para defender suas terras, lutar para exercer o direito de falar sua própria língua, de praticar sua cultura e preservar sua identidade era o mínimo que se esperava de um povo que tem princípios e amor às suas origens.

A mensagem daquele jovem curdo me pareceu um pedido de socorro. Ele queria que sua voz fosse ouvida, a voz dos seus mártires fosse ouvida, a voz do seu povo fosse ouvida; bem, eu estava disposta a ouvi-lo. Não sei se seria de grande ajuda, já que não tinha nenhuma influência política, nem sou jornalista, tampouco pertencia a grupos ativistas dos direitos humanos. Era apenas uma esteticista e mãe, que morava do outro lado do mundo e sequer falava o seu idioma. Mas acho que poderia ser uma boa ouvinte e dizer para ele: estou aqui, conte comigo. Se isso lhe servisse de algum conforto.

Um amigo virtual era algo inusitado na minha vida e francamente Janu foi o primeiro. Talvez, a minha hostilidade no início tenha sido algo positivo. Agora ele sabia que eu não desperdiçaria meu tempo com conversas vazias e nem com homens desconhecidos. Eu jamais teria dado uma segunda chance se ele tivesse sido desrespeitoso ou fútil, pois confiança era um fator importantíssimo para mim.

Um determinado dia enquanto conversávamos, senti uma sensação estranha, uma súbita curiosidade de ouvir a sua voz. Saber o tom. Sei lá, bateu uma paranoia. Se era com um ser humano mesmo que estava interagindo todo aquele tempo. Apenas mensagens de textos não eram mais o suficiente. Eu precisava dar vida a ele, não queria criar uma persona de Janu na minha cabeça. Então lhe propus o seguinte:

— Janu, ouça, estou muito curiosa para conhecer sua voz e sua língua verbalizada. Eu nunca ouvi ninguém falar seu idioma; por favor, me envie um áudio — escrevi.

— Bem, querida, o que você quer que lhe diga? — perguntou-me.

— Me fale qualquer coisa, o que você quiser. Vou te dar um exemplo com a minha voz. Um momento, por favor — disse-lhe. Em seguida enviei uma mensagem falando em português e escrevi para que ele soubesse o que eu estava dizendo. Assim que ele ouviu a mensagem, entendeu e respondeu na língua kurmanji.

— "Roj baş hevalê min tu çawa yî brazîlî." Bom dia. Como está minha amiga brasileira? — escreveu depois em português Janu. — Beth, você tem uma bonita voz, é doce e tranquila, gostei muito de ouvi-la, me traz paz — comentou ele. Agradeci o elogio e retribuí.

Ao contrário da minha voz, a dele era firme e a pronúncia, rápida. Foi a primeira vez que ouvi aquele idioma na minha vida, não entendi uma só palavra. Porém, me soava familiar, não sei explicar, senti uma sensação de ter sido remetida ao passado, tipo na Idade Média. Nada disse a ele; no entanto, fiquei impressionada.

Minutos depois, do nada, ele me escreveu.

— Sinto que te conheço de outra vida. Você não é uma estranha para mim. Acho que nossas almas já se conhecem.

E prosseguiu.

— Assista esse vídeo que acabei de te enviar, é uma música na minha língua, para você ir conhecendo e se acostumando com as palavras. Querida, tenho trabalho a fazer, vou sair. Cuide de si e das crianças. — Sem me dar a chance de responder, novamente ele se despediu e saiu do bate-papo. E isso estava começando a me irritar. Que grosseria! Nem esperou eu dizer tchau.

Tinha lido que os curdos da antiguidade eram místicos; por um momento pensei, será que ele é um desses que acreditam em vidas passadas, destino e encontro de almas?

Então assisti ao videoclipe que Janu me enviou. Não conhecia os gêneros das canções curdas, entretanto gostei da melodia, era bonita e logo aprendi a cantar.

Tomada por uma sede de conhecimento sobre as cantigas da terrinha do meu amigo Janu, entrei na internet e me pus a pesquisar. Música e canto curdo; em kurmanji, "Muzik û kurdî strana". Admito que fiquei apaixonada pela riqueza musical desse povo, que incluía em seu repertório canções, versos e prosas. Nos mais variados ritmos, alegres e contagiantes. Muitas vezes me peguei cantarolando e dançando enquanto as ouvia. Pelo que entendi, a música curda de raiz foi passada de geração em geração e parece que é assim até os dias de hoje, entoadas da forma antiga, no gogó mesmo, como se diz. Como seriam as nossas rodas de violas aqui no Brasil?

Desde então, passei a ouvir as canções curdas diariamente, para me familiarizar com o idioma, e procurava traduzir todas as músicas, a fim de saber o significado das mensagens que elas transmitiam. Dessa forma eu acabaria por aprender a falar aquela língua, até então desconhecida para mim. E às vezes me aventurava a trocar algumas palavras com o meu amigo guerreiro. O que era motivo de muitos risos, pois a minha pronúncia era horrível.

Três.

GENOCÍDIO

Segui as dicas de Janu e quis saber a fundo sobre os genocídios infligidos ao seu povo. Então, esquadrinhei tudo sobre o assunto na mídia. Eu lia a respeito das crueldades praticadas pelos governos das quatro regiões do Curdistão — Irã, Iraque, Turquia e Síria — aos curdos no último século, parecia um conto de terror. E um foi pior do que o outro no quesito desumanidade e intolerância.

Me lembrava vagamente de Saddam Hussein, que foi enforcado por seus crimes de guerra e contra a humanidade durante seu governo em 2006. Todavia, desconhecia o fato de que suas vítimas tinham sido os curdos. Não me contive de curiosidade e lá fui eu passar a noite pesquisando sobre o assunto. Tudo começou com a guerra entre Irã e Iraque no início dos anos oitenta e durou até 1988. Disputa por territórios fronteiriços, questões religiosas e políticas culminaram numa guerra que marcou a história por seu grau de violência. Devastou a economia dos dois países, que já não era boa, e deixou milhares de mortos.

Devido ao grande número de curdos vivendo no Iraque, descontentes com o regime daquele ditador e possuindo uma forte milícia armada — os Peshmergas —, o governo iraniano viu a possibilidade de usá-los como massa de manobra e tê-los como aliados, para lutarem contra Saddam Hussein. Ora, o que eles estavam pensando? Que poderiam confrontar e vencer um ditador cruel como aquele? Ou que sairiam impunes? Coitadinhos, onde foram se meter..., murmurava para mim mesma.

O chilrear dos pássaros anunciava a madrugada, meus olhos ardiam de cansaço, porém estava tão entretida, que nem vi a noite passar. De repente uma mensagem no Messenger me tirou o foco da leitura.

— Rosas da manhã e jasmim. Por que não está dormindo, querida? — me escreveu Janu. — Bom dia! Estou aqui pesquisando sobre o genocídio de Saddam Hussein contra os curdos do Iraque. E você, o que está fazendo? — perguntei.

— Sentado tomando café com um amigo — disse-me ele.

— O que significa rosas da manhã e jasmim? — quis saber. Janu imediatamente me explicou.

— O jasmim é uma espécie de flor que cresce aqui na Síria, ela é muito linda e tem um perfume especial. É como te oferecer rosas e jasmim pela manhã.

— Então está me oferecendo flores? Eu não a conheço, como é? — perguntei.

— Sim, estou — escreveu ele, com emoji de carinha envergonhada.

Em seguida ele me enviou fotos de jasmim branco, na verdade essa é a flor nacional da Síria e na língua curda se diz "Yasmine". Que cavalheiro, pensei comigo, nem me lembro quanto tempo faz que não recebo flores. Certo, agora estou muito curiosa para conhecer o cheiro dessa flor.

— Obrigada pelas flores, você é um cavalheiro. Eu estava aqui lendo sobre coisas tão tristes e revoltantes e você chegou com suas rosas e jasmim trazidas da guerra para alegrar o meu coração — disse-lhe.

— Você fica comovida porque tem bom coração, mas as coisas ruins existem e temos que aprender a conviver com isso — escreveu-me ele.

— Estou horrorizada com as atrocidades cometidas pelo governo iraquiano contra seu próprio povo — comentei com Janu.

— Os curdos não eram seu povo, por isso foram massacrados. Aquele ditador tentou dizimar uma cidade inteira com armas químicas — concluiu ele.

Janu se referiu à cidade de Halabja, situada no norte do Iraque, que em 16 de março de 1988 foi alvo de bombardeios com gases tóxicos pelo exército iraquiano. Conhecido para os curdos como Sexta-Feira Sangrenta e Massacre de Halabja, na língua kurmanji: "kûmyabarana Helebce". Cerca de cinco mil pessoas morreram e dez mil foram afetadas. Entre as vítimas fatais, a maioria delas crianças, mulheres e idosos.

— Você não acha irônico que ele tenha nomeado a campanha de Al-Anfal, com o nome do capítulo do Alcorão, para exterminar os próprios mulçumanos? — perguntei.

— Acho que os homens usam a religião para criar guerras, espalhar caos e morte e oprimir as pessoas. Por isso não acredito em nada. — Ele era franco.

Bem, parecia que Janu era um ateu, eu era cristã e me considerava religiosa, porém tinha que concordar com ele. A crença tem se tornado uma arma nas guerras, ao longo da história da humanidade.

Durante os anos de 1986 a 1989, o regime do então presidente iraquiano Saddam Hussein lançou uma campanha a fim de promover uma limpeza étnica entre os curdos do Curdistão Iraquiano. E deu o nome de um capítulo do Alcorão: "Al-Anfal", que na minha tradução quer dizer "abertura". A zona onde se desenvolveu foi o noroeste do Iraque, junto à fronteira iraniana, onde a maioria da população era curda.

— Esse genocídio durou cerca de três anos, por que outras nações não os impediram? Ficaram assistindo esse ditador cometer todas essas atrocidades e não fizeram nada? — questionei.

— Ninguém interfere porque tudo é um grande jogo de poder, político e comercial, as guerras enriquecem os países fabricantes e fornecedores de armas. As grandes potências não têm interesse na paz. Eles não ligam se estão matando pessoas inocentes, querem apenas lucrar com a morte — enfatizou Janu.

Era óbvio que Janu sabia que os conflitos do seu povo estavam longe de acabar, pois ele conhecia bem as manipulações políticas. Cada chefe de Estado defende seu interesse e se for preciso mudar de lado eles o fazem sem pestanejar.

— Infelizmente devo concordar contigo. Há quem promova a guerra e há quem a alimente, fornecendo armamentos. No entanto, não são os senhores que promovem as guerras quem vai para o campo de batalha, eles ficam em segurança em suas fortalezas — continuei.

— Enquanto os soldados são enviados para matarem e morrerem em seu lugar, e os povos massacrados não são a elite da sociedade, e sim as minorias étnicas, as menos favorecidas, como o seu povo, por exemplo — disse-lhe.

Essa campanha entrou para a história como o mais cruel, violento e desumano genocídio. Foi uma retaliação às forças militares curdas Peshmergas, do Curdistão do Iraque, que apoiaram o governo iraniano. As operações para dizimar esse povo eram bem diversificadas. Campos de concentração, ofensivas terrestres, bombardeios, destruição de povoados, pelotão de fuzilamentos, deportação em massa e por aí afora. O número de vítimas fatais, a grande maioria civis, ultrapassou os 180 mil mortos.

Fiquei tomada por tamanha perplexidade, esse assunto não só me causou profunda indignação, como também mexeu com meu emocional. Não conseguia acreditar no que meus olhos viam e muitas vezes fechava as páginas, para chorar e respirar até me recompor.

Ali Hassan al Majid, braço direito de Saddam Hussein, conhecido como "Ali químico", ganhou tal apelido por autorizar as tropas iraquianas a usarem gases venenosos — "Sarin, Mostarda e Cianeto" — contra soldados iranianos na guerra Irã-Iraque entre 1980 a 1988. Ele também é considerado o mentor do maior genocídio curdo da história e de outras etnias minoritárias, os yazidis, shabaks, turcomanos iraquianos e assírios.

Milhares de aldeias e povoados foram devastados, principalmente nas áreas rurais do Curdistão Iraquiano. Estima-se que cerca de um milhão e meio de pessoas foram deslocadas. Houve uma mudança demográfica significativa naquela região. Os curdos eram expulsos das suas propriedades e em seu lugar assentavam famílias árabes, trabalhadores dos campos de petróleo. O ditador Saddam Hussein adotou a mesma tática política, de arabização, do governo sírio em seu país.

Por um momento parei de teclar para respirar, não sabia o que dizer diante de tanta dor.

Sei que não foi suficiente, porém alguma justiça foi feita em nome das vítimas desses monstros. Condenados e executados pelo supremo tribunal de justiça iraquiano, Saddam Hussein foi enforcado no dia 30 de dezembro de 2006 e Ali Hassan al Majid em 25 de janeiro de 2010.

— *Beth, às vezes a ignorância é uma bênção, o que você não vê você não sente* — *resmunguei para mim mesma antes de deixar de lado aquele assunto que me causou tanta aflição. Quando percebi já estava na hora de tomar banho e me preparar para ir trabalhar. As conversas com Janu me faziam perder a noção do tempo.*

— Bem, querido, eu preciso sair agora, está na minha hora de ir trabalhar. Tenha um bom dia, que Deus te abençoe e te proteja. — E assim encerrei nosso bate-papo.

— Cuide-se também e envie minhas saudações a seus filhos — despediu-se ele.

Naquele dia tentei seguir minha rotina normal, porém era difícil esquecer da conversa com Janu e tudo o que acabara de saber. Fui até o quarto dos meus filhos, que dormiam com conforto e segurança. Em cima da cômoda de Ana ainda estavam guardadas as sandálias de salto médio de tiras finas prateadas. O vestido verde-esmeralda, combinando com a cor dos seus olhos castanhos esverdeados. Agradeci a Deus por me dar condições de cuidar deles. No entanto, meu coração continuava aflito por todas as vítimas dessas guerras insanas. Pelas crianças que não tinham mais suas mães para cuidar delas, nem comida, água potável, uma cama quentinha e segurança. Fiz uma oração pela humanidade, especialmente pelos órfãos e as viúvas, que são de fato as maiores vítimas de todas as tragédias, e até mesmo por Janu, que não acreditava em mais nada. E também pedi a Jesus Cristo que os conflitos em Rojava acabassem e que Janu e seu povo pudessem viver em paz. Como cristã, interceder por eles era tudo o que eu podia fazer.

Quatro.

A ÁGUA SALVADORA

A minha rotina matinal havia mudado nos últimos meses. Antes de sair para trabalhar, passou a ser prioridade verificar as mensagens do meu amigo guerreiro e conferir se ele estava bem. Achava muito atencioso da parte de Janu todas as manhãs me enviar saudações, que sempre começavam com a mesma frase. "Rosas da manhã e jasmim. Como foi seu sono, querida?" Um emoji de uma rosa vermelha e uma xícara de café. Nosso bate-papo era sempre rápido durante a semana, por conta das nossas vidas atarefadas. Quando tínhamos mais tempo, nos feriados, ele me falava, na medida do possível, é claro!, do seu trabalho e das batalhas que participou, sem entrar em detalhes, e parecia não gostar muito de relembrar o que vivenciou todos aqueles anos. Se eu fizesse perguntas diretas sobre isso, ele simplesmente não respondia e mudava de assunto.

Não sou psicoterapeuta, entretanto meus anos de experiência trabalhando muito próxima das pessoas me concederam um olhar clínico sobre a personalidade de cada um. Eu estava começando a entender quem era Janu, o guerreiro, e quem era Janu, o ser humano. E precisava aprender a lidar com cada um deles.

As conversas com meu amigo curdo eram sempre um aprendizado, sobre geopolítica, conflitos, mas principalmente valores humanos, solidariedade, patriotismo e resistência. E ao ouvir suas histórias percebi que nunca fiz nada para ajudar outras pessoas. Cuidei apenas da minha vida e dos meus interesses. Fazendo uma reflexão mais profunda, comecei a ficar incomodada e me questionar, serei mais um ser humano a nascer, crescer, reproduzir e morrer sem deixar nenhum legado para o mundo?

Confesso que me sentia inútil comparando-me ao Janu e às mulheres do seu povo. Então passei a olhar a vida sob outra perspectiva, e sair da minha zona de conforto, do meu comodismo, era imperativo. Só não tinha ideia de por onde começar.

No início tive muita dificuldade para compreender a guerra da Síria, o envolvimento dos curdos e a participação de outros países naquele conflito. Admito que às vezes dava um nó no meu cérebro, tentando assimilar todo aquele caos. Reconheço o quanto Janu foi paciente comigo, se esforçando para sanar todas as minhas dúvidas e me fazer entender da melhor maneira possível a realidade em que vivia. Porém entre nós existia o problema do idioma, usávamos o tradutor digital, que não é cem por cento seguro. Acontecia de mudar o significado das palavras, e isso dava a maior confusão.

Minha manhã de sábado começou como de costume, mas quando abri meu laptop vi uma notificação no Messenger, era Janu, que me enviou uma saudação de bom dia, em curdo, que se diz "Roj baş", vi que ele estava conectado, não resisti, me servi de uma xícara de café e sentei-me na cama, para mandar um oi. Nossa conversa começou como sempre com papos formais. Ele me perguntou como estavam as crianças. Respondi que tudo bem, aquele era o final de semana deles ficarem com o pai. De repente, senti um impulso e escrevi: — Eu quero te ver agora. Achei que estava na hora de dar o próximo passo e conhecer meu amigo misterioso, que até então conhecia apenas pela exótica foto do perfil, que poderia ser ou não dele. Estava muito curiosa para ver como ele era ao vivo e em cores, vínhamos conversando há vários meses, queria me fazer conhecer também. É, eu estou pronta, pensei comigo. Vai ser hoje. Fui direta e disse: — Eu quero te conhecer, vamos fazer uma chamada de vídeo? Janu demorou para responder, achei que ia recusar.

Alguns minutos depois ele me enviou: — Também quero, mas se não entendemos o idioma um do outro, como faremos? — perguntou. — Bem, vamos apenas nos ver. E também podemos escrever durante a chamada. Dará um pouco de trabalho porque teremos que traduzir o que o outro escrever, todavia será possível nos comunicarmos assim — respondi. Ele concordou. Me pediu para esperar meia hora, pois precisava terminar um trabalho e depois iria para o quarto onde teria privacidade e me ligaria.

Tenho que admitir, senti um frio na barriga e minhas mãos começaram a suar. Parecia uma adolescente prestes a ter seu primeiro encontro romântico. Nunca tinha feito isso na vida, nem sabia como agir, mas estava determinada a conhecê-lo e tinha que ser naquele momento. Passaram-se quarenta minutos, uma hora e nada dele ligar, porém continuava conectado. Não queria parecer chata, nem forçar a barra, mas escrevi: — Oi. Você está aí? Sem respostas.

Comecei a pensar que ele não era quem dizia ser, talvez nem fosse um homem. E mil questionamentos brotavam na minha mente.

Será que estou sendo enganada aqui? Por que ele está me ignorando? Deve estar falando com outra pessoa, só pode. Quando havia desistido, estava prestes a sair da conversa, Janu me respondeu:

— Desculpa, querida, tem uns caras aqui comigo, impossível fazer a ligação.

— Que pena, eu estava tão animada para nós conhecermos agora — lamentei.

— Também estou ansioso por isso, mas não tenho privacidade aqui e não vou deixar ninguém ver você — escreveu-me ele.

— Por que seus amigos não podem me ver? — perguntei.

— Não são meus amigos, são camaradas, eu tenho ciúmes de você, ninguém deve te conhecer, apenas eu — disse-me ele.

Porém, a atitude dele de zelar pela minha imagem revelou muito do seu caráter. Imaginei ele falando comigo em vídeo e me mostrando a outros homens desconhecidos, e eu nem entendia seu idioma. Só para se exibir aos seus "camaradas", como ele os chamava. Achei aquela ideia repulsiva, eu odiaria ser exposta como um troféu.

— Você pode me mandar sua foto? — me perguntou.

Estranhei, até aquele momento Janu nunca me pedira isso. Pensei por um instante.

— Primeiro você — respondi. Rapidamente, recebi sua foto. A imagem mostrava um dia ensolarado, ele estava sentado em cima do capô de um veículo militar. Deitado confortavelmente, em suas pernas, um belo cão branco, peludo, bem cuidado, e ele o acariciava. Ao seu lado um jovem soldado aparentando ter menos de 20 anos, com uma barba rala no rosto e expressão serena, vi uma certa semelhança entre eles, pareciam irmãos, no entanto não quis perguntar quem era aquele jovem combatente. Achei que se Janu quisesse me falaria dele. Atrás deles, uma bandeira, agitada pelo vento, nas cores amarela com bordas verdes e a sigla "YPG", que parecia estar fixada no mesmo carro.

É incrível! O quanto podemos saber sobre uma pessoa por meio de uma simples imagem. Ela revela seu estado de espírito e nessa imagem sua expressão era feliz, havia mais brilho em seu olhar, diferente do retrato de perfil em que seus olhos evidenciavam melancolia e sua expressão facial era de desalento. Janu usava sobre os ombros o mesmo lenço floral de cores vibrantes e também o mesmo boné preto bem surrado da foto de perfil. Perguntei se a fotografia fora tirada naquele exato momento em que estávamos falando.

— Não, essa foto é de 2015, foi tirada enquanto lutávamos contra o Estado Islâmico na cidade de Al-Hasakah.

— Eu quero uma selfie, tire uma agora e me envie — exigi.

Escreveu-me ele: — Não posso fazer isso, por causa do meu trabalho, desculpa, querida, espero que entenda. — E completou: — Agora é a sua vez.

Dei uma rápida olhada no espelho, tentei arrumar os cabelos bagunçados, pois tinha acabado de acordar, uma ajeitadinha no pijama de cetim azul-céu que usava. Sentei-me na cama e tirei uma selfie, que lhe enviei. No mesmo instante ele curtiu com um emoji de carinha apaixonada e me disse que essa era sua cor favorita, pois representava o céu, o infinito e a vida e combinava com meus cabelos dourados e minha pele branca. Também confessou que eu era muito bonita. Agradeci. E o elogiei de volta, para retribuir a gentileza. Fiquei surpresa com sua reação, nem imaginava que ele fosse observador ou sensível.

— Obrigada, você é muito gentil. Ora, temos algo em comum, gostamos da mesma cor e de animais, meus bichos preferidos são gatos e cães. — E como resposta recebi muitos corações azuis. — Como se chama seu cão? — perguntei.

— O nome dele era Bobby, ele viveu comigo por um ano e meio, então os inimigos o mataram — revelou-me Janu.

Em seguida, enviou-me fotos deles juntos, em muitas situações diferentes, dormindo, comendo, descansando embaixo de uma árvore.

— Lamento por seu cão. Por que o levou consigo para a guerra? — quis saber.

— Ele foi me dado por um mártir amigo meu durante a guerra. Por um ano e meio ele esteve comigo em todas as batalhas. Ele nunca deixou ninguém se aproximar de mim, até no quarto em que eu dormia eu estava sozinho, porque ele não deixava ninguém entrar, ele os mordia. Ouça, querida, isso é importante! — prosseguiu Janu. — Naquela época, estávamos em uma aldeia nos arredores de Al-Hasakah. Os camaradas não podiam nos enviar água e comida, havia uma tempestade de areia, isso é muito comum aqui. O fato é que éramos cerca de trinta pessoas, só tínhamos comida, sem água para beber ou lavar o rosto. Acontece que eu tinha enchido um balde de água para o Bobby e todos nós bebemos da sua água naquele dia até a noite. Os caras riam e diziam: "Agora somos os irmãos de Bobby". Ele nos ajudou compartilhando a sua água e por isso nós aguentamos.

Janu fez uma pausa de alguns minutos e então escreveu: — Quase um ano depois, ele morreu durante um confronto.

Não tive coragem de perguntar a Janu detalhes da morte de Bobby. Achei melhor não o fazer reviver a dor da sua perda, pois não deveria ser nada fácil para ele, deixe-o se lembrar só dos bons momentos com seu amigo canino, pensei comigo.

— Naquela noite os camaradas chegaram com água e comida — concluiu Janu.

— Ele era seu anjo da guarda. Sua água matou a sede de trinta pessoas, sua alma matou a sua solidão. Os animais são nossos mais leais amigos, você teve sorte de tê-lo ainda que por pouco tempo, mas valeu a pena — disse a ele.

Era de fato uma linda parceria de amor mútuo, dava para notar o quanto Janu o amava, pela forma empolgante como falava sobre ele e da saudade que sentia. E isso me deixou muito tocada.

— Janu, você se importa de me falar um pouco mais da luta contra o Estado Islâmico? — perguntei.

— O que você quer saber? — indagou-me.

— Me fale como foi em Al-Hasakah ou de algo que você considere relevante — pedi a ele.

— Não me lembro de muita coisa, foram dias difíceis de confrontos e martírios, vi muitos amigos morrerem nos meus braços e matei muitos inimigos também. Pessoas como eu esquecem de muitas coisas — disse-me ele.

— Eu imagino que não seja fácil para você relembrar tudo o que passou. Me desculpe por te pedir isso, foi insensibilidade da minha parte — escrevi.

Entendi o que ele quis dizer: "Pessoas como eu esquecem as coisas". Esquecer os fatos traumáticos é uma proteção. Como seria lembrar todos os dias de tudo o que vivenciou?

Ele demorou para me responder, vi que se desconectou. Achei que tinha desistido da conversa, quando finalmente escreveu:

— Querida, se entendêssemos a língua um do outro, para te contar sobre minhas lutas, você entenderia melhor. Venha para Rojava e me sentarei com você e te contarei tudo, das batalhas que participei, da luta do meu povo e tudo mais que você quiser saber — concluiu Janu.

— Está me convidando para ir a seu país? — perguntei surpresa.

Surpreendente mesmo foi a resposta que Janu me deu:

— Estou te convidando para vir à minha casa. Será minha convidada. Você tem grande interesse pela história do meu povo, tem um bom coração. Será uma honra te receber em minha casa.

— A honra será toda minha. Obrigada pelo convite, você é muito gentil — agradeci.

Depois de alguns minutos, Janu me escreveu:

— Ouça, querida, isso é importante. Tem um fato que aconteceu na campanha de Al-Hasakah que me lembro — prosseguiu ele. — Em 2015, o Estado Islâmico ocupou parte da cidade, algumas aldeias e cidades adjacentes estavam em suas mãos. Os camaradas de lá pediram apoio, então o comandante em Qamishli decidiu enviar tropas. Nós fomos lá ajudá-los. Eram cerca de cinco ou seis grupos, cada grupo variava o número de pessoas, alguns tinham quarenta integrantes ou menos. Nossa equipe foi enviada para o deserto. Andamos dez quilômetros atrás da cidade e começamos a lutar contra o Estado Islâmico e lutamos por dias, até chegarmos à cidade, e lá havia nossas forças lutando também. Al-Hasakah é uma cidade grande e os inimigos tinham capturado parte dela. Então nossas forças impediram que avançassem e ocupassem toda a cidade. Sabemos bem como o Estado Islâmico luta e pensa, porque lutamos contra eles por anos. Em cada aldeia que libertamos, sabíamos que eles iriam atacar novamente ou enviar carros-bombas. Libertamos Al-Qara e avançamos, o Estado Islâmico sitiou a cidade. Um dia libertamos uma aldeia e havia muitos civis ali, pedi para eles saírem porque haveria um ataque. Eles não aceitaram. Disseram: "Ficaremos com vocês". O inimigo ficou confinado a um pequeno ponto entre nós e a cidade. Lutamos a noite toda até o dia amanhecer, estávamos muito cansados, havia camaradas dormindo, outros deitados descansando. Então resolvi verificar os soldados, pois estavam espalhados pela aldeia. Saí para averiguá-los do outro lado.

Pulei um pequeno muro para ver o deserto. Foi então que avistei um carro-bomba que se aproximava da vila, em alta velocidade, não havia distância o suficiente entre nós para detê-lo, então resolvi enfrentá-lo para que não entrasse na vila — prosseguiu Janu. — Eu estava numa casa no início da aldeia, levantei minha arma, uma Kalashnikov, botei sobre o meu ombro e atirei contra ele. Não sei se você sabe, querida, as balas comuns não avariam carros armadilhados, porque eles são cheios de ferro para evitar serem atingidos. Então eu gritei aos meus camaradas adormecidos para se protegerem das explosões de retaliação que certamente viriam. O carro-bomba se aproximou rapidamente da casa onde eu estava. Não tinha nada para me proteger, me joguei no chão e ele passou rente a mim, invadiu a próxima casa e por fim explodiu a cerca de oito metros de distância. A minha salvação foi uma parede feita de reboco que miraculosamente ficou em pé. Fiquei muito impressionado naquele dia, achei realmente que seria o meu fim. Nenhum soldado companheiro foi atingido, mas infelizmente um jovem pastor de apenas 10 anos morreu. E uma idosa também foi ferida, eu prestei os primeiros socorros, mas ouvi depois que ela também morrera — disparou Janu a escrever.

Fiquei muito impressionada com sua narrativa, e o interrompi.

— Meu Deus! Então você impediu um ataque naquela aldeia.

— Sim, querida, se ele tivesse entrado no meio da aldeia, teria havido grandes perdas e teríamos sido martirizados. Mas quando o enfrentei o obriguei a se explodir logo na entrada na segunda casa.

— Graças a Deus você está vivo — comentei.

No que ele me respondeu: — Desde 2012, nunca esperei ver o amanhã. E muitas vezes perguntei a Deus por que meus amigos já se foram e eu ainda estou aqui — desabafou ele.

— Eu chamo isso de milagre. Deus deve ter planos para você, sua missão aqui ainda não acabou. Acredite, querido Janu.

— Não sei se acredito nisso, só sei o que vejo e o que posso fazer — disse-me ele.

— Entendo o que você está dizendo, mas, acredite, há coisas além da nossa compreensão. Se puder te dar um conselho, te peço que reflita sobre tudo o que já passaste e me diga depois, quantas vezes sua vida foi poupada miraculosamente, e então começará a acreditar nas coisas que seus olhos não veem, que existe um Deus que cuida de você — enfatizei.

Ele nada respondeu e prosseguiu:

— Então continuamos avançando e libertando as aldeias. Os que morreram pelas mãos do Estado Islâmico morreram, os que fugiram, fugiram. Depois de alguns dias, chegamos em Al-Hasakah e finalmente, dias mais tarde, tomamos a cidade das mãos dos terroristas. Pesquise na internet sobre a invasão do Estado Islâmico, em 2015, nessa cidade, para saber mais da história — finalizou Janu.

Naquela manhã a chamada de vídeo não rolou. Todavia, a conversa com ele foi muito proveitosa, até ali Janu nunca tinha me falado nada específico de nenhuma das batalhas em que lutou.

Confesso que fiquei mais interessada em conhecê-lo agora. Sua história de vida me fascinava, parecia um daqueles heróis de filmes de ação, que eu costumava assistir na tevê. Antes de nos despedirmos disse-lhe que iria à igreja e oraria por ele. Janu me agradeceu e me desejou um feliz sábado. Por acaso naquele dia o sermão era sobre fé. O texto bíblico que o pastor usou como referência foi do livro de Hebreus, capítulo onze, versículo primeiro, em diante. "Ora, a fé é o firme fundamento das coisas que se esperam e a prova das coisas que não se veem."

Quando o orador leu esse verso em particular meu coração sobressaltou. Eu já tinha ouvido sermões com esse tema muitas vezes, no entanto aquele dia parecia diferente, era como se Deus estivesse falando diretamente comigo. "Tenha fé que tudo é possível." Fiquei perdida em meus pensamentos durante o restante do culto.

Comecei a cogitar a ideia de conhecer Janu não tão somente pela câmera, mas poderia fazê-lo pessoalmente, ir até o seu país ou ele vir ao Brasil. Nossa! Senti meu coração palpitar naquele momento. E saí da igreja naquela manhã cheia de esperança.

Cinco.

QUEM É VOCÊ?

Para entender a atual situação desse povo, tive que voltar no passado e estudar suas origens, de volta à Idade Média. Quanto mais eu conhecia sobre eles, mais apaixonada ficava; a cada descoberta que fazia, mais e mais a minha curiosidade se instigava. Não se tratava de uns tribais selvagens, que viviam de rixas com seus vizinhos, como imaginei no princípio. Trata-se da quarta maior etnia proveniente do Oriente Médio, árabes em primeiro, seguidos pelos persas e turcos. Os curdos são um povo muito antigo, originários das planícies da Mesopotâmia, territórios que abrangem os rios Tigres e Eufrates e as cordilheiras Zagros e Tauros, e dos planaltos que hoje compreendem o sudeste da Turquia, nordeste da Síria, norte do Iraque, noroeste do Irã e sudoeste da Armênia.

À medida que eu aprendia sobre suas origens, compartilhava tudo com Janu e debatíamos sobre os assuntos. Ele admirava meu interesse e empenho pelo conhecimento do seu povo. E se mostrou muito interessado em saber mais da minha vida pessoal também. Todas as vezes que me via online à noite, me perguntava: — Por que não está dormindo? O sono é importante para sua saúde — dizia-me ele. No que eu retrucava: — E quanto a você, o que fazes fora da caminha? — Nossa diferença de horário é de seis horas e quem parecia nunca dormir de fato era ele.

Que Janu era um guerreiro eu já sabia e que ele estava na guerra desde o início também. Mas desconhecia sua vida pessoal. Certa noite, lá pelas três da manhã, fazia muito calor e meu ar-condicionado não estava funcionando. Então me levantei e fui até a sacada da sala para me refrescar com a brisa que soprava do mar, enquanto apreciava o silêncio da madrugada. — Ah! Como é bom essa quietude. Obrigada, Jesus Cristo, por isso. Agradeci ao Criador do universo por toda a beleza que havia ao meu redor.

Em frente ao meu condomínio, havia uma praça e duas grandes árvores, que abrigavam muitas espécies de pássaros à noite. E mais ou menos nessa hora começava o cantarejo deles. Um verdadeiro festival de cantos nos mais variados timbres, parecia que um queria se exibir mais que o outro. E ao longe se ouviam latidos de cachorros, o que era muito comum na vizinhança.

Sem sono, decidi dar uma espiadinha no Facebook. Minutos depois recebi uma mensagem de Janu.

— Por que não está dormindo? — perguntou-me.

— Estou com insônia e sinto muito calor — respondi.

— O que você está fazendo? — quis saber ele.

— Nada, sentada na varanda apreciando a paisagem e tomando um ar fresco — esclareci.

— Também não faço nada. Estou na cama, aguardando minha irmã me trazer o café — escreveu ele.

— Legal, vamos fazer nada juntos? — brinquei. Não sei o que Janu entendeu, mas me enviou emojis de carinhas envergonhadas.

— Aguarde um momento, por favor, quero que veja algo — pedi.

Fiz um vídeo curto do meu bairro, Estreito, iluminado pela lua cheia. Dava para ver ao longe boa parte das montanhas e o mar que rodeiam a ilha de Floripa. O Morro da Cruz, onde ficam as emissoras de tevê locais. Os inumeráveis conjuntos habitacionais e luxuosos edifícios. A ponte Hercílio Luz, reluzente pela decoração natalina, completava a paisagem. No clipe era possível ouvir a algazarra dos pássaros anunciando um novo dia.

Depois de enviar o vídeo a Janu, me senti mal. Parecia que estava me gabando, pois sabia da frequente falta de eletricidade em sua casa e que ele vivia de forma humilde. Acho que por um momento me senti culpada, pelo meu conforto e pela minha vida ser melhor que a dele. Talvez isso tenha sido uma má ideia. O que ele pensará de mim? Mas era tarde demais, Janu tinha visualizado o clipe. Não tinha como apagar. Fiquei apreensiva, os minutos foram se passando e tudo estava em silêncio.

— Você vive em uma linda cidade, "minha casa". E eu amo a noite e a lua — finalmente disse ele.

— Oi? "Minha casa"? Não entendi — indaguei.

— Sim, querida, seu nome, Beth, no idioma árabe, significa "minha casa" — explicou-me.

Oh, sério! Taí. Gostei. Então, sou sua moradia, seu abrigo. Brinquei. Janu não respondeu. Apenas curtiu com um emoji de uma rosa vermelha como sempre fazia. Talvez eu estivesse sendo um pouco atrevida, pensei comigo mesma. Melhor moderar minha linguagem de agora em diante.

Logo em seguida, ele me enviou uma foto do seu café da manhã. Em cima da cama, entre um cobertor floral rosa, podia ver uma bandeja de prata, nela tinha ovos mexidos, morangos e algumas rodelas de kiwi. Todos bem arrumados, em pequenos pratos que pareciam ser de porcelana. O café aparentava ser forte. O jogo de xícara e pires eram brancos, com acabamento dourado nas bordas. Confesso que me surpreendi com o que vi ali, tudo parecia ter sido preparado com muito carinho e capricho.

— Sua irmã deve te amar muito, vejo que é muito cuidadosa também — comentei.

— Sim, minha irmã Jihan cuida de mim como minha mãe — respondeu-me.

Achei estranho que sua irmã estivesse preparando o café da manhã. Isso não deveria ser tarefa da esposa dele? Bem, talvez a Senhora Janu estivesse ocupada com outros afazeres, cuidando das crianças, ou nem estivesse em casa, vá saber.

— Ouça! Nós dois estamos aqui mesmo de bobeira, o que acha de me falar um pouquinho de você? — perguntei.

— O que você quer saber sobre mim, querida? — indagou ele.

— Eu quero saber tudo a respeito da sua vida — retruquei.

— Sou uma pessoa normal, não tenho muito o que contar — disse-me ele.

— Duvido. Vamos lá, meu amigo guerreiro, não seja modesto. Você deve ter uma vida cheia de emoções e aventuras, me conte um pouquinho, por favor — insisti.

Ele não escreveu de imediato. Achei que tinha sido inconveniente, pois costumava ser discreta e nunca fazia perguntas pessoais. Posso ter passado dos limites hoje. Fiquei matutando.

Até que finalmente ele respondeu:

— Você acha que viver por anos em uma guerra e ver seus amigos, vizinhos e camaradas morrerem na sua frente é uma simples aventura? Ou é emocionante? — Pude sentir um ar de reprovação em suas palavras.

— Olha, me expressei mal. Peço desculpas, não quis ser sarcástica ou insensível com sua luta. Me referia à sua vida antes da guerra, você deve ter tido uma vida normal, certo? Mas não precisa me contar nada, eu retiro a minha pergunta. Tchau, tchau, tenha um bom dia. — Me despedi e saí do bate-papo.

Sei que coloquei mal as palavras, me senti chateada com isso e perdi a vontade de continuar a conversa.

Sem esperar, recebi nova mensagem.

— Beth, sei que você não está fazendo piadas — escreveu ele. Me chamou pelo meu nome, isso não era nada bom. Está zangado com certeza! Eu já o conhecia, o suficiente para saber que estava bravo ou impaciente, pela forma como escrevia.

— Olha, esqueça esse assunto. Está bem? Não precisa me dar explicações, é a sua vida particular, tem o direito de mantê-la em privacidade — repliquei. Eu não sei se estava de TPM, meus hormônios estavam alterados e me sentia mais sensível do que normalmente sou, mas cada resposta pouco gentil de Janu naquele dia me irritava. Me arrependi de ter começado o assunto e minha vontade era de encerrar o bate-papo.

Acho que sem querer fiz uso da psicologia reversa e de repente Janu começou a abrir o verbo. O que me surpreendeu muito.

— Eu não quis ser duro contigo, não tenho segredos. Se é importante para você saber tudo sobre mim, então te direi. — E ele prosseguiu: — Eu não era uma criança normal, queria fazer algo diferente na minha vida. Frequentei a escola só até os 8 anos. Queria trabalhar, viajar, ver como era o mundo lá fora. Conhecer outras pessoas, outras culturas, aprender outras línguas. — Fiquei em silêncio, não quis interromper seu desabafo. Janu continuou escrevendo.

— Desobedeci à minha mãe. Abandonei a escola e saí a vender cigarros nas ruas do meu bairro. Depois disso comecei a trabalhar com frutas e verduras e fazia entregas nos mercados da cidade. Na idade militar, servi dois anos no exército sírio, isso era obrigatório. Depois de ser dispensado, viajei para o Líbano, Turquia e Iraque. Quando a guerra começou na Síria, eu voltei para lutar pela minha pátria e proteger a minha família — concluiu.

Vi naquele momento que seu futuro e seus sonhos lhe foram roubados, destruídos. Por uma guerra que ele não começou e nada tinha a ver. E se Janu não tivesse retornado para a Síria? E se tivesse seguido para a Europa ou América? Como teria sido a sua vida, se tivesse tomado outra decisão? Apesar de me sentir compelida a uma grande compaixão, admirei a sua nobreza. Não poderia esperar outra coisa dele.

Aproveitando que ele estava disposto a falar, continuei perguntando animada:

— Preciso de mais informações — insinuei.

— O que mais posso te dizer? — perguntou ele.

— Que tal seu signo, tipo sanguíneo, quantos irmãos tem? Seus pais ainda vivem? Sua comida favorita. — Enfileirei um carretel de perguntas de uma só vez.

— Não tenho comida favorita, já passei muita fome e sede na guerra, gosto de qualquer coisa e sou grato por ter o que comer. Não sei meu tipo sanguíneo e não sei o que significa signo — disse-me ele.

Tinha me esquecido que ele havia me falado de quando passou fome e sede. E muitas outras privações, como a falta de medicamentos para os feridos e também de cobertores para suportar o frio e de que no inverno a temperatura ficava abaixo de zero. Que ideia a minha achar que Janu saberia sobre signo, se nem com futebol ou com o carnaval daqui do Brasil ele se importava.

Continuou ele:

— Minha mãe se chamava Terfa, ela faleceu, recentemente. Em minha família tem quatro meninos e quatro meninas, sou o mais novo deles. As meninas são todas casadas. Meus três irmãos e uma de minhas irmãs vivem na Europa, outra vive na Turquia e a outra no Líbano. Aqui em Rojava, somos eu, minha irmã Jihan, seus filhos e meu pai. — Janu foi curto e grosso.

— Lamento muito pela sua perda, me desculpe por perguntar sobre sua mãe, não imaginei isso — disse a ele.

— Você não sabia, não há do que se desculpar, querida. Minha mãe foi a pessoa mais importante da minha vida. Eu a amava muito, ela era tudo para mim, sinto sua falta todos os dias. Mas a morte chega para todos, temos que aceitar, um dia todos morreremos — concluiu tentando encerrar o assunto.

Aquelas palavras me atingiram em cheio, que nem uma flecha certeira no coração. Não pude evitar as lágrimas, que insistiam em cair embaçando a minha visão e me impedindo de teclar. Senti uma enorme empatia por ele, pois também tinha perdido meu pai recentemente e sabia como era a dor de perder um ente querido. Naquele momento, desejei estar com ele para confortá-lo. Fiquei ali sentada sem saber o que escrever, por uns instantes.

Não lhe contei nada sobre o falecimento do meu pai, achei que havia emoção demais envolvida ali.

— Querido, se te fizer bem falar sobre sua mãe, estou aqui para ouvi-lo. Mas se não se sentir confortável, entenderei — disse a ele.

— Minha mãe era uma mulher linda, alta e forte, com longos cabelos negros. Mas a bondade do seu coração era a sua maior beleza. Ela criou todos os filhos e nunca reclamava do seu cansaço, ou das dificuldades da vida — contou-me ele.

— Alta, linda e com cabelos negros? Agora sei de quem você herdou a beleza — repliquei.

Comentei para abrandar a conversa, que me parecia muito tensa naquele momento. E claramente ele não estava acostumado a receber elogios, pois sempre que eu o enaltecia ficava encabulado.

Ele me enviou uma sequência de emojis de carinhas envergonhadas e prosseguiu:

— Me arrependo das minhas rebeldias e de ter lhe dado muito trabalho. Deveria ter sido um filho melhor para minha mãe, mas agora é tarde — desabafou.

— Querido, sua mãe certamente sabia o quanto você a amava e tenho certeza de que lá do céu ela está cuidando de ti. E das suas rebeldias, ela nem se lembra mais. Pense nisso tudo como se fosse apenas ausência e que ela logo voltará para você. Mantenha as boas lembranças em seu coração e mente, isso lhe trará conforto, acredito que ela gostaria disso — o aconselhei.

Passaram-se alguns minutos e nada de Janu escrever. Agora eu estava de fato me sentindo culpada, por trazer à tona um assunto tão delicado para ele. Finalmente vi que digitava.

— Obrigado pela bondade do seu coração e sua amizade. Não costumo falar a ninguém sobre meus sentimentos e minha mãe. Mas com você me sinto à vontade. Sabe, eu tive a chance de ficar perto dela e cuidá-la nos últimos dias da sua vida. Eu lutei em muitas campanhas, como combatente, desde o início dos conflitos em Rojava, em 2011, quando entrei para a revolução até no início deste ano sem tirar férias. Decidi tirar uma licença e fiquei em casa por cerca de dois meses, para cuidar dela e também descansar um pouco das batalhas. No fim eu estava ao seu lado — ele terminou.

— Tenho certeza que ela apreciou a sua decisão, isso é o que importa, na hora que ela mais precisou de carinho e atenção você estava lá. Sua atitude foi muito bonita, isso confirma que você é um bom filho — o confortei.

Senti que essa conversa fora muito penosa para ele, contudo necessária, o que me deixou bastante feliz, pois estávamos estreitando os laços da nossa amizade e ficamos bem mais próximos agora. Eu sabia o quanto ele precisava de ajuda, para abrir seu coração e liberar suas emoções reprimidas. Considerei isso um grande avanço.

Sem querer ser muito intrometida, entretanto, precisava lhe fazer mais umas perguntas.

— Por que seus irmãos partiram de Rojava e não estão lutando com você?

— Veja, Beth, cada um segue seu próprio caminho. Não temos o direito de interferir ou julgar ninguém pelas suas escolhas. Isso é tudo o que tenho a dizer sobre esse tópico.

A resposta de Janu foi reveladora. Ficou claro para mim que não compartilhavam dos mesmos ideais. Depois disso, nunca mais especulei sobre seus familiares.

— Então, você não é mais um militar, o que você faz agora? — perguntei.

— Eu sou militar, apenas me afastei das lutas por algum tempo, como já te expliquei, para cuidar da minha mãe. Mas nunca deixei de trabalhar. Passei um período no departamento administrativo, cuidando da contabilidade do exército — explicou Janu.

— Isso é maneiro! Muito mais tranquilo, longe do perigo. Então além de valente você é também um cara que entende matemática? — brinquei.

— Não, não, eu não gosto disso, todavia foi bom para mim enquanto precisei cuidar da minha família. — Prosseguiu ele: — Ouça, "minha casa", havia um líder que me conhecia muito bem e ouviu falar da doença da minha mãe. Um dia o líder chegou até mim

QUARTO DAS NOSSAS MEMÓRIAS

e me disse: "Quero que cuide dos meus gastos e você pode suprir as necessidades da tua mãe. Mas eu sei que você não é um desses que se sentam e ficam sossegados". O líder realmente me conhecia, era um trabalho diferente, mas eu poderia ir para casa e cuidar da minha família como eu queria. No meu primeiro dia me senti perdido, não sabia o que fazer. O que eu devo fazer?, perguntei a mim mesmo. Eu sou um guerreiro, não entendo nada sobre burocracia. Então procurei o comandante, para dizer que estava desistindo da tarefa. Mas ele pediu para eu ficar, só por um tempo até trazermos um especialista. Bem, nós militares somos organizados, então organizei seus negócios. Criei um programa de controle de caixa diário, semanal e mensal. Em um mês houve uma diferença de sessenta por cento em dinheiro em caixa.

— Impressionante! — comentei entusiasmada. — Você deveria ser um empreendedor, querido, ficaria rico em pouco tempo. — Disse sem intenção nenhuma de ser sarcástica, mas acho que não foi o que ele entendeu. Pela resposta atravessada que me deu.

— Ouça, Beth, não sou gestor financeiro, nem quero ficar rico. Porém, nós revolucionários temos uma ideia e experiência sobre tudo, podemos construir países e não temos diplomas universitários. Só temos a experiência da realidade da vida que vivemos. Por isso te digo que somos superiores aos cientistas e doutores com formação. Tudo o que fiz foi criar um plano de ação, bem elaborado e eficiente, para resolver aquele assunto.

— Entendi. E depois que a sua mãe faleceu, você continuou os trabalhos burocráticos do exército ou voltou para a ação? — Me arrisquei a perguntar.

— Agora faço outras coisas. Não voltei para a luta. Isso é tudo o que eu posso te dizer — escreveu-me ele sinalizando que queria finalizar o assunto.

Notei que Janu falou da sua vida pessoal, mas nada sobre seu estado civil, apesar da foto de perfil mostrar uma aliança no seu dedo da mão esquerda, o que indicava ser casado. Bem, aquela tinha sido uma conversa difícil para ele, então deixei quieto. Poderia investigar esse tópico em outra ocasião. Quando percebi, o dia tinha amanhecido, o astro-rei começava a surgir por detrás do Morro da Cruz, com todo o seu esplendor. Era hora de acordar as crianças e preparar o desjejum. Quanto a Janu, ficaria em casa, curtindo seu merecido descanso. Nos despedimos ali, todavia o assunto não estava encerrado na minha cabeça, por vezes me peguei pensando, será que existe uma Senhora Janu? Preciso desvendar esse mistério.

Seis.

12 DIAS

Depois da nossa conversa sobre a sua mãe, ele passou vários dias desconectado. Comecei a ficar preocupada, poderia estar chateado comigo ou algo ter-lhe acontecido. E não havia meios de obter notícias suas, pois conhecia somente ele naquele país. Todos os dias, verificava sua página do Facebook, para ver se tinha novidades, e nada, silêncio absoluto. Então fui tomada por uma grande angústia e mil coisas se passaram na minha cabeça. E se estivesse ferido ou morto, ou ainda pior, se tivesse sido feito prisioneiro pelo exército turco, sírio ou outro grupo terrorista qualquer? É impressionante como só conseguimos pensar em coisas ruins nessa situação.

— *Beth, deixa de paranoia, você o conhece há tão pouco tempo, nem sabe se as histórias que ele te conta são verdadeiras. E, além do mais, não há nada de especial entre vocês. Ele pode simplesmente ter perdido o interesse de falar contigo ou está teclando com outras garotas, vai saber o que ele anda fazendo?* — *dizia a mim mesma. Embora meu coração rejeitasse essa ideia veementemente. Tudo o que eu podia fazer era orar e pedir que Deus o protegesse de todo mal e esperar por notícias.*

O silêncio durou doze dias e confesso que fiquei muito preocupada com ele. Na ocasião entendi o que é ter um membro da família desaparecido. A falta de notícias, a espera, o não saber o que aconteceu, é a pior de todas as torturas. Me lembro de ter acordado no meio da noite com sede, fui até a cozinha beber água, ao voltar para a cama verifiquei meu celular atrás de mensagens, e nada. Me deitei, fechei os olhos e concentrei meus pensamentos e meu coração e fiz um pedido a Deus e ao universo. "Janu, meu amigo, se você estiver vivo dê um sinal de vida, por favor." Depois disso adormeci novamente.

— Rosas da manhã e jasmim, minha querida. Feliz Dia dos Namorados. Como tem passado, minha namorada? — escreveu-me Janu.

— Oh, meu Deus! Ouvistes as minhas orações. Obrigada, Senhor! — sussurrei. Que excelente notícia recebi, antes de sair da cama. Mal acreditei quando li aquela mensagem. Meu coração sossegou e não tive pressa em responder, ele merecia um gelo por me fazer passar por toda aquela aflição. Bastava saber que ele estava vivo.

— *Dia dos Namorados, minha namorada, que negócio é esse? Primeiro que não sou sua namorada e, depois, estamos em fevereiro, ele está totalmente perdido com as datas. Coitadinho, deve ter se confundido — dizia a mim mesma.*

Naquela manhã ao chegar na clínica, antes de começar meus atendimentos, abri meu laptop e fui responder as mensagens do meu amigo.

— Minha namorada? Por que me chamou assim? — perguntei.

— Eu quero dizer "minha amiga", desculpe — respondeu Janu.

— Você também se enganou com a data, comemoramos o Dia dos Namorados em 12 de junho — retruquei.

— Não há engano, aqui comemoramos hoje, por isso te enviei — informou ele.

— É muito gentil da sua parte, feliz Dia dos Namorados para você também e obrigada, por lembrar de mim — agradeci, sem entender direito o que se passava na cabeça dele.

Agora, eu estava muito confusa, com meu amigo enigmático, que desaparece por dias e surge do nada me chamando de sua namorada. De fato, no dia 14 de fevereiro é comemorado o Dia de San Valentim em muitos países da Europa, América e Oriente Médio.

Eu mal me continha de tanta curiosidade para saber o motivo da sua ausência. Mas não queria deixá-lo perceber.

— Então quais são as novidades? — perguntei. Friamente.

— Estive em missão por muitos dias, estava incomunicável, por isso não te enviei mensagem — explicou-me.

— Oh, sério? Muitos dias, é? Qual era a natureza da missão? — perguntei tentando parecer que não tinha percebido as quase duas semanas de silêncio.

— Desculpa, querida, isso é confidencial, são assuntos de trabalho, você entende? — justificou.

— Claro que entendo, o importante é que você parece bem — teclei.

— O que há de errado com você, "minha casa"? Você tem novidades? — digitou Janu.

— Não há nada de errado comigo. E a que novidades se refere? — quis saber.

— Você está diferente, não te reconheço hoje. Não sinto calor em você — observou ele.

— Então, pareço fria e distante e não me importo com você. É isso que quer dizer? — perguntei.

— Sim. Você entendeu agora. Tem alguém novo na sua vida? — indagou-me, referindo-se a um possível namorado.

Fiquei analisando a nossa conversa por alguns instantes, e pensando em uma réplica para a última pergunta dele, que ansiava por uma resposta minha. Eu poderia provocá-lo um pouquinho, pois senti que ele estava com ciúmes, seria uma boa oportunidade para testar seus sentimentos por mim. Mas declinei da ideia e depois de longos minutos resolvi finalmente escrever tudo que queria.

— Então você quer calorosas boas-vindas da minha parte, certo? Quer ser bem recebido, né? — E sem dar a ele chance de responder, disparei: — Mas não pensou em mim quando desapareceu por dias sem deixar vestígios. Não pensou em me avisar ou se despedir. Não pensou em como eu ficaria, sem notícias suas? Estou muito, muito furiosa com você, Janu. Não me peça para ser amável contigo hoje. — Ufa! Desabafei e acho que falei demais, também.

Imagino a surpresa dele com minha declaração, pois demorou muito para responder. E quanto a mim, preferia ficar de boca fechada agora, antes de falar ainda mais o que não deveria.

— Eu também senti sua falta, querida, pensar em você me deu forças para terminar meu trabalho e voltar para casa. Prometo te avisar sempre que sair para uma missão e também me despedir, eu juro — escreveu-me.

— Eu não disse que senti sua falta, disse apenas que fiquei preocupada. Sei que não pode me falar sobre seu trabalho, mas informar que ficará incomunicável por uns dias você pode, certo? Para eu não pensar em coisas ruins como você estar doente ou ferido — argumentei.

— Conheço sua preocupação, minha namorada. Quero dizer, minha amiga — escreveu ele com ar de satisfação, enviando muitos emojis de carinhas apaixonadas.

Sentimentos bipolares, é assim que posso descrevê-los. Fúria e calmaria, era o que eu sentia, tudo ao mesmo tempo. Feliz, grata, por ele estar bem? Sim, muito! Mas, também, brava, magoada. Pela insignificância com que ele tratou nossa amizade. E aquela confusão de sentimentos não me agradou nem um pouco. — Ora, ora! Era só o que faltava! Beth, sua louca, não pira, mantenha a sanidade, por favor! Janu é só um amigo "virtual", que você nunca viu e provavelmente nunca verá. Sem falar que ele mora do outro lado do mundo. Você não quer entrar nessa, quer? Então, queime essa semente chamada sentimento e, se ela se atrever a brotar, arranque pela raiz, mas de modo algum permita que cresça — monologava eu, enquanto preparava meu café da manhã.

Eu ainda divagava em meus pensamentos, quando recebi algumas fotos que Janu havia tirado, no amanhecer daquele dia. Aproximadamente na mesma hora em que eu estava orando para que ele me desse sinal de vida.

— Veja, o dia está amanhecendo, o sol vem surgindo no horizonte e as aves vêm à praia para nadar e se alimentar de peixes e insetos. Esse é meu lugar favorito, que venho para esvaziar a minha mente e relaxar — escreveu ele.

— É um belo lugar, parece mesmo um lago, muito calmo, onde fica? — quis saber.

— Esta é uma praia em Derek, perto da minha torre, minha base militar — explicou ele.

— Quando foram tiradas? — perguntei.

— Hoje pela manhã. Pensei em te enviar, na mesma hora aí lembrei que para você ainda era noite e deveria estar dormindo, não quis te acordar. Eu adoro esse lugar pela manhã, queria te mostrar, queria que visse como é lindo o amanhecer aqui — finalizou.

Admito que meu coração deu um salto naquele momento, uma alegria que não sei explicar tomou conta do meu ser e tive que conter a emoção e segurar as lágrimas. No mesmo horário em que eu orava por ele? Que conexão incrível!

Então lhe escrevi:

— Obrigada, querido, me sinto lisonjeada por você compartilhar esses momentos especiais comigo.

— Preciso ir trabalhar agora, mas sempre que tiver uma chance te enviarei. Cuide-se, minha namorada — despediu-se ele desconectando. Sim! Eu o notei repetir as palavrinhas "minha namorada".

As imagens daquelas fotografias eram realmente incríveis. Um lago bastante extenso, aparentemente calmo, no meio de uma planície. A vegetação rasteira e os arbustos completavam a paisagem. Em toda a sua orla não se via construção alguma, do que deduzi ser um local isolado. Na estreita faixa de areia, os pássaros passeavam tranquilamente sem se intimidar com a presença de Janu. As águas levemente agitadas pelo vento formavam ondas suaves. E algumas espécies de aves, que pareciam ser patos e gansos, nadavam ali. Os primeiros raios solares despontavam no horizonte e no céu azul anilado nem uma nuvem havia. Era de fato uma manhã magnífica.

Na única selfie que ele tirou, aparentava mais magro do que antes, seu rosto parecia bem mais fino, estava abatido e com olheiras profundas. Vestia um casaco verde, com o zíper fechado até a altura do peito. Dava para ver o forro com uma pele bege, por dentro. Enrolada no pescoço uma echarpe preta e um gorro também preto na cabeça.

Ao vê-lo daquele jeito, fiquei indagando em meus pensamentos: o que andaste fazendo nesses dias de ausência, meu querido guerreiro? E em que circunstâncias foi essa missão? Fiquei um pouco confusa sobre o seu trabalho, porém não quis questioná-lo, acho que se ele pudesse ou quisesse me dar mais detalhes o faria.

Depois daquele gesto atencioso de Janu, que na sua simplicidade compartilhou comigo algo tão especial, minha braveza passou, como posso me zangar? Não faço a menor ideia do que ele tem vivido, desde que a guerra contra os curdos começou. Entendi naquele momento que recebi um grandioso presente. Agradecer a Deus, ao universo, era tudo o que deveria fazer. E encerrei aquele dia do jeito que iniciei, transbordando de alegria.

Sete.

PRAZER EM CONHECÊ-LO

Certa noite enquanto teclávamos, me atrevi a perguntar sobre a aliança em seu dedo. Ele digitou reticente.

— Sou casado há alguns anos e tenho dois filhos, uma menina de 3 e um menino de 1 aninho. E me enviou fotos deles, eram muito fofos.

— E da Senhora Janu você tem fotos? — perguntei.

— Eu não tenho, estou separado faz um tempo.

— Lamento por vocês — repliquei.

Janu me contou sobre seu casamento ter sido um arranjo, que isso é muito comum ainda nos dias de hoje. E os pais o fazem pela estabilidade dos filhos e a preservação da sua linhagem.

— Então não foi sua escolha e nem da sua esposa, ou mesmo por amor? — quis saber.

— Não, apenas obedecemos à decisão das nossas famílias. Mas foi um grande erro, eu não concordo com isso hoje, acho que é algo que precisa mudar na minha cultura — completou.

Fala sério! Se casar sem amor, só para agradar a família, que obediência cega é essa? Repudio totalmente essa ideia e me coloco no lugar dessas meninas que são submetidas a tais matrimônios, que parecem mais um negócio comercial. É a vida e o futuro de duas pessoas que estão em jogo, e isso envolve sentimentos e intimidade. Imagina como é para uma mulher ser possuída por um cara que ela nem conhece direito, sem estar apaixonada, sem amá-lo, muitas vezes sem nenhuma afinidade, e ainda parir muitos filhos dele? Bem, pelo menos Janu reconhece que isso é um erro, no entanto não muda o que já está feito para ele.

— Me desculpe, mas você poderia ter recusado o matrimônio, certo? Eu jamais me casaria com alguém sem amor — retruquei.

Janu demorou a responder, achei que eu tinha falado verdades demais.

— Sim, mas não poderia desapontar a minha mãe, eu a respeitava muito, e ela fez todos os arranjos — explicou ele.

— Peço desculpas, longe de mim desrespeitar sua mãe e seus costumes. Mas uma decisão como essa não me parece muito inteligente, nem prudente, diante das circunstâncias em que você vive — disse a ele.

— O que você quer dizer com isso? Explique, por favor.

Receava que a minha opinião não lhe agradasse muito, entretanto decidi dizer o que pensava a respeito.

— Bem, em primeiro lugar, seu país está em guerra e você é um soldado, só isso já é motivo para não se casar e muito menos ter filhos. A qualquer momento pode cair em batalha e deixar dois órfãos e uma jovem viúva desamparada. Acho loucura fazer tal coisa. Se pelo menos fosse por amor, para viver uma grande e tórrida paixão, faria mais sentido pra mim. Você já pensou nisso? — expliquei.

— Eu penso nisso todos os dias. A guerra já tirou tudo de nós, não pode nos tirar o direito a prosseguir com nossas vidas. E o amor não é importante nessa questão — retrucou ele.

Bem, como havia imaginado, cutuquei a onça com a vara curta.

— Se o amor não é importante, então por que você não contrariou sua mãe, ou por que está lutando pelo seu povo? O que acha que te motiva a fazer isso, o ódio? — repliquei. Janu demorou para responder. Finalmente disse:

— Você não entende minha vida e minha cultura, nem faz ideia de como são as coisas por aqui e as pressões psicológicas e de tudo o que sofremos em meu país. Tu és imatura e pequena, não sabes nada da vida, afinal que guerras você viveu? Eu sou muito mais vivido do que você. Tchau agora — respondeu ele.

Uau! O que foi isso? Toquei na ferida?

Rejeitei todos os argumentos dele, aquilo tudo me pareceu uma grande insensatez. Em primeiro lugar, o amor é importante, sim! Como constituir uma família sem a essência da vida entre o casal? Imagino que para o homem isso também seja desagradável. De fato, não entendia muito bem da guerra em que ele vivia, nem de bombas, granadas, blindados, armas, nem de seus costumes. Talvez eu fosse mesmo apenas uma dona de um espaço de beleza da ensolarada Floripa cercada de maquiagem, penteado, sobrancelha, depilação, mas essa era uma situação especial. Estávamos falando de trazer a esse mundo crianças indefesas, em um país mergulhado numa guerra sem prazo para acabar. Ora! Na minha opinião, o nome disso é loucura.

Aquela noite, ele saiu do bate-papo sem se despedir. Só mais tarde entendi o que significavam aquelas palavras, "Tu és imatura e pequena". Na verdade, ele me chamou de criança, mas acho que naquela situação o imaturo foi ele.

Nos dias seguintes não nos falamos, eu o via conectado, todavia o ignorava. Dei um tempo para ele refletir sobre o que me disse, se acalmar e pedir desculpas. Parece que Janu não é o tipo de cara que aceita críticas. Quanto a mim, prossegui com minhas pesquisas. Afinal agora meu interesse por esse povo tão incrível tornou-se meu passatempo favorito.

O nome curdo era citado na antiguidade, uma dessas evidências encontra-se registrada nos escritos cuneiformes. Os sumérios foram uma das primeiras civilizações a habitar essa região há cerca de sete mil anos. Referindo-se a "terra de karda", dos montes Zagros e Tauros do norte e nordeste da Mesopotâmia. Datado cerca de 3000 a.C. A região conhecida como terra dos "kardas" ou "qarduchi" e a terra dos "Guti" ou "gutium" eram descritas como um só povo, e cada tribo tinha seu próprio nome. Mais tarde, cerca de 400 a.C. um povo chamado Cardukhi foi mencionado na obra "Anábase" do general grego Xenofonte, como habitantes das montanhas ao norte do rio Tigre, entre a Pérsia e a Mesopotâmia.

Cerca de uma semana depois.

Acordo na madrugada de sobressalto, com uma chamada no celular; para minha surpresa, era "Seu" Janu; achei um abuso, depois do jeito que terminou nossa conversa naquele dia, me ligar às três horas da manhã. Cara sem noção, não sabe que nesse horário estou dormindo?, pensei. Desconectei a internet e voltei a dormir. O tempo passou e o sono não veio. Meus pensamentos começaram a invadir minha mente. E se ele estivesse ferido, ou precisando de algo, e se fosse uma emergência?

Depois de desistir de tentar ignorar meus sentimentos, verifiquei minhas mensagens, rapidamente; não o vi mais conectado, no entanto acalmei meu coração quando li o que me escrevera.

— Rosas da manhã e jasmim, querida. Como foi seu sono? — E prosseguiu: — Estou a caminho de casa, tirei dois dias de férias do trabalho, queria que soubesse disso e também para ver seu rosto, antes de partir. Infelizmente, você não atendeu a ligação.

— *Oh, meu Deus! Que droga de fuso horário!* — *exclamei em alto e bom som. Porém aquela notícia me deixou muito feliz. Primeiro porque ele estava bem. E, segundo, porque senti que se importava em me dar satisfação.*

— Bom dia. Como vai? — escrevi.

Janu respondeu imediatamente que estava bem e me pediu uma foto para apreciar enquanto seguia viagem. Enviei a primeira que encontrei na galeria do celular. Ele a recusou no mesmo instante.

— Essa não. Quero uma natural como você está agora, que possa olhar nos seus olhos e sentir que você está comigo — exigiu ele. Fiz o que me pediu, tirei uma selfie e mandei.

Melhor ele me ver logo de cara amassada, descabelada, assim não criará nenhuma expectativa, pensei.

Janu não fez nenhum comentário sobre a foto, talvez tenha me achado medonha e não quis ser indelicado fazendo falsos elogios. Apenas disse que quando chegasse em casa e estivesse a sós me ligaria, a fim de nos conhecermos. Nos despedimos ali e segui meu dia normal, mas com uma certa ansiedade, para o tão esperado momento em que faríamos a primeira ligação.

Cheguei em casa, fiz minhas tarefas, comi um sanduíche de frango, tomei um demorado banho para relaxar, vesti um agasalho confortável. Deitei-me na minha cama, peguei meu livro de cabeceira e tentei ler algumas páginas, enquanto aguardava sua chamada. Nunca esquecerei aquela sexta-feira por volta das vinte e duas horas, quando recebi uma mensagem dele, que dizia:

— Meus dedos brincam com seus cabelos, olho nos seus olhos, cheiro o teu cheiro, beijo teus lábios quentes e macios como um amante apaixonado.

Assim que li o que estava escrito quase deixei cair o celular da mão. Como assim? Meus dedos brincam com seu cabelo? Cheiro o teu cheiro? Eu estava crente que ele me achava uma tremenda chata, infantil, esnobe e fútil. Respondi imediatamente:

— Não sabia que você era romântico.

— Sua imagem deitada sobre seus cabelos espalhados no travesseiro, seus olhos ternos e seus lábios entreabertos são um convite para o romance, querida — declarou.

Eita... Pensei: Não sou tão fútil assim...

Ele referia-se à selfie de cara amassada que lhe enviei pela manhã, quando acabara de acordar, julgando que ele não fosse gostar. Pelo visto me enganei. Depois da sua declaração fiquei em dúvidas se deveria fazer a chamada de vídeo na cama. E se ele pensasse que aquele era um convite para algo mais íntimo?

Fiquei um pouco encabulada e muito surpresa, não tinha certeza do que dizer de volta, então escrevi:

— Gostou do meu cabelo?

— Sim, eu amo seu cabelo cacheado — completou. Janu conhecia minhas madeixas, das fotos de perfil do Facebook, que por sinal ele sempre curtia.

— Certo. Você está pronto para o grande momento? — perguntei.

— Sim, querida, estou esperando por você. Pode me ligar — respondeu-me ele.

Eu estava muito nervosa, admito, meu coração palpitava e parecia que tinha borboletas no meu estômago. Sentei-me confortavelmente na minha cama, ajeitei os travesseiros nas minhas costas. Uma última conferida na roupa e nos cabelos para ver se estava tudo ok. Respirei fundo e fiz a ligação. Seja o que Deus quiser, é agora ou nunca, pensei.

Quando a câmera abriu, Janu estava sentado na cama, suas costas apoiadas com travesseiros florais em tons azuis. Tremenda sincronia, os meus também eram florais em tons azuis. Seus cabelos pretos cortados no estilo militar, desarrumados sobre a testa. Segurava o celular a uma distância que dava para ver apenas seu peito e rosto. Vestia uma camiseta branca regata, que mostrava bem seus braços e peito magro e sua pele branca. Em seu pescoço uma corrente com um pingente em forma de coração verde e a sigla do YPG: "Unidade de Proteção Popular".

O que eu vi na minha frente me chocou um pouco, ali estava um homem muito maltratado pela vida. Magérrimo, aparentando ser mais velho do que realmente era. Semblante cansado, olhos fundos, barba crescida que escondia seu rosto. Afinal, o que eu poderia esperar de um ser humano que estava lutando há oito anos numa guerra? E passou tantas privações, sofrimentos, físicos e psicológicos, e todos os que sua mente ocultava.

Janu evitava o contato visual, estava tímido, não parecia ser a mesma pessoa intrépida com quem estive falando todo esse tempo. Fiz sinal para que aproximasse a câmera do seu rosto e olhasse para mim, com um aceno de cabeça concordou. Ficamos lá em silêncio, só contemplando um ao outro por um longo tempo. Quando olhei dentro de seus olhos negros e profundos vi sua alma, vi um guerreiro destemido, mas vi também um menino perdido e traumatizado pedindo colo.

Naquele momento senti uma conexão acontecer ali e sei que ele sentiu o mesmo.

Então, sorri para ele e escrevi:

— Amei te conhecer, amei a sua timidez. — Com isso quebrei o gelo e arranquei um sorriso dos seus lábios.

Respondeu:

— Estou feliz em conhecer-te, estou muito nervoso, tenho sentimentos e sentimentos que não sei descrever. Sinto vergonha de você. — E se virou para acender um cigarro e pegar uma garrafa de água, que estava numa mesinha ao lado da cama.

Entre um gole de água e uma tragada do cigarro, parecia mais relaxado, continuamos em ligação por alguns minutos ainda. Quis saber por que se sentia envergonhado comigo, se era por causa da diferença de idade? Nesse momento ele ficou sério e escreveu:

— Quer que eu fique bravo com você? Nunca mais repita isso. A idade não é importante, sua personalidade e seu coração, isso, sim, são valiosos para mim.

De fato, por que ele sentiria vergonha de mim? Que ideia estúpida e preconceituosa, Beth.

— Bem, como quiser, se não é importante para você, tampouco é para mim — concordei. Janu mostrava-se cansado; apesar dos esforços para manter os olhos abertos, os bocejos eram inevitáveis; o dia estava amanhecendo e ele ainda não tinha dormido. Então tive o bom senso de lhe dizer para encerrarmos a chamada.

Antes de desligar sem querer ele virou a câmera, notei que no canto do quarto havia uma mochila e duas armas, que pareciam ser fuzis. Perguntei se tinha crianças na casa e se não era perigoso deixá-las ali no chão. Me respondeu que sim, ele morava com sua irmã e seus sobrinhos. Mas que ninguém entrava no seu quarto, ou mexiam em seus pertences.

Então nos despedimos, mas eu não consegui dormir, as emoções estavam à flor da pele, sua imagem ficava girando na minha cabeça. Era muita coisa para assimilar. Agora eu estava definitivamente me envolvendo no mundo de Janu. Ainda não sabia o que tudo aquilo significava, mas algo me dizia que seria intenso. Sete meses haviam se passado desde o dia em que o desbloqueei e começamos a nos falar quase que diariamente. Com exceção dos doze dias em que ele esteve em missão e ficou incomunicável.

Na noite seguinte, depois de conhecer Janu, dormi muito mal novamente. Naquela manhã acordei indisposta, sem vontade de sair da cama. Fiz minha devoção matinal, tomei meu café e antes de sair para o trabalho dei uma rápida conferida nas minhas mensagens. Janu me enviou fotos com Jihan, sua irmã, sentados num sofá na sala. Ela estava sorrindo, vestia roupas pretas e usava um véu na mesma cor em sua cabeça, deixando à mostra somente seu rosto, de pele clara e traços delicados. Não vi nenhuma semelhança entre eles. Agradeci pelas fotos e pedi que lhe transmitisse minhas saudações. Jihan era sua irmã mais velha e, com o falecimento da sua mãe, há cerca de um ano, ela assumiu a posição de matriarca da família e cuidava de Janu como seu filho.

Fiquei surpresa e também feliz com sua mensagem, confesso. Ele me disse que estava com saudades e queria me ver novamente, antes de retornar ao trabalho. Que para ele seria no final do dia e para mim no meu horário de almoço. Eu estava muito ocupada, não seria possível, mas eu precisava encontrar um tempinho para vê-lo nem que fosse por alguns minutos. Então fiz um esforço e felizmente conseguimos nos ver por alguns instantes. Enquanto Janu aguardava a chegada do motorista que o levaria de volta ao seu trabalho, eu comia meu lanche, uma salada de frutas com granola. A sala em que ele se encontrava, de paredes brancas, o chão coberto por tapetes coloridos, não tinha móveis. Na janela uma cortina clara que parecia ser de voal. Um sofá sem pés, que depois descobri se chamar maré árabe, estampado de preto e marrom, ocupava toda a extensão da parede. O aquecedor antigo movido a diesel e um bebedouro com uma bomba de água na entrada, como essas que temos aqui no Brasil. Ao seu lado sua bagagem, a mesma mochila e as armas que vi da outra vez, em seu quarto.

Ali estava ele, de pernas cruzadas, como é costume dos povos do Oriente Médio sentarem-se no chão, iguais aos nômades que viviam ou vivem até os dias atuais em tendas. Usava meias brancas, calça tradicional no estilo curdo e camisa de mangas longas, ambos pretos, e é claro que não podia faltar aquele boné na cabeça. Sua aparência estava mais agradável. Parecia que tinha ido ao barbeiro, cortar os cabelos e aparar a barba, gostei de vê-lo cuidando de si mesmo. Percebi que Janu ainda mantinha bem vivas suas raízes.

Essa era a segunda vez que nos víamos em dois dias, ele parecia mais desinibido. Mostrou-me a sala e me ensinou as palavras: meu amor, "evîna min" e bom dia, "roj baş" no seu idioma. Foi divertido, Janu sorriu meio tímido, desviando o olhar enquanto as pronunciava, tentando me ensinar:

— Roj baş evîna min — disse-me.

— Repete, por favor, não entendi — lhe pedia.

Ele por várias vezes repetiu, enfim percebeu que eu estava gostando de ouvir sua voz. Janu deu um grande sorriso meneando a cabeça, sinalizando que entendeu o que estava acontecendo ali. E finalmente pude ver seus dentes. Fiquei surpresa, pois eram bonitos, brancos e grandes, com um incisivo frontal meio torto, o que dava um certo charme. Então lhe ensinei a mesma frase em português, que Janu também teve dificuldade em aprender.

Trocamos apenas algumas palavras, não é muito fácil escrever e traduzir simultaneamente durante a videochamada, principalmente quando o tempo é curto. Ele me falou que pensava em mim e que eu estava em seu coração e mente. Lhe disse que sentia o mesmo. Quando desligamos senti um aperto no coração e pedi a Deus que o protegesse, na viagem e nas suas missões. Ele me prometeu dar notícias quando chegasse a seu destino. Janu sempre fez seu trabalho parecer o mais normal possível. Como quem sai de casa para ir ao escritório. Nunca se referiu como base militar, costumava dizer que estava na praia, ou na torre, sem citar nomes de cidades. Acho que era um modo de me poupar de preocupações e também por razões de segurança.

Felizmente, aquela era a semana das crianças ficarem com o pai delas e eu poderia relaxar um pouco, pois tínhamos a guarda compartilhada. Naquele dia mal dei conta de atender minhas clientes. Quando entrei em casa já passava das vinte horas. Apenas servi ração e água para Lili, deitei-me no sofá com meus pés para cima, na intenção de descansar um pouquinho, e adormeci. Acordei no dia seguinte, com a minha felina Lili deitada no meu peito me sufocando.

Não sabia ainda, mas aquela quinta-feira no início do mês de março de 2019 mudaria a minha vida para sempre. Gostava de pensar que o sangue que corria nas veias de Janu era o mesmo dos antigos aguerridos que figuraram na antiga Mesopotâmia. Sua personalidade, coragem e determinação tinha muita semelhança com seus antepassados. Parecia que a guerra estava enraizada em seu DNA. Então o nomeei de espírito guerreiro, que em curdo kurmanji significa "Ruhê şervan".

Oito.

A PRIMAVERA ÁRABE

Janu me explicou que os curdos deram início à Revolução de Rojava, depois que começaram os conflitos internos na Síria. Consequências da Primavera Árabe, que teve início na Tunísia. Disse-me que seu povo tinha suas próprias lutas e inimigos, como os aliados do presidente Bashar al-Assad e o Estado Islâmico, o qual derrotaram no passado. Porém, continuam lutando contra o Estado de ocupação turco, que vem tentando usurpar seu território a qualquer custo. Eles ainda resistem.

— Melhor a morte do que a escravidão. Lutarei até meu último suspiro, para defender meu povo e minha pátria. Descansar com os mártires será uma grande honra — me revelou Janu certo dia.

— Você não vai morrer jovem, vai sobreviver a essa guerra maldita. Contará para as futuras gerações sobre seus feitos, suas batalhas e suas vitórias. Terás uma vida feliz e próspera. E morrerá em paz, de velhice, com seus cabelos brancos, em sua cama confortável, cercado pelos seus amados, esposa, filhos, netos, bisnetos... Sei que os curdos gostam de ter muitos filhos, então você ainda será o pai de um grande clã — brinquei com ele.

— Mas no momento não tenho nada a perder — me diz ele.

Ouvir isso foi um choque, como alguém pode desejar a morte mais que a vida? Para ele, parecia não fazer diferença, morrer ou viver. Às vezes ele me dava a impressão de que ansiava para se tornar um mártir. Quanto a mim, isso era inaceitável.

Para refrescar a memória, uma rápida recapitulada na história. A Primavera Árabe foi uma onda revolucionária de manifestações que ocorreram no Oriente Médio e norte da África. Teve início no final de dezembro de 2010. E repercutiu em vários países do mundo árabe. Houve grandes protestos na própria Tunísia, onde tudo começou. E depois se espalhou para o Egito, Argélia, Bahrein, Djibuti, Iraque, Jordânia e Iêmen. E em menores proporções na Arábia Saudita, Líbano, Kuwait, Mauritânia, Marrocos, Sudão e Saara Ocidental.

Tudo teve início quando Mohamed Bouazizi, um jovem feirante tunisiano de 26 anos que seguia a sua rotina matinal pegou seu carrinho de feira, com seus produtos, despediu-se da sua família e saiu para trabalhar. Mas, diferente dos outros dias, Mohamed foi acusado de irregularidades pelas autoridades e teve todos os seus pertences apreendidos. Indignado, ele se dirigiu à sede do governo regional, na tentativa de recuperar suas mercadorias e conseguir permissão a fim de vender novamente como ambulante, pois apesar de ser formado em engenharia para ele não havia trabalho e aquele era o único modo de levar o sustento à sua família, o que lhe rendia uma quantia aproximada de setenta e cinco dólares mensais.

O governo não o ajudou, de nada adiantou, e num momento de extremo desalento Mohamed Bouazizi fez o impensável. Comprou duas garrafas de diluente, jogou sobre si mesmo e ateou fogo. Populares tentaram socorrê-lo e apagar as chamas, mas infelizmente ele teve noventa por cento do seu corpo queimado e veio a falecer dezoito dias depois, em 4 de janeiro de 2011, em um hospital na cidade de Ben Arous.

— *Jesus Cristo! Pobre jovem. A que ponto chegou o desespero de Mohamed, para tirar a própria vida daquele jeito?* — *exclamei. E uma profunda comoção tomou conta do meu ser, fechei o laptop, saí do quarto e fui tomar um ar na minha varanda.*

Com o falecimento de Mohamed Bouazizi, os protestos se intensificaram e rapidamente se espalharam pela Tunísia. As ações de Mohamed também impactaram a vida dos curdos de Rojava e mudaram a sua história para sempre.

QUARTO DAS NOSSAS MEMÓRIAS

O curioso é que o nome "Primavera Árabe" é uma alusão à Primavera de Praga, período que corresponde à liberação política, na Tchecoslováquia, durante o domínio da União Soviética. Pós-Segunda Guerra Mundial. Até porque, na época em que começaram as manifestações, era uma estação de frio no Hemisfério Norte.

Os habitantes de Rojava estavam quietos lá no canto deles, mas atentos aos acontecimentos. Com a eclosão da guerra civil da Síria e a retirada de suas tropas de alguns enclaves curdos, deixando-os nas mãos das milícias locais, criou-se a oportunidade perfeita de se libertarem daquele governo opressor. Sem perder tempo, os grupos políticos curdos que se organizavam em sigilo há muito tempo, o Partido da União Democrática e o Conselho Nacional Curdo, uniram-se e formaram o Comitê Supremo Curdo. Com rapidez e eficiência, criaram as Unidades de Proteção Popular, em Kurmanji, conforme Yekîneyên Parastina Gel. Agora era oficial, o Curdistão Ocidental possuía um exército para defender seu território.

Essas milícias de autodefesa curdas assumiram o controle das cidades de Afrin, Amuda e Kobane, em julho de 2012. Continuaram lutando contra o governo sírio e tomaram também as cidades de Al-Malikiyah, Ras al-Ayn, Al-Darbasiyah, Al-Muabbada, Al-Hasakah e Qamishli. As Unidades de Proteção Popular, que começaram com um número pequeno de membros, logo se tornaram um grande exército misto, multiétnico e multilíngue, todos eram aceitos sem fazer distinção de idade, gênero, raça ou credo. E muitos voluntários internacionais de vários países como Rússia, Alemanha, Austrália, Inglaterra, entre outros. Homens e mulheres com espírito revolucionário e sede de justiça se juntaram na luta com eles, inclusive dois brasileiros, também, estiveram em Rojava.

Tenho que dizer que me emocionei com o lema do exército — Unidade de Proteção Popular, em curdo: "dimeşe,erd û ezman diheje" — "O YPG está marchando e os céus e a terra tremem".

À medida que crescia o número de mulheres nas Unidades de Proteção Popular, viu-se a necessidade de separar os gêneros. E foi assim que em abril de 2013 nasceram as Unidades de Defesa das Mulheres, que em kurmanji se diz "Yekîneyên Parastina Jin". Uma organização militar exclusivamente feminina, muito bem estruturada e muito bem administrada, que hoje é referência para todo o mundo. E contava com milhares de combatentes, de várias etnias.

A luta dessas destemidas guerreiras não se restringia apenas ao campo de batalha contra os inimigos, mas também pelos direitos das mulheres e igualdade de gênero na sociedade curda. Seu lema era muito original: "Conheça a si mesma e proteja-se". Em curdo: "xwe nas bikes, xwe biparêze". Isso me fascinava tremendamente e minha admiração por elas só aumentava a cada dia.

As milícias de autodefesa curdas surgiram no momento certo, pois foram elas que mais tarde salvaram Rojava, não apenas do Estado Islâmico, mas da invasão turca que estava só esperando a oportunidade para tomar o território dos curdos. E do próprio governo sírio, do qual conseguiram se livrar depois de tantas décadas de opressão.

Enquanto a Síria estava mergulhada no caos da guerra civil, o Curdistão Ocidental caminhava para a autonomia. Acontece que aqueles políticos curdos dessa região que anteriormente atuavam na clandestinidade, por não terem o direito de participar da política e também por medo de sofrerem represálias, tinham em mente um projeto político extraordinário! E nunca antes experimentado no Oriente Médio. Que seria a implantação de um modelo de governo Autogestor, para todas as províncias de Rojava. Fundamentado em sustentabilidade, ambientalismo, autodefesa, igualdade de gênero e pluralismo religioso, cultural e étnico. A recém-nascida República Autônoma de Rojava adotou o sistema do confederalismo democrático, que em kurmanji se diz "Konfederalîzma Demokrat", criado e trazido a público em 2005 pelo seu líder Abdullah Ocalan. Apesar do governo sírio não reconhecer sua emancipação, desde 2012 os curdos detêm o controle da sua região e estão livres para administrar suas cidades como bem lhes aprouver. Aliás, não tem como falar da Revolução de Rojava e do Curdistão sem citar Abdullah Ocalan; na verdade, não é

QUARTO DAS NOSSAS MEMÓRIAS

possível se referir à luta dos curdos das últimas décadas sem admitir que Ocalan é a peça principal na luta curda pela liberdade desse povo.

A cada linha que eu lia, sobre a história da construção de uma nova comunidade curda, eu me sentia introduzida naquela revolução, como se estivesse lá, e me alegrava com cada conquista por eles alcançada, e não podia evitar o riso, na verdade eu gargalhava mesmo, com seus triunfos. E vamos combinar que essa foi uma vitória no mínimo inesperada e façanhuda.

Nove.

ABDULLAH OCALAN

Quando Janu começou a me falar sobre um homem que havia sacrificado a sua vida pelo seu povo e cumpria pena perpétua em uma prisão numa ilha da Turquia, isolado do mundo, tudo me pareceu meio fantasioso, tipo um enredo de filme. É claro que isso atiçou a minha curiosidade, quis saber mais sobre ele, e foi exatamente o que fiz. Como sempre, Janu me disse para pesquisar.

— Leia o que escreveu este homem, e a maneira como você vê o mundo irá mudar para sempre — ele dizia.

Até aquele momento eu nunca tinha ouvido falar de Abdullah Ocalan, tampouco do Partido dos Trabalhadores do Curdistão ou de guerrilheiros na Turquia. Não é que eu estivesse alheia aos acontecimentos do mundo, porém meu país já tinha seus próprios problemas. Os conflitos no Oriente Médio não me interessavam, afinal quando foi que houve paz por lá? Vivem em uma guerra sem fim, que pessoas leigas como eu nesse assunto nem conseguem entender. É claro que fucei em todos os sites em busca de informações e também de confirmação sobre tudo o que Janu me falou a respeito dele. Não que eu desconfiasse de Janu, mas porque era inacreditável que existisse um cara tão incrível assim.

Abdullah Ocalan é um curdo de nacionalidade turca, nasceu no dia 4 de abril de 1949 em Ömerli, uma vila em Halfeti, província de Urfa, no sudoeste da Turquia. Ocalan é o primogênito de sete irmãos, de uma família humilde de camponeses, conheceu bem cedo as dificuldades da vida e a injustiça enfrentada pelo seu povo. Na infância frequentou a escola primária, em uma aldeia vizinha. Ocalan formou-se no ensino médio, na escola profissional de Ancara. E foi aí que começou a despertar seu espírito revolucionário, ao conhecer algumas pessoas que também demonstraram interesse em fazer algo para mudar a vida dos curdos e defender seus direitos. Após sua formatura no ensino médio, Ocalan começou a trabalhar em um escritório de títulos em Diyarbakir. Situada em torno de um planalto às margens do rio Tigre, é a maior cidade da região da Anatólia e é também a que tem a maior população curda da Turquia.

O fato é que Ocalan foi trabalhar justamente na região que era o coração dos conflitos entre grupos separatistas curdos e as forças do governo turco. Porém, apenas um ano mais tarde, foi transferido para Istambul, e foi aí que começou a participar de reuniões das Lareiras Orientais Culturais Revolucionárias. Pouco tempo depois ele entrou para a faculdade de direito de Istambul. No entanto, estudou apenas um ano e pediu transferência para o curso de ciências políticas, na universidade de Ancara, capital da Turquia. A essas alturas Ocalan já estava envolvido com um grupo de militantes chamado "Federação Revolucionária da Juventude da Turquia", o que facilitou seu retorno para Ancara, pois era do interesse do Estado separá-lo do grupo do qual era membro ativo. Mais tarde o então presidente turco Suleyman Demirel lamentou muito por essa decisão. Ocalan desistiu dos estudos e em 1978 juntamente com alguns colegas estudantes fundaram o Partido dos Trabalhadores do Curdistão. E essa organização política se tornaria de fato uma grande ameaça à República da Turquia.

Em uma de muitas das nossas conversas sobre o líder, Janu me disse em que condições ele começou sua jornada, para ajudar seu povo.

— Querida, o estabelecimento do líder começou do zero, naquela época os curdos estavam quase mortos. Você sabe que era do interesse de muitos países que o líder não completasse sua caminhada, porque eles nos exilaram do resto do mundo e nosso povo estava sendo apagado da história da humanidade. Infelizmente, ele não teve tempo de estabelecer tudo o que deveria, então seus escritos são o que nos ensina e nos dirige agora.

— Ele seria um excelente presidente para os curdos, se houvesse um Curdistão unificado. Você não acha? — perguntei.

— Não, querida, o líder não quer ser presidente, nunca desejou o poder, ele é um filósofo e um defensor da nossa causa, mas nunca quis governar — me disse Janu.

— A história de Abdullah Ocalan me parece um pouco com Mandela, ele também lutou pelos direitos do seu povo e foi preso — disse a ele.

— Conheço a história dele, eu tentei tatuar seu nome no meu braço, mas o tatuador estava bêbado e ao invés de escrever Mandela escreveu Manuela — contou-me Janu.

— Isso é sério? — perguntei tentando conter o riso. — Me mostra — implorei a ele.

— Outra hora te mostrarei — disse-me ele sem graça.

Um dia Janu me enviou uma foto de um livro que Abdulah escrevera e que na minha tradução ficou intitulado *Libertando vidas: a revolução das mulheres*, recomendando:

— Você vai gostar de ler, verá que o líder enaltece as mulheres e as respeita muito.

Assim que comecei a ler fiquei surpresa com a escolha de palavras e muitas das passagens: "Um país não pode ser livre se as mulheres não o são". Fiquei simplesmente maravilhada com aquele livro e com aquele escritor, que coloca a mulher como protagonista da humanidade. Nunca vi um homem escrever sobre a grandiosidade e a importância do sexo feminino na vida e na sociedade, como ele o faz. E, como uma garota que sou, não deu outra, foi amor à primeira vista. O líder continua escrevendo dezenas de livros e cartas na prisão de Imrali na Turquia, onde ainda se encontra preso. Mas infelizmente consegui apenas quatro títulos traduzidos para o português, que são: *Confederalismo democrático, Sobre a minha vida carcerária na ilha de Imrali, Guerra e paz: Curdistão* e, o meu favorito, é claro, *Libertando vidas: a revolução das mulheres.*

Na semana seguinte.

Acordei, tomei meu sagrado café, liguei o computador e escrevi:

— Meu querido, preciso te contar uma coisa, estou apaixonada por outro homem.

Janu demorou para me responder, quando finalmente teclou:

— Você é livre.

Eu continuei:

— Pois é! Não esperava me interessar por outro cara, isso é uma surpresa para mim também.

— Você é livre, faça o que quiser. Adeus. — despediu-se secamente.

Conhecendo seu pavio curto, achei melhor me explicar logo, antes que ele me bloqueasse. — Espera! Estou apaixonada, mas a culpa é toda sua, foi você que me apresentou esse homem incrível, agora estou encantada com ele.

Imediatamente Janu me enviou muitos emojis de carinhas raivosas e perguntou:

— O que é isso que está me dizendo? Como pode achar que eu te mostraria a algum homem? Quem você acha que eu sou?

Nossa! Não sabia que ele era assim tão ciumento.

— Ah, mas você fez isso, sim! Me apresentou um homem fascinante e inesquecível! Abdullah Ocalan é meu novo amor. — E terminei a frase com muitos emojis de carinhas sorridentes.

Então ele me respondeu:

— Eu também o amo muito. — E enviou emojis de carinhas envergonhadas e entendeu que eu estava brincando com ele.

— Você sabia que foi o matrimônio arranjado de sua própria irmã, Havva, que levou o líder a planejar políticas para libertar as mulheres da submissão dos homens? — comentei com Janu minha nova descoberta.

— Sim, eu sei disso — respondeu Janu.

— E você sabe que o líder nunca usou a religião ou o nome de Deus para se promover e ganhar seguidores? — continuei entusiasmada.

— Ele é diferente dos outros políticos que usam a fé das pessoas para coagi-las — complementou ele.

— Sim, eu percebi isso. Por isso não tem como não amar esse homem — concluí sorrindo.

Foi quando Janu me revelou algo ainda mais incrível, algo que eu ainda não sabia, apesar de todas as minhas pesquisas.

— E tem outra coisa também, que tem sido uma inspiração não apenas para as curdas, e sim para as mulheres de todo o mundo, que é a genealogia, criada pelo líder, o que faz dele um libertador do gênero feminino. Você já ouviu falar?

Não tinha ouvido. Mas agora sei tudo sobre isso.

A genealogia, em kurmanji: "jineolojî" ou "ciência da mulher", é uma ideologia que defende a insubordinação da mulher ao patriarcado e o direito à igualdade, liberdade religiosa, respeito e inclusão social. Uma teoria inicialmente criada por Abdullah Ocalan, nos dias atuais tem sido amplamente difundida nas comunidades curdas e passou a ser praticada pelas integrantes do Partido dos Trabalhadores do Curdistão. Outro exemplo foi a criação das unidades de defesa das mulheres e seu protagonismo na guerra contra o Estado Islâmico, que chamou a atenção do mundo inteiro para si. E a continuação das suas atividades na própria sociedade, que tem se fortalecido e ganhado espaço cada vez mais. Hoje em dia, as instituições de ensino femininas adotam a jineolojî como parte da educação e formação das novas gerações em Rojava. A liberdade da mulher na sociedade do Curdistão é considerada primordial na implantação do confederalismo democrático.

QUARTO DAS NOSSAS MEMÓRIAS

— Você sabe, querido, que desde o momento em que os curdos foram divididos, após o fim da Primeira Guerra Mundial e assinado o tratado de Lausanne, começou uma verdadeira caça às bruxas a seu povo — comentei com ele. No que ele me corrigiu; sob seu ponto de vista, Janu não via a história do seu povo a partir da Primeira Guerra Mundial.

— Há milhares de anos estamos aqui, nunca invadimos territórios de outras nações e muitos impérios vieram e desde esses tempos ajudamos outros povos e fomos enganados e roubados. E depois de tudo fomos traídos pelo Império Otomano e os outros países que assinaram aquele acordo. Queriam nos dividir para nos enfraquecer e nos tornar vulneráveis, pois eles sabem como somos fortes e não fugimos da luta. — Janu estava ficando emocional e eu também.

— Na sua opinião não havia meios de fazer isso de forma amigável? Teria evitado milhares de mortes — arrisquei, mas já sabia a resposta.

— O que há de errado com você? Esse é o caminho da vitória e estamos pagando caro, é cansativo, mas vamos vencer e fazer nosso povo viver livre como o resto do mundo — concluiu ele de maneira não muito gentil e logo depois se desconectou da conversa, sem se despedir, e como eu já o conhecia o deixei em paz.

Janu estava certo, eu conhecia bem a história do seu povo, aquela foi uma pergunta estúpida. O próprio Ocalan tentou negociar a paz por diversas vezes com o governo turco, antes e depois da sua prisão, sem sucesso. A resposta da Turquia era a de não negociar com terroristas, mas fica bem claro que o que ela não queria de fato era tratar dos assuntos referentes aos direitos dos curdos, pois prefere continuar gastando milhões para combatê-los do que admitir que está errada em oprimir esse povo. Depois da divisão do Curdistão, eles foram impedidos de exercer seus direitos mais básicos, como falar seu próprio idioma, colocar nomes curdos nos filhos, usar seus trajes típicos, praticar sua cultura, como música e dança. Agora divididos tinham que se adaptar às leis de seus respectivos países. O modo como viviam até então deixou de existir. Na Turquia não se dizia "curdos", a sua nacionalidade foi negada e passaram a ser chamados de "turcos das montanhas".

E foi nesse cenário de opressão, perseguição, genocídios, execuções em massa contra os curdos que surgiu Abdullah Ocalan desafiando o poder tirano turco. Ocalan não teve escolha, foi obrigado a declarar guerra. O que no início era para ser uma organização política, que representasse e desse voz ao povo curdo de forma pacífica e diplomática, acabou se tornando um grupo de guerrilha também, por conta das circunstâncias. O governo turco suprimia com mão de ferro qualquer manifestação que reivindicasse os direitos dos curdos em seu país, o que culminou num conflito armado no início dos anos oitenta, contra as forças turcas, que dura até os dias de hoje. O resultado foram milhares de mortos de ambos os lados e o único jeito disso parar é se houver um acordo de paz entre eles, porque os curdos não vão desistir nem recuar.

Na minha humilde opinião, a Turquia finalmente encontrou um inimigo de peso, em Abdullah Ocalan, um líder que teve a coragem de dizer basta à opressão contra os curdos. É claro que ela não podia deixá-lo semear ideias de liberdade na mente do seu povo. Isso era perigoso demais. Então, desde o momento em que Abdullah Ocalan surgiu no cenário político, se opondo à tirania e à ditadura daquele governo, tornou-se seu inimigo número um. A partir daí a Turquia iniciou uma caçada para prendê-lo e, depois de algumas décadas e muitos esforços, também a ameaçar todos os países que lhes deram asilo, como Síria, Itália, Rússia e Grécia. Finalmente em 1999, em uma operação conjunta das agências de inteligência americanas, israelenses e turcas, é claro, o prenderam durante sua transferência da embaixada grega para o aeroporto internacional Jomo Kenyatta em Nairobi. Na ilha de Imrali, no mar Mármara, Ocalan foi julgado e condenado à morte por um tribunal militar turco. Acusado de traição, separatismo e terrorismo, pois segundo o Tribunal Europeu dos Direitos Humanos violou vários artigos da Convenção Europeia dos

Direitos Humanos. Para infelicidade da Turquia, que desejava muito fazer parte da União Europeia, teve que revogar a sentença, pois uma das regras para entrar nesse seleto grupo era abolir a pena de morte em seu país. Logo, não poderia executar seu inimigo número um. Foi assim que o líder Abdullah Ocalan saiu do corredor da morte e foi condenado à prisão perpétua.

A braveza do Janu nunca durava muito, algumas horas depois dele sair sem se despedir da nossa conversa me enviou um vídeo do líder com uma música muito animada em curdo, que segundo ele era um grito de guerra. O videoclipe era uma montagem com muitas fotos, tipo uma linha do tempo, contando um pouco da sua história. Em algumas imagens mostrava o líder ainda bem jovem com cabelos fartos e negros desarrumados. Outras já com mais idade. Ele sempre ostentou um belo bigode, que também estava grisalho. Ocalan era um homem que demonstrava ter personalidade forte, bastava olhar para seu rosto para saber que aquele era o olhar de alguém que não tinha medo de nada e sempre dizia ao que veio.

Nas semanas que se seguiram, a cada oportunidade que eu tinha, continuava com minhas pesquisas; agora mais do que antes, queria saber sobre os ancestrais do meu "amigo especial". A extinta Mesopotâmia foi o berço das civilizações na antiguidade e um cenário de grandes reinados, de povos de várias origens, valentes guerreiros como os sumérios, acádios e babilônicos passaram por essas terras. Localizada entre os rios Tigres e Eufrates, seu nome de origem grega significa "terra entre rios". Além das Crescentes Férteis, muito favoráveis para a agricultura e criação de animais, também era passagem para o mar Mediterrâneo e golfo Pérsico, o que tornava a região muito atraente para o comércio e muito disputada. Impérios poderosos surgiram e desapareceram ao longo dos milênios, porém os curdos permanecem no mesmo lugar até os dias de hoje. O que me diz que são os verdadeiros donos dessas terras.

Curiosidade interessante sobre os curdos nos dias atuais é que ainda se dividem em aldeias. E muitas vezes Janu referia-se à sua própria família como um clã, o que me leva a pensar que as linhagens mais tradicionais ainda usam esse termo. O mesmo acontecia com seus antepassados. Apesar de não se ter informações detalhadas sobre sua origem, especula-se que sejam descendentes dos hurritas, e sua língua original também.

Esses antigos povos montanheses desceram as cordilheiras de Zagros e Taurus e conquistaram territórios significativos, dividiam-se em clãs e também nomeavam as cidades, reinos e impérios que fundavam com seus nomes. Entre eles, os hati, gútios, mitani, manas e outros. Todas essas tribos formavam um grande e poderoso grupo.

A partir do segundo milênio que antecede a era cristã, juntaram-se aos hurritas muitas tribos arianas, que se estabeleceram nas montanhas, os citas, os sármatas e os medos, e a população acabou se tornando ariana-iraniana. A sociedade curda atual é uma mistura de todos os povos que habitaram na antiga Mesopotâmia. E falam muitas línguas, árabe, persa, turco, inglês. Há três dialetos principais no Curdistão: o kurmanji na Síria e Turquia, o sorani no Iraque e o pehlwani no Irã.

Dez.

DIAMANTE BRUTO

O tempo foi passando e, sem querer ou notar, íamos nos envolvendo a cada dia mais, ele com a minha rotina de Floripa e eu na dele em Rojava. Chegamos a um ponto da nossa amizade que precisávamos decidir o que faríamos ou seríamos. Os sentimentos estavam confusos, para mim pelo menos sim. As diferenças entre nós eram gritantes, em todos os aspectos, tipo fogo e água, sol e lua. Eu tinha que ser prudente e considerar todos os prós e contras de um relacionamento à distância com um homem bem mais jovem. De outro país, de uma cultura enraizada no patriarcalismo, muito diferente da minha.

Lembrando que esse moço em questão era como um diamante bruto incrustado na rocha, formado sob muita pressão e temperaturas elevadíssimas. Eu precisaria garimpá-lo e lapidá-lo, nessa ordem. E vinha com uma grande bagagem emocional. Não seria uma missão fácil. Porém desafiadora e excitante também, confesso.

Nossos encontros eram sempre à noite, depois que eu chegava do meu trabalho. Preparava o jantar e colocava as crianças na cama. Janu me esperava para conversarmos, se não estivesse em missão. Isso significava que ele sacrificava seu sono por mim, e eu passei a dormir bem menos também. Enquanto ele estava na torre, como costumava dizer, não podíamos nos ver, e isso podia durar semanas até ele tirar seus poucos dias de folga e ir para casa.

Lembro da primeira vez que Janu disse que me amava, era domingo, estávamos teclando de madrugada.

— Eu quero saber: como foi que você me encontrou? E por que decidiu falar comigo? — perguntei curiosa, queria saber por que, de todas as mulheres do mundo, ele mirou logo em mim.

— Eu não sei, só me lembro que me deparei com o seu perfil, olhei a sua foto e algo me atraía para você. Eu estava nervoso e com vergonha, mas sabia que tinha que falar contigo, então decidi fazer contato. E você foi arrogante comigo e me bloqueou. Mas acho que você sentiu o mesmo por mim, por isso voltou — explicou.

— Creio que você esteja certo, querido, quanto aos meus sentimentos — teclei.

Como esquecer? Eu me lembrava bem disso, não conseguia deixar de pensar naquele homem exótico e misterioso.

— Sabe por que eu sei que te amo? — perguntou ele.

— Não, me diga, por favor — pedi.

— Antes de te conhecer, morte e escuridão eram tudo o que eu via na minha frente. Eu não pensava em um futuro para mim além de lutar até ser martirizado, já tinha aceitado que esse era o meu destino. Mas aí você chegou com sua bondade e ternura e fez meu coração querer a vida novamente. Você veio até mim como um anjo e me trouxe a luz. Acredito que foi Deus e o universo que te enviaram. Te amei desde o dia que te conheci, nunca tive dúvidas que você era a metade da minha alma — declarou Janu.

Meu Deus! Eu fiz toda essa diferença na vida dele mesmo? Senti uma grande responsabilidade naquele momento. Fiquei ali por uns instantes, olhando seu rosto na pequena tela do dispositivo e pensando no que lhe dizer. Via expectativa em seu olhar, enquanto aguardava uma resposta minha. Havia muito peso nas palavras "eu te amo", não podia ser leviana e dizer o mesmo só para agradá-lo. Eu tinha plena consciência de que tudo mudaria a partir desse momento.

Acreditei na sinceridade das suas palavras, decidi ser honesta também e confessei:

— Eu também te amo, mas não sei explicar que tipo de amor estou sentindo, talvez seja só amizade.

QUARTO DAS NOSSAS MEMÓRIAS

— Te amei desde o primeiro momento, como amante, namorada, nunca como uma amiga — respondeu-me imediatamente Janu.

— E por que nunca me disse? — perguntei, surpresa.

— Porque te respeito muito e também tinha vergonha de dizer, estava esperando uma oportunidade.

— E agora o que faremos? — teclei.

— Bem, vou te fazer uma pergunta e de acordo com a sua resposta será decidido se a partir de hoje seremos apenas amigos. Você concorda? — perguntou ele.

Eu disse que sim e Janu digitou:

— Quer ser minha namorada?

Comecei a rir, faço isso quando fico nervosa. Sei que Janu esperava um sim. Que meus sentimentos fossem recíprocos, e aguardava uma resposta. Quanto a mim, tinha que ter certeza do que realmente queria, pois não era apenas o meu coração em jogo ali, precisava pensar nele também.

Minha reação o deixou confuso, então ele perguntou novamente, dessa vez verbalizando:

— Erê. Sim. Erê em curdo quer dizer sim.

— Querido, vamos descobrir juntos se eu realmente sou a outra metade da sua alma — escrevi.

Havia mais motivos para desistir do que prosseguir. Nosso relacionamento tinha tudo para dar errado, sabíamos o quanto seria difícil e dos desafios que enfrentaríamos. Mas dissemos sim um ao outro. E a nossa decisão foi o divisor de águas em minha vida.

Meu coração também estava desprovido de amor há muito tempo. E ele chegou despretensioso, com jeito de menino tímido que desviava o olhar e aos poucos foi ocupando todos os espaços vazios da minha vida. Janu ainda não sabia, mas ele também me salvou, da apatia. E me abriu os olhos para enxergar além do meu mundinho perfeito e seguro. Na verdade, tirou-me da minha zona de conforto. Agora sua luta era nossa luta, sua guerra era nossa guerra. Quanto à distância? Bem, o fato de ele morar em outro continente era só um detalhe.

Uma das coisas que a princípio me preocupou foi o Janu ser mulçumano. Sou cristã desde o nascimento e pretendia continuar assim. Sei que cristãos e islâmicos tiveram suas guerras e divergências e são muito diferentes. Talvez possam até dar certo como amigos, se houver respeito mútuo em relação à fé do outro. No entanto, como casal acho difícil que haja possibilidade de entendimento. Senti um certo alívio quando Janu me revelou que não tinha nenhum interesse em religião, pois achava que todas estão corrompidas, pela ganância e o poder. Infelizmente, devo admitir que ele tinha uma certa razão.

Prefiro um namorado ateu do que um fanático religioso, pensei comigo.

Falando em fé, fiquei curiosa em saber no que os curdos da antiguidade acreditavam. E fui dar uma espiadinha. Por volta do VI século antes de Cristo, eis que surge, na antiga Pérsia, o atual Irã, o profeta Zoroastro, fundador do zoroastrismo, uma das primeiras religiões monoteístas do mundo. Depois disso vieram seitas como o iazdanismo e o alevismo, entre outras. São crenças que misturam elementos da natureza, como o fogo e a água, e seres sagrados do bem e do mal, com diversos rituais, como o culto aos anjos. Pratica-das entre os curdos desde os tempos primórdios. Até a chegada dos árabes mulçumanos, que converteram grande parte da população para o islamismo. Nos dias de hoje os curdos professam muitas crenças, inclusive o cristianismo.

Quanto à cultura e aos costumes de Janu, estava tranquila, o povo curdo é muito receptivo. Confesso que usar roupas típicas e acessórios, em ocasiões especiais, seria um grande prazer e uma honra também.

Janu costumava compartilhar comigo fotos e vídeos das come-morações dos eventos culturais do seu povo que aconteciam em Rojava. Ele me falou sobre o ano-novo, que no seu idioma se chama "newroz" e que os curdos comemoram há milhares de anos. Janu me disse que devo visitá-lo nesse período para conhecer e participar das festividades que acontecem em todas as cidades.

A celebração do "newroz" (ano-novo) acontece no mês de março, entre os dias 20 e 22, dependendo da hora exata do solstício da primavera de acordo com o calendário persa. Nesses dias as montanhas das regiões ficam iluminadas à noite por milhares de tochas acesas que parecem estrelas na terra. Um belíssimo ritual para celebrar a renovação da vida e da esperança, que consiste em acender grandes fogueiras, cercadas de músicas e danças típicas, usar roupas novas coloridas e adornos na cabeça. É uma oportunidade para confraternizar com familiares e amigos.

Bem, a origem dos curdos eu já sabia, o que faltava era entender como é possível que um dos povos mais antigos do mundo não possuíssem seu próprio país e também por que estavam divididos, em quatro regiões, que formam o Curdistão. Porém, não tem como falar dos curdos sem falar do Império Otomano, do qual fizeram parte.

No final do século XII o líder tribal turco Osman Oguz transformou seu pequeno sultanato no grande Império Otomano, que teve início no noroeste da Anatólia, na vizinhança de Bilecik e de Sö☐üt, que hoje corresponde ao território da Turquia. Este, por sua vez, é considerado a maior e mais poderosa organização política e militar islâmica da história e o mais duradouro e extenso império também. Durou seiscentos e vinte e quatro anos, de 1229 a 1923. Estendeu-se pelas regiões leste e sul da Europa, norte da África, Oriente Médio e parte do Sudeste Asiático. O termo "otomano" foi uma homenagem ao seu fundador.

O tratado de Sevres foi um acordo de paz assinado entre os aliados e o Império Otomano, no dia 10 de agosto de 1920, com o fim da Primeira Guerra Mundial. Esse acordo partilhava o vasto e derrotado reino turcomano entre os reinos da Grécia, Itália, britânico e francês. Previa também a criação de um Estado nacional curdo no sudeste da Anatólia. E mais território aos armênios. Acontece que os remanescentes do nacionalismo turco rejeitaram o tratado de Sevres.

Data de 24 de julho de 1923. Esse foi o dia em que a pátria e a liberdade dos curdos foram roubadas. Por todos aqueles países que assinaram o novo tratado de paz de Lausanne. Esse segundo acordo, assinado na Suíça, anulou o primeiro. E fizeram isso na base da diplomacia. O extinto Império Otomano tornou-se a República Turca. Cada país envolvido defendeu seus interesses. Foram eles: França, Itália, Grécia, Romênia, reinos dos sérvios, croatas, eslovenos, Reino Unido, Japão e também a Turquia, é claro. Esse povo, além de não receber nada, ainda foi dividido entre quatro países, Irã, Iraque, Síria e Turquia. E nenhum deles estavam dispostos a ceder nem um metro sequer de seu território para a criação de um Estado curdo.

A única conquista que os curdos conseguiram com o Império Otomano foi obter sua nacionalidade, oficializada em 1910. Agora divididos teriam que se adaptar às leis e políticas de cada governo, de seus respectivos países. E foi assim que os curdos, que eram os verdadeiros donos dessas terras, acabaram como simples invasores. Eu estudava vorazmente tudo sobre essa cultura milenar e cada vez mais me surpreendia com tudo que descobria.

Onze.

NOSSOS AMIGOS EM COMUM

Era outubro de 2019, se passou um ano desde que conheci Janu, mas apenas recentemente tínhamos mencionado sentimentos. O que começara com uma simples amizade estava se tornando algo mais sério. Isso era novidade para mim. Eu estava aprendendo a namorar à distância e acredito que Janu também, pelo que podia perceber. Certa manhã trocávamos mensagens, enquanto eu me preparava para sair. Ele me disse que ia trabalhar, lhe desejei um bom dia e nos despedimos. "Spas", disse-me ele, que em seu idioma quer dizer "obrigado". Senti uma certa frieza, meio seco. Costumava ser mais romântico nas despedidas. Pensei que talvez estivesse ocupado. Então deixei para lá.

A primavera de 2019 despertava, temperatura agradabilíssima, convidativa para uma caminhada ao ar livre. O dia estava amanhecendo aqui no Brasil e em Rojava virava a tarde. Um ano se passou desde que nos conhecemos, estava tão envolvida nos assuntos dele e de seu povo, que os meses parece que voaram. Acredito que conhecia mais as origens e história do povo curdo do que a grande maioria deles; tinha sido um período interessante, com certeza. Depois de falar com Janu, fui caminhar no calçadão da beira-mar continental. Tirei muitas fotos da paisagem, do nascer do sol e do mar da ilha de Floripa.

Imediatamente compartilhei as imagens com ele, queria repartir um pouquinho do meu mundo. Pensei comigo que ele ia gostar de ver, que ia ser legal. Grande engano. No mesmo instante, ele as visualizou, mas não comentou, nem reagiu a elas. Podia ver claramente que Janu estava conectado de noite e nada disse. Estranhei sua atitude, mas respeitei seu silêncio.

Na manhã seguinte mandei um "bom dia, querido". Também sem resposta. Aí fui obrigada a perguntar qual era o problema.

— Posso saber por que está me ignorando desde ontem?

— Você sabe por quê — respondeu-me Janu.

— Nem imagino. Ontem, te enviei fotos da caminhada, para compartilhar contigo um pouquinho do meu dia a dia. Depois te disse bom dia, me ignoraste totalmente — expliquei.

— Tu não entendes mesmo como é a minha vida aqui — disse Janu me interrompendo. — Quando te digo que vou trabalhar, estou saindo para o combate, para a guerra. Contra os inimigos, que me matam se tiverem chance. Eu posso morrer a qualquer momento, nunca mais te ver ou falar contigo, e você me manda foto de nascer do sol, de pássaros e barcos! Você não liga pra mim! — desabafou ele.

Nossa! Suas palavras caíram como uma bomba na minha consciência e confesso que me senti egoísta e constrangida naquele momento.

— Me desculpa se fiz parecer que não me importo. Não foi a minha intenção. Só achei que seu trabalho agora não fosse mais tão perigoso, pois não está mais lutando — repliquei.

— Não importa qual seja o meu trabalho, sempre serei um alvo. Fiquei com raiva da sua indiferença, pensei que não se importasse comigo — disse-me ele.

— Engano seu. Me preocupo mais do que pode imaginar — retruquei.

Naquele dia, senti que algo mudou, e a nossa primeira desarmonia de casal nos aproximou ainda mais.

— *Então isso foi uma briga?* — *perguntei a mim mesma.*

E eu que pensava que relacionamento virtual não tinha desavenças. Depois de conversarmos um pouco, Janu me falou como se sentia, o deixei desabafar e se acalmar. Entendi seus sentimentos. Me coloquei no lugar dele. E se fosse o contrário? A partir daí, acabou meu sossego. Toda vez que Janu ia trabalhar, sentia-me angustiada, coração apertado, só me aquietava quando ele dava notícias. Então, me dei conta de que eu não conhecia ninguém da sua família, tampouco ele a minha, nem mesmo um amigo, da minha parte ou da dele, tínhamos em comum. Se um de nós morresse, o outro não saberia, apenas desapareceria sem deixar vestígios, como um fantasma no tempo.

Tínhamos de resolver isso. Afinal, eu não queria desaparecer simplesmente da sua vida e deixá-lo sem saber o porquê. E esperava a mesma consideração da parte de Janu. Então, adicionamos um ao outro no WhatsApp e combinamos que deixaríamos uma pessoa de nossa confiança incumbida de dar a notícia para o outro, no caso de uma fatalidade ou qualquer impedimento de nos comunicarmos. Eu nomeei a minha irmã caçula, Isadora. E Janu confiou essa tarefa a seu amigo e parceiro de batalhas Baran.

Depois que fizemos as "pazes", por assim dizer, lhe pedi que, se isso acontecesse novamente, dele não entender algo ou se ficasse chateado por alguma razão, deveria me dizer para que pudéssemos resolver a situação. Agir como um adolescente emburrado estava terminantemente proibido, pois a falta de comunicação é o maior problema dos relacionamentos. Sem falar das dificuldades que tínhamos com a língua, que às vezes a tradução digital mudava o sentido das palavras e causava o maior rolo, "isso acontecia frequentemente". Janu concordou e ficamos entendidos assim.

Como poderia adivinhar o que se passava na sua cabecinha, se na maioria das vezes que falávamos nem via seu rosto? Impossível notar uma sutil expressão de raiva em seus olhos. Ainda mais quando se morava do outro lado do mundo e as imagens que chegavam nem eram tão boas assim.

Bem, tive que contar à minha irmã Isadora tudo sobre Janu e eu. Foi difícil, confesso. Conhecendo sua opinião a respeito de relacionamento à distância, ainda mais com estrangeiro, ah!, uma lição de moral ela me daria, com toda a certeza. Comecei aos poucos, fui preparando o terreno. Primeiro, comentei sobre a Síria e a guerra que durava anos naquele país. Depois mencionei o povo curdo e a situação lamentável que viviam. Ela também não os conhecia e comoveu-se com a triste história deles. Em seguida, falei do meu amigo lutador, residente em Rojava, e de tudo por quanto passara em sua vida. Surpreendentemente, Isadora teve uma enorme empatia por Janu. Me sentindo mais tranquila, revelei meus sentimentos.

Ufa! Que alívio poder compartilhar com alguém, pensei comigo mesma.

— Você sabe que eu te amo e quero a sua felicidade, mas mantenha os pés no chão, minha irmã, e vá com muita calma — disse-me Isadora.

— Não se preocupe, mana, sei o que estou fazendo — tranquilizei-a. "Mana" era uma forma de nós nos tratarmos desde criança.

Sugeri a Isadora que o conhecesse, lhe enviei o link da página do Facebook de Janu para ela adicioná-lo. Antes de Janu aceitar a solicitação de amizade dela, me consultou para saber se eu a conhecia, pois era muito cauteloso com desconhecidos.

Achei um gesto respeitoso da parte dele, isso me deixou feliz.

— Você conhece essa pessoa, "minha casa"? — perguntou-me ele.

— Sim, querido, é minha irmã, quero que a conheça — respondi.

— Devo aceitar a amizade dela? — perguntou ele.

— A decisão é sua. Mas se aceitar terá uma aliada e uma amiga — repliquei.

— É um prazer receber sua irmã, ela é bem-vinda — disse-me Janu.

Depois disso tornaram-se amigos e frequentemente conversavam. Em uma ocasião ele lhe dissera:

— Quando a guerra acabar, irei para o Brasil e me casarei com sua irmã.

Janu não viu nenhuma semelhança entre mim e Isadora, na verdade não nos parecíamos mesmo. Sou a filha do meio de três irmãs. Isadora é seis anos mais nova do que eu, sempre foi bajulada por nossos pais. Zenir, a primogênita da família, é a mais responsável, centrada. Quanto a mim, bem, vamos dizer que sou a balança da família. Isadora desde pequena apresentou personalidade forte. Era brigona, teimosa, atribuímos isso a seus cabelos cacheados cor de fogo, ela nasceu ruiva, com pele branca coberta de sardas e olhos castanho-escuros. Tornou-se uma mulher muito atraente e determinada.

Alguns dias mais tarde, recebi no Facebook uma solicitação de amizade do Baran, amigo de Janu, o qual aceitei de bom grado, fiquei feliz em conhecer alguém do mundo dele. Baran era um jovem combatente, de vinte e poucos anos, educado, de uma aparência gentil. Pele e cabelos claros, bochechas rosadas, olhos grandes e expressivos cor de mel. Ostentava um belo bigode, que lhe caía bem. Os dois residiam na mesma cidade, Quamislo, capital de Rojava, e ele também estava na guerra há muitos anos, eles eram amigos de infância, tratavam-se como irmãos.

Na galeria da sua página, havia dezenas de fotos, Baran com Janu entre outros soldados. Na maioria delas se viam armas e veículos militares em cenários variados e, a julgar pelas datas das postagens, estavam juntos na luta há um bom tempo. Nas fotografias notava-se que Baran era de baixa estatura, tinha um rosto muito simpático e estava sempre sorrindo, ao contrário de Janu. Carinhosamente os apelidei de "Zangado e Feliz", os nomes são autoexplicativos.

Um determinado dia coincidiu de os dois estarem de folga do trabalho na casa de Janu, que enviou algumas fotos deles juntos, descontraídos, rindo e fazendo sinal de vitória com os dedos. Pela primeira vez vi Baran usando roupas civis. Nos tornamos bons amigos e sou grata a Deus por isso. Tenho idade para ser sua mãe, então o adotei como meu filho do coração. Estamos sempre nos comunicando desde então, para termos notícias um do outro. Baran me chamava carinhosamente de "minha mãe". E eu o chamava de "meu filho". Às vezes brincava com ele e perguntava:

— Quando você vai se casar e me dar netos?

— Quando a guerra acabar e for seguro ter uma família — respondia ele.

Ele me contou um pouco da sua história de vida e das suas origens.

— Sou de uma família patriota. Adorei estudar na minha infância, mas, ao mesmo tempo, sempre enfrentei os professores. Porque eles nos tratavam como se fôssemos do exército. O castigo era coletivo, batiam em todas as crianças, meninos e meninas — disse-me certo dia.

— Oh, meu Deus! Isso é sério? — perguntei, perplexa.

— Sim, era assim que as crianças da minha aldeia eram educadas — confirmou.

— Isso é inaceitável! — exclamei com indignação e instintivamente me levantei para beber um copo de água e me acalmar.

Infelizmente, essa prática era comum nas escolas da Síria. Assisti um vídeo que vazou na internet em que um professor, que claramente falava em árabe, batia nos alunos na hora de corrigir as atividades. As crianças bem pequenas formavam fila a fim de mostrar o caderno e eram surradas nas mãozinhas com uma régua de madeira, algumas já chegavam na frente dele chorando e implorando para não apanhar, se reagissem e tentassem se defender o castigo era pior. Estavam presentes ali alguns adultos e todos riam ao ver aqueles anjos indefesos serem punidos. Precisei bloquear na minha mente aquelas cenas de crueldade. Agora estou aqui falando com uma vítima desses abusos. Isso é sem dúvida muito interessante e frustrante ao mesmo tempo.

Quando voltei, Baran continuou seus relatos.

— Os professores costumavam nos fazer dizer o hino em árabe. E eu sempre pronunciava errado. Se eles não reconheciam a minha língua, nem mesmo minha origem, por que eu deveria jurar todas as manhãs que iria me tornar um bom árabe? Nunca disse isso — afirmou-me Baran.

— Então, queriam roubar suas identidades curdas e transformá-las em árabes? — repliquei.

— Isso mesmo, foi o que tentaram fazer comigo e com todos aqui em Rojava — explicou ele.

Baran me falou um pouco sobre como foi crescer na sua aldeia, com muito entusiasmo.

— Na minha área, bairro de Al-Que Doubek, em Qamishli, eu era o líder da minha gangue. As crianças ouviam minhas palavras. Cada um de nós tinha um burro. O meu se chamava Barq. Costumávamos correr com eles todas as sextas-feiras — disse-me orgulhoso de si mesmo.

— Vejo que você era um mandachuva nato e teve uma infância muito feliz, apesar das circunstâncias — retruquei.

— Sim, tentávamos não nos deixar dominar por ninguém — respondeu-me ele.

Um sorriso brotou em meus lábios quando imaginei Baran montado em seu burro e apostando corrida com seus amiguinhos pelas ruas do seu bairro. Confesso que imaginar essa cena me fez bem.

Baran trabalhava desde cedo vendendo cigarro no mercado para poder ajudar sua família. Ele desabafava sobre essa época, pois se sentia à vontade e confiava em mim. Apesar de nunca termos nos visto, parecia que éramos velhos amigos.

Vi muita semelhança entre aquele garotinho curdo que vendia cigarros nas ruas da sua cidade e nossas crianças aqui do meu país. Não importa em que canto do mundo vivam, os meninos são todos iguais.

Certa noite, enquanto conversávamos, lhe disse que queria conhecê-lo, se ele concordasse. Me respondeu que sim, porém não entendia o meu idioma.

— Vamos apenas nos ver e dizer olá, gosto de conhecer meus amigos, para saber que são de verdade, e não robôs — brinquei com ele.

E assim fizemos, a videochamada pelo Messenger durou uns dois minutos apenas. O suficiente para nos apresentarmos. Baran era exatamente como as fotos mostravam, muito gentil, com um rosto amável e um lindo sorriso.

Eu nunca imaginaria que aquele jovem com cara de sacerdote fosse um guerreiro e vivesse em meio à hostilidade da guerra se não o conhecesse.

Doze.

MÁRTIRES IMORTAIS

Comecei a bisbilhotar a página de Facebook de Janu. Parecia que todos os seus amigos eram combatentes, ou estavam de alguma forma envolvidos na luta. Queria ver o que ele publicava, encontrei ali muitas fotos e vídeos de mártires. Outros de combates, como explosões de veículos militares inimigos, em emboscadas nas estradas, helicópteros abatidos, confrontos no campo de batalhas, homem a homem. Era uma loucura total! Parecia um filme de ação. Alguns vídeos, depois de assistir, precisava de um tempo para me recompor, tamanha era a crueldade que os inimigos, Estado Islâmico e turcos, cometiam contra combatentes e civis curdos, especialmente as mulheres. Continuei xeretando as redes sociais dos curdos. Instagram, Twitter, grupos, comunidades, blogs, canais de notícias, tudo o que pudesse me dar informações. Teoricamente a história deles de um modo geral eu já sabia. Queria conhecer também como viviam no seu dia a dia. Me tornei uma espiã, confesso, mas por uma boa causa. E me surpreendi muito com o quanto podemos saber de uma pessoa por meio de seus perfis nas mídias sociais. A foto de uma jovem combatente, em particular, me chamou a atenção na página de Janu. O local parecia ser um bosque, havia árvores ao fundo e outros soldados, masculinos, presentes. Ela vestia um uniforme camuflado e um lenço quadriculado, em preto e branco, na cabeça, meio desarrumado. Dava para ver seus cabelos castanhos, com nuances douradas, divididos de lado. Algumas mechas caíam sobre seu rosto e uma trança descia sobre seu ombro,

QUARTO DAS NOSSAS MEMÓRIAS

o mesmo que segurava um fuzil preso numa bandoleira. No outro ombro, também preso na bandoleira, ela segurava um lançador de RPG, ou seja, um "lançador de granadas, propulsado por foguetes". Nas costas carregava uma mochila.

O que mais me impressionou foi a serenidade em seu olhar e seu sorriso descontraído, que iluminavam seu rosto. Como se não tivesse temor algum e nada neste mundo pudesse atingi-la. Fiquei simplesmente fascinada por aquela mulher misteriosa. E incrivelmente linda! Precisava descobrir quem era.

Havia uma inscrição na imagem, em inglês. "I am the blood of dragon. I must be strong. I must have fire in my eyes when I face them, not tears." Que em português quer dizer: "Eu sou o sangue do dragão. Eu devo ser forte. Devo ter fogo em meus olhos quando os encaro. Não lágrimas." Não sei quem escreveu isso, mas achei incrível!

Esperei ansiosa para falar com Janu e obter informações daquela garota. Quando o vi conectado não hesitei, lhe enviei logo uma mensagem perguntando quem ela era.

— Ela é uma mártir que se sacrificou quando lutava contra os terroristas do Estado Islâmico — respondeu-me ele.

— Como assim sacrifício? — indaguei confusa.

— Para não se render aos inimigos, ela preferiu o martírio — explicou ele.

— Meu Deus! Ela se suicidou? Isso é lamentável! — exclamei.

— Primeiro, não dizemos que ela morreu, dizemos que foi martirizada, é assim que nos referimos aos lutadores que caem em batalha. E, segundo, não lamente, ela é uma heroína, deu sua vida pelo seu povo e seus companheiros. É motivo para nos orgulharmos dela — disse-me Janu, com a maior naturalidade.

— Então todas as pessoas que morrem se tornam mártires para vocês? — perguntei curiosa.

— Todos os lutadores que morrem em combate ou não e todas as pessoas que perdem suas vidas nos ataques inimigos são sepultados nos cemitérios dos mártires — escreveu ele.

Janu me explicou que as palavras "şehîd namire" em sua língua kurmanji significava "mártir não morre". Agora essa descrição fazia sentido para mim, pois "şehîd" está escrito em todas as lápides dos combatentes.

Voltando ao assunto do autossacrifício da garota da foto, não aguentei e tive que dar a minha opinião, é claro!

— Desculpe, Janu, se não compartilho da sua opinião. Sou a favor da vida, não vejo nenhuma vantagem na morte de qualquer ser humano, não importam as circunstâncias — repliquei.

Foi quando eu levei a maior lição de moral da minha vida.

— Não fale sobre o que você não entende. Não venha me falar de consciência moral. Você não sabe nada sobre a guerra e as circunstâncias que vivemos aqui, não sabe do que esses terroristas sanguinários são capazes — escreveu ele.

Subitamente Janu se desconectou, senti que tinha dito besteiras e que ele se zangou comigo. Mas também fiz silêncio e aguardei para ver se ele voltaria ou não. Instantes depois vi que digitava.

— Já que você é a favor da vida de qualquer ser humano, Beth, então me diga, se inimigos invadissem sua casa, matassem seus familiares, sequestrassem suas crianças, estuprassem suas filhas, destruíssem e roubassem seus bens, o que você faria? Você acha que esses terroristas podem ser chamados de seres humanos e merecem a clemência ou merecem a vida? Me responda honestamente — indagou-me.

Senti um nó na garganta diante da pergunta de Janu. E por alguns instantes tentei imaginar um cenário de terror, infligido pelo terrorismo islâmico, aqui na minha querida ilha, como eles fizeram nas cidades curdas sírias e iraquianas... Invasão, destruição, a população fugindo desesperada de suas casas, assassinatos, estupros, crueldades... Apenas um vislumbre do que os curdos passaram por vários anos e de todas as atrocidades que sofreram. Senti fúria e meu sangue ferveu. Interrompi meus pensamentos, pois não suportei pensar mais nisso. Confesso que desejei a morte de todos esses malditos invasores. E que queimassem no mármore dos infernos.

— Eu lutaria até a morte — respondi.

— Você entendeu agora? Não queríamos a guerra, desejamos a paz. Porém, não tivemos escolhas, ou pegávamos em armas e lutávamos ou morríamos — disse-me ele.

— Sim — respondi um tanto constrangida.

A verdade é que eu nunca tinha pensado sobre isso, só mesmo estando no lugar do outro para saber. E, quanto a achar que toda vida é valiosa e merece ser poupada, já não tinha mais tanta certeza disso. Depois vi que Janu se acalmou, pela forma como voltou a escrever.

— Querida, pesquisa na internet sobre Arin Mirkan. Seu martírio foi notícia em todo o mundo. Você vai ver quem ela era, seu espírito de luta e seu sacrifício — aconselhou-me ele.

Foi exatamente o que eu fiz. Não havia muitas informações pessoais disponíveis nos sites de notícias sobre Arin Mirkan, mas tinha o suficiente para compreender o porquê da sua atitude. Ela era uma jovem mãe, de dois filhos, ainda pequenos, e uma lutadora. Integrante das Unidades de Proteção Feminina, ou seja, o exército feminino curdo, Arin Mirkan fora martirizada lutando contra os terroristas do Estado Islâmico.

Pelo visto, essa história iria exigir toda a minha atenção, então antes de me debruçar sobre o computador fui até a cozinha e preparei um café bem quentinho.

O Estado Islâmico, "um grupo radical e extremista", estava à espreita e aproveitou o caos em que a Síria se encontrava, viu a oportunidade de expandir seus territórios. Criou uma zona de livre acesso entre os dois países, além das fronteiras sírias e iraquianas, para estabelecer ali seu califado. E não teve nenhuma dificuldade de se apossar de algumas cidades, já desoladas pela guerra. Verdade seja dita, os curdos de Rojava não estavam preparados para enfrentar uma invasão daqueles terroristas. Não estavam preparados para uma guerra daquela magnitude. Nem possuíam poder bélico, como tanques, blindados, aviões, drones... Parecia uma missão impossível vencer aqueles mercenários apenas com armas leves, "rifles, pistolas, granadas e RPG", em campo aberto.

Meu nervosismo aumentava a cada página que lia sobre o assunto e, a julgar pelas condições de cada grupo, os curdos iam apanhar feio nessa peleja. Uma pausa para mais um cafezinho, alongar um pouco o corpinho, e então prossegui. Precisava conhecer o desfecho dessa história.

Se os confrontos fossem nas montanhas, teriam as vantagens das táticas de guerrilha, nas quais são peritos. Mas, sendo no deserto e na cidade, em meio à presença de civis, complicou para os combatentes curdos, pois preservar a vida humana é sua prioridade. O inimigo, por sua vez, não se importava em matar pessoas inocentes e detinha um arsenal belígero poderoso. Porém o grande erro do Estado Islâmico foi se meter justamente com os curdos de Rojava. Enganou-se absurdamente em deduzir que não encontraria resistência, que eles não lutariam, que se deixariam subjugar novamente por outra ditadura pior que a anterior, da qual acabaram de se libertar. Subestimaram sua força, coragem e determinação, e essa foi sua derrota.

Bem, tirei uma grande lição disso tudo, entendi que mais forte não é o que faz barulho, mas aquele que tem motivos nobres para lutar, pois este se torna poderoso e resistente. É a ele que o inimigo deve temer.

Na segunda quinzena de setembro de 2014, os terroristas islâmicos sitiaram Kobane, uma importante cidade do enclave curdo, na fronteira turca, ao norte da província de Alepo, situada entre Síria e Turquia. O Estado Islâmico tinha grande interesse nessa região para expandir seu "califado", que iniciou no Iraque e a essa altura já controlava um terço da fronteira norte com o Estado Turco. A vizinha Turquia, e inimiga número um dos curdos, via nesse evento a oportunidade perfeita de destruir a recém-criada Região Autónoma de Rojava, que vinha ganhando notoriedade e chamando a atenção não só de países do Oriente Médio como de estrangeiros, com sua política de autogestão e igualdade de gênero. O temor do governo turco é que o Curdistão conquiste sua independência, o que significa uma ameaça aos seus interesses e soberania. Logo, apoia os inimigos dos curdos, mesmo que esses inimigos sejam os terroristas islâmicos.

Quanto aos curdos, lutavam por uma questão de sobrevivência da sua raça, Rojava era o lar de mais de três milhões e meio de pessoas. Kobane foi apenas uma das muitas cidades invadidas pelos terroristas, e é claro que esse povo ancestral guerreiro jamais se renderia. As forças militares Unidades de Proteção das Mulheres e Unidades de Proteção Popular receberam ajuda dos guerrilheiros das montanhas, do Partido dos Trabalhadores do Curdistão, das forças jovens curdas, de revolucionários internacionalistas e populares que se recusaram a fugir. Eles não tiveram escolhas, e lutariam até o último sopro de vida, até a última bala, para defender sua pátria. E foi com esse espírito que resistiram por meses de privações e intensos confrontos até a vitória, ao custo de muitas vidas sacrificadas.

Parei de ler um pouco, meus olhos estavam cansados e minhas costas doíam. Deitei no chão frio da sala, a fim de relaxar. É frustrante ver o que a ganância pelo poder faz com as pessoas más e como usam o nome de Deus e a religião para ludibriar e manipular os cidadãos. Tudo não passa de um jogo sujo político. De onde surgiu esse Estado Islâmico? Dos quintos dos infernos? E quanto à Turquia: já não possui poder, territórios e riquezas suficientes? Por que não deixa esse povo tão oprimido e que tem tão pouco viver em paz?

O sono havia me abandonado por conta de tanto café que tomei, então me levantei do chão determinada a saber o fim dessa história. O conflito de Kobane durou mais de quatro meses. De setembro de 2014 a janeiro de 2015. Kobane esteve sob fortes ataques dos terroristas por 134 dias sem tréguas. Ninguém apostava que os curdos venceriam, pois aqueles mercenários eram cruéis e sanguinários. Além de serem superiores em número de elementos, possuíam armas de última geração.

Olhando de fora eu diria que aquele pobre povo seria massacrado, exterminado naquela guerra desigual. Os calafrios percorriam meu corpo, só de imaginar os confrontos que aconteceram em Kobane. Procurei imagens e vídeos para ter uma melhor compreensão de tudo o que eu lia.

Desde o início dos confrontos, os combatentes curdos encontravam-se sitiados e em desvantagens, de um lado estavam os terroristas islâmicos, do outro os turcos. Precisavam ser estratégicos e não podiam desperdiçar munição. A única ajuda que receberam, nos últimos dias, quando a vitória já estava garantida, foi o suporte aéreo da coalizão internacional, que bombardeou alguns pontos dos jihadistas e levou os méritos pelo trabalho árduo das milícias curdas. Mas os combates "homem a homem", "bala a bala" no campo de batalha foram travados pelos destemidos guerreiros, meninas e meninos, homens e mulheres, como Arin Mirkan e outras centenas de mártires que lavaram o solo com seu sangue e lotaram os cemitérios de Rojava. Para assegurar que os inimigos não tivessem a vitória.

Essa foi uma luta de Davi e Golias, sem dúvidas. Graças a Deus o gigante foi derrotado, não quero nem pensar no que teria acontecido à população de Rojava se tivesse sido o contrário.

No auge dos confrontos, antes do Estado Islâmico chegar aos portões da cidade de Kobane, os jihadistas avançavam ferozmente com todo seu poderio bélico contra os combatentes curdos, que se esforçaram para contê-los nas linhas de frente. Infelizmente, seu poder de fogo não era páreo contra seus inimigos e foram forçados a se retirarem da estratégica colina Mishtanour Hill, ao sul de Kobane. Arin mantinha sua posição de defesa, atirando e cobrindo a retaguarda, possibilitando assim seus companheiros se salvarem. No momento em que ela ficou sem munição e diante das circunstâncias, Arin sabia que tinha apenas um jeito de pará-los, ou retardá-los: impedindo-os de avançar contra seus camaradas e tomar a cidade. Então ela tomou a decisão mais difícil que um ser humano pode tomar, abdicar da sua própria vida em prol dos seus amigos. Com determinação e tomada por uma coragem sobrenatural, Arin os encarou de frente, chamou sua atenção, esperou que um grande número deles se aproximassem e detonou os explosivos que tinha consigo. A ação dessa destemida guerreira pôs fim àquela batalha, fez o inimigo recuar, destruiu um tanque, matou vários jihadistas e feriu muitos outros. Seus camaradas puderam se reagrupar e traçar novas estratégias de ataque. Arin não se deixaria capturar pelos terroristas. Ela, certamente, preferia o martírio, pois sabia que o destino das prisioneiras era o estupro coletivo, tortura até o fim, e isso para ela seria pior do que a morte. Na colina de Mishtanour Hill, na noite de domingo de 5 de outubro de 2014, Arin Mirkan deu tudo o que possuía, sua própria vida. Para que seus filhos e seu povo tivessem um futuro.

Tudo isso era demais para mim, meu coração pesava de tristeza. Procurei tirar algo positivo dessa tragédia. Vi então que a bondade vem transvestida de sacrifício, renúncia, doação. Contudo, é contagiante, inspiradora e atrai os semelhantes. Rompe fronteiras e cria vínculos entre irmãos que duram para sempre, pois os que lutam por justiça se tornam invencíveis. Os que lutam por um bem maior, pelo coletivo se tornam indestrutíveis.

Sim! O autossacrifício de Arin Mirkan foi notório, jornais do mundo inteiro noticiaram sua morte. Entretanto, ela não foi a única a perder a vida na luta contra o Estado Islâmico. Apenas no cerco de Kobane, estima-se que 1.200 pessoas foram martirizadas, cerca de 200 combatentes das Unidades de Defesa das Mulheres e das Unidades de Proteção Popular e mais de 600 guerrilheiros do Partido dos Trabalhadores do Curdistão, além das centenas de vítimas civis que foram massacradas sem motivo algum pelos terroristas. E a população deslocada de suas casas ultrapassou o número de 300 mil.

Arin Mirkan se tornou o símbolo da resistência feminina curda e uma estátua foi erguida em sua homenagem na praça central da cidade. Vinte e seis de janeiro de 2015, às três horas da tarde, horário local. Esse dia entrou para a história como o dia em que os jihadistas foram derrotados em Kobane. E o mundo testemunhou o protagonismo dessas bravas guerreiras que lutaram lado a lado com os homens.

Depois de todas essas informações extremamente impactantes que acabei de saber, precisei parar e fechar a tela do laptop, me deitei na cama e chorei copiosamente. Não suportei pensar naquela jovem mãe tendo um gesto tão altruísta. O que a motivou a fazer aquilo? Que tipo de ser humano era Arin? O que ela pensou nos últimos momentos? Será que não teve medo? Será que não fraquejou?

A cada notícia trágica que eu lia, como essa de Arin Mirkan, me sentia deveras abalada. Era Janu que me acalmava, pois sabia que tudo aquilo me afetava, e do seu jeitinho sempre conseguia abrandar meu coração. Não que fosse sutil com as palavras, longe disso, delicadeza nunca foi seu forte. Ficava bravo se eu chorasse, o que acontecia frequentemente. Seu otimismo e solidez eram impressionantes. Costumava dizer que, assim como existiam pessoas cruéis que só sabiam matar e destruir, também existiam pessoas boas que abdicaram da própria vida em prol de outros. Citava muitos revolucionários e mártires que fizeram isso, e acabava levantando a minha moral.

Então entendi o que ele quis dizer sobre seu espírito de luta e sacrifício. O mundo tem uma dívida de gratidão com todos os mártires, não somente com os curdos. Mas também com os voluntários estrangeiros, que deixaram seus países e famílias para lutar contra o terrorismo islâmico.

Treze.

YAZIDIS: UM CRIME DE ÓDIO

Alguns dias depois de me emocionar com a heroína Arin Mirkan e agora com o coração mais leve, decidi saber quem era o tenebroso Estado Islâmico, esse assunto realmente me interessava. Preparei um delicioso suco de abacaxi com folhas de hortelã e uns petiscos, pois os assuntos referentes a Janu e aos curdos me deixavam ansiosa, precisava beliscar alguma coisa enquanto estudava. Me acomodei na rede da varanda, abri um pacote de batatas e pus-me a pesquisar sobre seus antecessores, primeiro a fim de compreender como se formou esse bando de assassinos. Pelo que entendi eles são os remanescentes da Al-Qaeda, grupo terrorista conhecido pela autoria de vários atentados contra outras nações. Incluindo o das Torres Gêmeas de Nova Iorque, que em 11 de setembro de 2001 matou milhares de pessoas e abalou o mundo. Com a morte do líder Osama Bin Laden, em maio de 2011, no Paquistão, pelas mãos das forças especiais americanas, surgiu no Iraque Abu Bakr al-Baghdadi, chefe de uma das células da Al-Qaeda. Após a retirada das tropas americanas daquele país, Abu Bakr al-Baghdadi cresceu e ganhou poder entre os militantes. Em 2013 foi oficialmente criado o Estado Islâmico e esse cara se declarou califa sobre todos os Estados mulçumanos, e o Estado Islâmico era seu califado.

Em 2014 deu início ao levante no Iraque, ou seja, ao genocídio contra os yazidis. Aproveitando o vácuo que a guerra da Síria criou, o Estado Islâmico viu a oportunidade de expandir seu califado de terror para o país vizinho também. Tomaram algumas cidades de Rojava, inclusive Kobane, onde Arin Mirkan cometeu sacrifício, e foi lá que foram derrotados pelas forças curdas.

O cara não foi nada modesto, pensei enquanto olhava para a tela do laptop diante de mim e observava a foto de Abu Bakr al-Baghdadi. Com aquela cara feia que parecia a de um carrasco, ele queria apenas o título de autoridade máxima da religião islâmica, ficando abaixo apenas do profeta Mohamed.

O pior de tudo é que esse lunático não estava sozinho nessa empreitada. Juntou-se a ele toda a ralé radicalista do mundo islâmico e os piores psicopatas, homicidas, pervertidos, todos seguindo as leis sunitas, as mais rígidas do Alcorão. A "sharia", que é a lei mais radical do Islã e tem como prática de punição aos infiéis a decapitação, crucificação, apedrejamento. O famoso "olho por olho, dente por dente".

Tudo isso de acordo com os ensinamentos do profeta Mohamed. Minha batata tinha acabado e eu não havia terminado a minha pesquisa. Acho que vou acabar muito gordinha no final dessa história.

Não podia deixar de pensar nas pessoas que apoiavam esse doente mental, Abu Bakr al-Baghdadi. Com certeza eram mais maníacos ainda do que ele. E certamente o deus em que eles acreditavam não é o mesmo Deus misericordioso, criador do meu universo, porque "ELE" com certeza não aprovaria suas atrocidades.

Grupos extremistas "terroristas" sunitas, do Oriente Médio e quiçá do mundo, deram ao Estado Islâmico não apenas apoio moral, mas também financeiro. Alimentando assim as ideias delirantes de um louco de pedra, de criar um califado na região do Curdistão do Iraque e da Síria, em pleno século XXI. Não é segredo para o mundo que os jihadistas sempre mantiveram laços estreitos com a Turquia, a arqui-inimiga dos curdos. Esse grupo aterrorizou grande parte do Iraque, tomando várias cidades importantes, como Mossul, as deixando em ruínas.

De repente, senti dor de cabeça e saí para tomar um analgésico e respirar um pouco de vida, pois esse assunto era pesado demais e cheirava a morte. Trovões e relâmpagos me chamaram a atenção, então fui verificar se as janelas do apartamento estavam fechadas. A chuva chegou rápida e impetuosa, retirei a rede da varanda e fechei a porta. Me servi de um cafezinho, me acomodei no sofá da sala e, assim que me recuperei, voltei imediatamente para minha pesquisa.

O exército iraquiano não foi páreo para aqueles assassinos sanguinários; além de vencê-lo, ainda saquearam grande parte das suas armas. E espalharam morte e destruição de maneira assombrosa naquele país. O Estado Islâmico assumiu também a autoria de vários atentados terroristas, em diversos países, tais como Estados Unidos, Tunísia, Kuwait, França, Reino Unido e muitos outros. E, se não tivessem sido derrotados pelas milícias curdas de Rojava e os guerrilheiros do Partido dos Trabalhadores do Curdistão, teriam avançado para outros continentes e dominado o mundo.

Questionamentos vinham à minha mente. Primeiro, por que deixaram esses terroristas sanguinários ganharem tanto poder e chegarem tão longe? Segundo, por que as Grandes Potências demoraram tanto para agir? Terceiro, com tanta tecnologia e espionagem militar, não tinha uma bomba teleguiada que explodisse o covil desses malditos e acabasse logo com esse "califado de horrores"?

Graças a Deus o reinado do califa Abu Bakr al-Baghdadi durou pouco, em 26 de outubro de 2019 foi anunciada sua morte em muitos sites de notícias. Ele detonou um cinto de explosivos que usava durante uma operação militar das forças especiais americanas para capturá-lo, matando também dois de seus filhos. A ação ocorreu nos arredores da vila Barisha, no distrito de Idlib, no noroeste da Síria. Seu sucessor, o "califa" Amin Mohamed Abdul, também não reinou por muito tempo; assim como seu antecessor, para evitar a prisão se matou por explosão e tirou a vida de mais treze pessoas que se encontravam com ele, no início do mês de fevereiro de 2022, em Atme, na província de Idlib, no noroeste da Síria, evitando, assim, sua captura pelas forças especiais americanas. E finalmente o terceiro e último califa dos horrores, Abu al-Hassan al-Hashimi al-Qurashi, foi morto em combate durante um confronto com rebeldes sírios, em novembro de 2022, na província de Daraa, Síria. Depois disso, não se teve notícias de nenhum outro califa do Estado Islâmico, acredito que tenha acabado.

Esse grupo extremista espalhou o terror por cerca de cinco anos e causou estragos incalculáveis na vida das pessoas de todas as cidades por onde passou. Entretanto nenhuma outra cidade e nenhum outro povo sofreu tanto quanto os yazidis de Shingal. Fiquei horrorizada com as barbáries cometidas pelo Estado Islâmico contra eles, uma comunidade curda muito antiga, originária da província de Nínive, situada no norte do Iraque, cuja capital é Mossul. Estima-se que sua população seja de menos de um milhão de pessoas ao todo. A maioria desse povo vive no distrito de Shingal, situado próximo às montanhas de Sinjar, na fronteira com Rojava. Em seguida encontramos grupos de yazidis na Rússia, Alemanha, Geórgia, Suécia, Dinamarca e Turquia.

Me lembro de quando conheci Janu e comecei a estudar a história do povo curdo. O nome "yazid" surgiu nas pesquisas e a princípio até achei que ele fosse yazid também, mas ele não era.

Esse povo se mantinha fiel às suas raízes, tanto culturais quanto nas suas crenças. Os yazidis pertenciam à etnia curda, no entanto seus costumes diferem muito dos demais. É uma comunidade fechada com regras bem específicas, uma delas é a proibição do casamento com pessoas que não pertençam à sua crença. Talvez por uma questão de sobrevivência e pureza das suas origens, eles não se misturam com outras raças. Na religião aderiram ao sincretismo, professando o yazidismo, o zoroastrismo e outros misticismos de antigos povos que habitaram a Mesopotâmia. E até a invasão do Estado Islâmico à sua cidade viviam relativamente em paz, cuidando apenas de seus interesses.

Sucedeu que em agosto de 2014 o grupo terrorista islâmico aproveitou os conflitos pela disputa de poder entre sunitas e xiitas no norte do Iraque e tomou Shingal, uma região de predominância de yazidis, os quais esses extremistas veem como adoradores do diabo, hereges, infiéis, por terem suas próprias crenças e não se curvarem à religião do Islã.

Então aqueles terroristas chegaram nas aldeias yazidis como inqui-sidores. Achavam-se superiores a eles e no direito de julgá-los e condená-los à morte em nome da religião. Isso me lembrou os feitos da igreja católica no passado, que também cometeu suas atrocidades em nome de Deus. Senti-me tão enojada com tudo aquilo, que pensei em tomar um Plasil. Que gente horrorosa. Jesus Cristo! E quanto mais eu lia, mais curiosa eu ficava para entender o que acontecia do outro lado do mundo.

A guerra do Estado Islâmico contra os yazidis era uma declaração de ódio e intolerância religiosa. Sua proposta a eles era simples: aceitem o Islã como religião, se tornem mulçumanos fiéis e vivam; se vocês recusarem, vocês morrem. E foi assim que mais de cinco mil pessoas foram assassinadas, com requintes de crueldade. Os homens que resistiam eram executados. As garotas que recusavam a conversão eram consideradas infiéis e punidas com o estupro coletivo, ato aprovado pela sharia. As crianças eram na maioria das vezes mantidas junto com suas mães, pois poderiam ter alguma utilidade, e frequentemente eram espancadas, mutiladas e sofriam maus-tratos, sendo trancados sem comida ou água. Li sobre o caso de uma garotinha que sua mãe a viu definhar e morrer de fome, e ela nada pôde fazer para ajudá-la.

Tive que interromper minha leitura, aquilo era demais! — Não tenho estrutura para isso — disse a mim mesma. Fechei o laptop, me despi, entrei no chuveiro e deixei a água lavar as minhas lágrimas e chorei, chorei… Não queria que meus filhos me ouvissem, eles ainda estavam acordados. Fiquei lá até meu banheiro parecer uma sauna com tanto vapor e sentir o cheiro de fios elétricos do chuveiro derretendo, foi então que meu filho bateu na porta e me chamou: — Mãe! Mãe! Então saí de lá e sem ligar a luz para que não vissem o meu estado fui até suas camas, os beijei e os cobri, dei boa noite e fui para a minha cama também. Precisava de tempo, muito tempo, para me recompor. Quando cheguei no meu quarto não consegui tirar de mim as imagens de tudo que vi.

Mulheres jovens e meninas, feitas prisioneiras e posteriormente comercializadas como simples mercadorias. As jovens eram vendidas ou dadas de presente como escravas sexuais aos terroristas, algumas delas a vários homens. Havia uma espécie de rodízio, um cara após o outro as levavam, as usavam e as descartavam quando bem quisessem. As mais velhas se tornavam serviçais em suas residências ou acabavam mortas, por acharem que não tinham utilidade. Milhares delas sequestradas no Iraque foram levadas para algumas cidades da Síria. Entre elas, Al-Hasaka, Alepo e Raqa, nessa última havia um mercado de mulheres yazidis, qualquer um podia comprá-las. Dezenas delas convertidas à força ao Islã foram vendidas para se casarem com os jihadistas. O preço variava de acordo com sua condição, se fossem jovens e virgens custavam mais caro, entre elas havia meninas com menos de 10 anos.

Para aquelas que se casaram com os jihadistas e tiveram filhos deles, o fim do califado não acabou com seu sofrimento. Muitas ficaram viúvas, fugiram ou foram resgatadas. Ao retornarem para suas famílias, se depararam com um grande problema. A rejeição dos seus rebentos, pois eram considerados impuros pela sociedade yazidi, devido aos pais serem terroristas e também de outra religião. Que injustiça! Coisa terrível para essas desafortunadas garotas. Me espantei com tais informações e me enfureci com essa sociedade machista e opressora contra o gênero feminino. Como assim as meninas não podiam ficar com seus filhos? Elas foram vítimas, forçadas a se casarem, pelo amor de Deus! Não foi sua escolha. O que deviam fazer? Abaná-los? Quanta intolerância, do seu próprio povo, contra a mulher. Impossível não me revoltar com a desgraça que se abateu sobre os yazidis. Especialmente com as crianças inocentes. As meninas foram as que mais sofreram. Como mulher, posso imaginar a humilhação e frustração de ser violada, forçada a se entregar a um homem contra minha vontade. Como mãe é ainda pior, presenciar seus filhos serem maltratados, rejeitados, sem poder reagir, imagino que a impotência seja a pior de todas as nossas debilidades. Não tenho palavras para descrever meus sentimentos.

Acordei febril e indisposta naquela manhã de segunda-feira, pois quando vi tinha quase virado a noite, pesquisando sobre as ações destrutivas do grupo extremista islâmico, quando me deparei com o chocante genocídio contra os yazidis. Esse assunto tirou completamente a minha paz de espírito, de tal maneira que me vi obrigada a enviar uma mensagem para Janu. Precisava vê-lo, pois se tornara meu equilíbrio e alento nesses momentos de inquietação. Eu orei e falei com Deus também, pedindo paz, mas no fundo sentia a necessidade de interagir com um ser humano, alguém que entendia do assunto, pois ele os conhecia e estivera combatendo esses invasores terroristas por muito tempo. Janu entendia minha fragilidade emocional, quando se tratava de injustiça infligida a pessoas indefesas, especialmente crianças e idosos, ele sabia como eu estava me sentindo com aquilo tudo.

Liguei, deixei mensagens, mas Janu não estava conectado e demorou dois dias para visualizar e me responder no WhatsApp. Agora, porém, não precisava mais ficar tão aflita com sua ausência, tinha o contato do Baran, que me tranquilizava a seu respeito, e o motivo era sempre o mesmo: estava incomunicável, por causa do trabalho. A febre e o mal-estar não passavam, meu corpo todo doía, como se tivesse sido moído. Por dias fiquei de molho na cama, sem ânimo para ir ao médico. Tive que desmarcar minhas clientes, podia ser uma virose contagiosa. Sentia saudades e ansiava em falar com ele, e o assunto do genocídio dos yazidis não saía da minha mente.

No meu febril delírio me vinham imagens desconexas sobre Janu, tortura, crianças, mulheres, morte, acordei muitas vezes tomada de suor e pavor, e isso durou até a virose finalmente passar e tudo acalmar. Quando melhorei estava de volta à minha rotina diária, de sol, um bom café e um lindo horizonte à minha frente. Pude pensar melhor e, refletindo sobre tudo que li, percebi que de qualquer forma a mulher é sempre discriminada, não importa a que povo ou cultura ela pertença. Para ser honesta vi que a sociedade yazidi é tão preconceituosa quanto o Estado Islâmico em se tratando de religião e costumes. De qualquer maneira, é sobre a mulher que recai toda a intolerância.

Era quarta-feira e passava de meia-noite para mim quando olhei no celular, vi que Janu visualizou as minhas mensagens e logo em seguida me escreveu.

— Boa noite, querida. Como está? Por que não está dormindo?

Fui logo dando uma bronca nele.

— Por que demorou tanto para responder? O que estava fazendo? Me prometeu nunca mais se ausentar sem se despedir, sabe que fico muito preocupada contigo.

— O que há de errado com você, "minha casa"? — perguntou.

— Estou doente desde segunda-feira. Não consigo dormir ou comer, não consigo nem sair da cama — disse-lhe.

— Peço desculpas por não ter te avisado, foi uma emergência de trabalho. O uso do celular para fins particulares é proibido. Você sabe disso — justificou.

De fato eu sabia sobre a restrição do uso de celulares durante o trabalho. Contudo, acho que não lhe custaria nada tirar um minuto do seu tempo e me avisar que estaria incomunicável por uns dias. Isso me deixou muito chateada, entretanto não estava disposta a brigar, na verdade precisava tanto dele naquele momento, que deixei essa passar.

— Querido, senti sua falta, preciso falar contigo sobre um assunto sério, que está me causando grande aflição — desabafei.

Ele nem me respondeu, ligou direto, estava na casa de Jihan, sua irmã. Quando o vi quase não contive as lágrimas, meu coração acelerou. Era uma mistura de saudades, felicidade e raiva. Não sei explicar o que senti. Percebi que ele também se emocionou ao ver-me naquele estado e juro ter notado seus olhos negros e profundos lacrimarem. Contei-lhe tudo o que me sucedeu e também sobre os yazidis.

— Sim, eu sei o que aconteceu a eles, eu estive lá e ajudei a resgatar os yazidis daquele monte — disse-me ele.

— Como assim? Como foi? Em que condição estavam aquelas pessoas? — quis saber aflita.

— Você tem certeza que quer falar sobre isso? — me indagou Janu.

Respondi afirmativa, então ele me escreveu.

— Foi tudo muito difícil; para conseguir resgatá-los, nossas forças criaram um corredor humano, por quilômetros ao longo da fronteira entre Síria e Iraque. A maioria eram crianças, mulheres e idosos. Ficaram encurralados naquela montanha por dias, muitos tinham perdido suas famílias, não sabiam se estavam vivos ou mortos. A condição deles era ruim, estavam exaustos, sujos, com fome, sede e havia feridos, alguns não aguentaram a jornada e morreram pelo caminho. E foi isso que eu vi. Agora esqueça esse assunto, está bem?

Janu se referia às milhares de pessoas que fugiram para as montanhas de Sinjar e permaneceram lá por uma semana. Os peshmergas, exército curdo iraquiano, não conseguiram defender suas cidades nem proteger seu povo daquela barbárie. O resgate daqueles refugiados só foi possível por causa de um plano de ação entre as forças curdas de Rojava, Unidade de Proteção da Mulher, Unidade de Proteção Popular e os guerrilheiros do Partido dos Trabalhadores do Curdistão, que criaram um corredor humano e os conduziram para uma área segura até a Síria.

Janu não era muito meticuloso ao relatar suas histórias e eu queria mais detalhes, então prossegui perguntando.

— O que aconteceu com as pessoas que morreram durante a trajetória?

— Foram enterradas pelo caminho, não tinha como levar seus corpos — disse-me ele.

— E houve confrontos entre suas forças e o Estado Islâmico? E teve baixas de seus combatentes? — insisti nas perguntas.

— Sim, alguns soldados tombaram em confrontos contra os terroristas. E antes que você me pergunte vou te responder. Nós os levamos para Rojava para receberem um funeral adequado. Ouça, querida. Houve mais de setenta massacres contra eles ao longo da história. Esse de agora do levante Estado Islâmico no Iraque foi o último. Os yazidis sempre foram perseguidos, as leis internacionais não os protegem, porque são curdos. E isso é tudo — respondeu-me Janu, colocando um ponto final no assunto.

Não pude deixar de imaginar aquelas pessoas, naquela montanha, cercadas pelos terroristas sem ter para onde fugir, como animais sendo caça-dos. E depois a longa e árdua jornada pelo deserto quente e empoeirado. Eu podia sentir o cansaço das mães com seus filhos no colo caminhando rumo a um futuro incerto. Graças a Deus que a coalizão internacional — Estados Unidos, Austrália e Grã-Bretanha — enviou via aérea alimentos, remédios e água, isso foi de grande ajuda. E também deu suporte bombardeando algumas posições do Estado Islâmico, facilitando assim a chegada das forças curdas para resgatar os refugiados. Mas quem esteve lá em terra firme de fato, como uma tábua de salvação, os abraçando, ajudando a carregar seus filhos e idosos e os enchendo de esperança e conduzindo para a liberdade foram os bravos combatentes curdos, mulheres e homens, mais uma vez lutando lado a lado para defender seu povo oprimido como sempre fizeram, e esse mérito é deles e de ninguém mais.

— Querida, eu conheço teu coração e alma, és muito sensível e toma para si as aflições dos oprimidos. Amo isso em você. Todavia, precisa ser forte, não se deixar afetar, ou vai adoecer. Precisa cuidar de si — dizia-me ele tentando levantar meu astral.

— Não sou tão forte quanto você, querido, essas coisas mexem muito com a minha mente — reclamei.

— Sim, você é forte, eu confio em ti. Tome um banho quente, coma e beba alguma coisa. Eu vou ficar contigo e te fazer dormir — ordenou ele.

— Você quer dormir comigo? — perguntei.

— Sim, vamos dormir juntos, eu vou cuidar de você hoje — afirmou Janu.

Como assim dormir juntos? Sua declaração me deixou feliz e apreensiva também, será que eu queria ser observada enquanto dormia? Sinceramente não tinha certeza disso. O máximo que fazíamos era uma ligação de vídeo por alguns minutos, quando tínhamos tempo. A questão do fuso horário dificultava para nós. Éramos sol e lua, pois, enquanto eu dormia, ele trabalhava e vice-versa.

— E como será isso? Quero dizer, o que vamos fazer? — perguntei, com receio da resposta.

— Vamos apenas dormir, vou te observar enquanto dorme para que você não se sinta sozinha. Será como se eu estivesse na cama contigo — respondeu-me.

— Está bem. Vou desligar agora para comer, tomar banho e quando estiver pronta te chamarei. — Janu meneou a cabeça concordando.

Então fiz o que tinha que fazer, aproveitei e troquei as roupas de cama, pois estavam com cheiro de suor. A ocasião pedia lençóis limpos, não que ele fosse perceber alguma diferença, todavia era importante para mim.

— Não demore, querida, meus olhos não abrem, estou muito cansado — escreveu-me ele. Ora! Se ele está com tanto sono, como é que vai me cuidar?, pensei comigo. Posicionei o celular em um pequeno tripé sobre uma mesinha de cabeceira ao lado da cama. Eu estava um pouco apreensiva e muito curiosa também, como seria dormir com ele? Quando a câmera abriu, Janu já estava deitado, todo coberto, mostrando só a cabeça. Me perguntou como eu me sentia e gesticulei que estava bem, ele entendia algumas palavras em português. Notei o quanto ele se esforçava para ficar acordado, dava para ver seu rosto cansado e seus olhos vermelhos e lentos. Milagrosamente já me sentia melhor, acho que ele era quem precisava de cuidados agora.

— Querido, feche seus olhos, desligue sua mente de todas as preocupações e relaxe — digitei. Ele apenas sorriu e em poucos minutos estava dormindo num sono profundo.

É, não foi do jeito que eu esperava. Acho que esperava criar uma atmosfera romântica, com conversas acaloradas. Ele foi bem literal quando me disse "vamos dormir juntos". Não pude deixar de rir de mim mesma e daquela situação, sei lá, acho que criei alguma expectativa...

O observei dormir por um tempo e vi que sua respiração era muito acelerada. Aquilo me deixou preocupada. Seu sono ficou bastante agitado, virando-se de um lado para o outro e balbuciando algumas palavras. Fiquei de olho nele, até adormecer com a câmera ligada. Quando acordei pela manhã ele não estava mais conectado, porém tinha uma mensagem de bom dia.

Imediatamente respondi.

— Querido, você está se sentindo bem? Tem algum problema de saúde? Sua respiração estava superacelerada enquanto dormia, isso não pode ser normal. Você precisa consultar um médico o mais rápido possível.

— Eu tenho muitas preocupações e isso me deixa agitado quando durmo — justificou Janu.

— Não, não, o que eu vi não me parece ser cansaço. Precisa consultar um médico, você pode estar com algum problema respiratório ou cardiovascular, isso é muito sério. Me prometa que fará um check-up — insisti.

— Eu prometo. Eu quero te mostrar uma coisa, eu também te observei dormir — disse-me. Em seguida me enviou um print, que tirou enquanto eu dormia. Na imagem a Lili estava deitada entre mim e a câmera e olhava para ele.

Tenho certeza de que ele me prometeu ir ao médico só para que eu parasse de falar. Já tinha percebido que às vezes ele concordava comigo para encerrar o assunto.

Naquela manhã acordei revigorada, me sentindo feliz porque Janu estava bem. Agora era colocar a minha agenda em dia e vida que segue.

Quatorze.

A OPERAÇÃO NASCENTE DE PAZ

Me lembro bem do quinto dia do mês de outubro de 2019, era sábado. Tinha começado a assistir uma série romântica na tevê, que falava sobre viagem no tempo. Preparei um pacote de pipocas no micro-ondas, me servi de um copo de suco de laranja e aconcheguei-me no sofá da sala, com algumas almofadas. Deitada ao meu lado estava Lili, minha gata, que dormia tranquilamente. Naquela noite estava sozinha em casa e Janu também, sua irmã Jihan e as crianças tinham ido visitar um parente. Estávamos teclando e falando das coisas corriqueiras do dia, quando de repente ele escreveu.

— Posso te contar um segredo?

Essa era uma pergunta que ele sempre me fazia, quando queria me contar uma novidade. Costumava me dizer que somente eu conhecia seus segredos.

— Me conte todos os teus segredos — respondi.

— Eu quero te falar uma coisa olhando nos teus olhos, é importante o que vou te dizer, me liga — pediu ele.

Então fiz a ligação. Falávamos e escrevíamos ao mesmo tempo e nos entendíamos muito bem. Janu preferia que fosse em português, dizia gostar da minha língua.

O que poderia ser tão sério assim? Agora eu estava muito curiosa.

Para mim a noite estava só começando, era por volta das dezenove horas aqui no Brasil, em Rojava passava das duas da manhã. Naquele dia percebi que em seu quarto não havia cama tradicional como as nossas aqui do Ocidente. Ele me disse que estava acostumado a dormir no chão e parecia bem confortável em seu ninho. Usava apenas uma bermuda de pijama floral azul. Havia muitas tatuagens nos braços e costas, que não consegui decifrar, mas uma no lado esquerdo do peito, logo acima do mamilo, era o símbolo yin e yang, que segundo a filosofia chinesa representa luz e escuridão e tem as cores branca e preta. No entanto, Janu pintou em preto e vermelho. Não perguntei a ele por que fez aquilo, mas conhecendo sua história imagino que tenha um significado importante para ele.

Foi a primeira vez que o vi sem camisa e tão à vontade. Algo nele estava diferente. Sentia como se estivéssemos no mesmo ambiente.

— Quero te mostrar o que amo fazer quando estou descansando. Olha, adoro comer frutas cítricas e beber uísque — digitou ele, apontando para uma bandeja no chão, com morangos, laranjas e outras frutas picadas em pedaços pequenos, uma porção de sementes de abóboras, um copo com uísque e uma garrafa de água.

— Parecem deliciosas. Diga-me, que segredo quer me contar? — perguntei.

Se tinha uma coisa que eu admirava nele, era como organizava sua bandeja de petiscos. E a calma com que comia saboreando.

Sem fazer rodeios, Janu foi direto ao assunto.

— Eu sonho em me casar com você e ter uma filha com a sua aparência — me disse ele com a maior naturalidade.

A surpresa foi tão grande, que inevitavelmente levei as mãos à cabeça e quase engasguei com a pipoca. Fiquei olhando para ele, sem saber o que responder. Janu percebeu meu espanto e perguntou:

— Por que está tão surpresa? Você nunca pensou em se casar comigo?

Eu não sabia o que responder, comecei a rir de nervosismo. Um novo marido, não estava nos meus planos. Esse negócio de matrimônio foi uma experiência negativa, e prometi a mim mesma ficar sozinha.

— Bem, na verdade nunca pensei em me casar novamente. Tem certeza sobre isso? Talvez seja só emoção falando, porque estamos aqui num momento romântico, afinal eu estou usando meu pijama favorito de cetim azul, aquele que você ama — tentei argumentar.

— Antes de ligar a câmera eu não vi a roupa que você estava usando, e sim, tenho certeza de que é isso que meu coração e alma desejam — disse-me Janu.

— Esse é um assunto muito delicado, você está falando sério em casamento e filhos? — indaguei.

— Sim, eu penso nisso contigo, eu quero que você seja a mãe da minha filha e que ela tenha sua cor, suas bochechas, seus cabelos e seu nariz. Mas tenha a minha altura, meus cílios e meus dedos longos. Pense como seria uma filha do nosso sangue? — concluiu ele.

Meu sangue gelou, confesso. Desliguei a tevê e respirei fundo, para absorver aquela novidade que Janu jogou no meu colo. Tentei argumentar na esperança de dissuadi-lo, sem magoá-lo, daquela ideia que no momento me pareceu uma total loucura.

— Mas e se for um menino? Você ainda quer que tenha essa aparência? — perguntei.

— Sim, mas eu não penso em menino, quero uma menina com seu sangue e seu cheiro — replicou Janu.

— Mas você nunca sentiu meu cheiro, nunca esteve comigo. Eu posso ser uma fedorenta, já pensou nisso? — brinquei com ele. Ele riu ao ler o que escrevi. E discordou.

— Eu sei que seu cheiro é bom, porque seu coração e sua alma são bons. Vejo ternura e verdade em teus olhos, então eu sei disso e posso sentir que seu cheiro é gostoso.

Que raio de cisma é essa com meninas? Por que isso? Ele já tem uma filha, pensava eu.

Bem, não queria fazer promessas no calor da emoção, das quais pudesse me arrepender depois e o decepcionar. Mas como falar sem machucar seu coração? Tentei ser ponderada. — Mas por que você quer se casar? E logo com uma mulher estrangeira e ter outros filhos? Os que você já tem são crianças lindas e saudáveis, não vejo sentido nisso. E como faríamos? Esperaríamos a guerra do seu país acabar? Pois Rojava não é um lugar seguro para se ter um filho, ou você viria para o Brasil? — perguntei.

Parece que Janu tinha todas as respostas prontas, pois foi muito rápido em replicar as minhas dúvidas e para tudo tinha uma solução.

— Sim, eu tenho meus filhos e os amo, mas eles são um assunto separado. Não te vejo como estrangeira, você é a mulher que eu amo, que eu escolhi, e não um arranjo entre famílias. Você entende isso? — Continuou teclando: — Eu não posso ir para o Brasil, enquanto a guerra não acabar. Você vem para Rojava, aqui a região que governamos é muito segura, eu te prometo.

Eu morar em Rojava? Abandonar o meu trabalho e a minha vida aqui? Não, não, sem chance, pensei rapidamente.

Janu parou de escrever de repente, fez sinal para que eu aproximasse a câmera do meu rosto e fitou direto nos meus olhos. Naquele momento, reparei nos cílios fartos, longos e negros que ele tinha. Me senti encabulada, despida, possuída. Não sei direito o que senti, diante daquele olhar. Então, ele me disse em curdo, com sua voz firme e meio rouca:

— Ez ji te hez dikim evîna mim. "Eu te amo muito."

Ficamos ali em silêncio, por uns instantes, só observando um ao outro, eu reparei em cada detalhe da sua face, as sobrancelhas bem fechadas e levemente arqueadas, o nariz grande com aquela curvinha que revelava sua forte personalidade, os lábios vermelhos e carnudos por debaixo daquele bigode, as imperfeições da sua pele e das linhas de expressão, no canto dos olhos, que começavam a surgir. Por um instante pensei em como seria ter um filho dele, admito. E senti meu coração palpitar e um calor emanar por todo o meu corpo. Bem, nosso nariz é igual, nossa filha será uma narigudinha, pensei comigo mesma.

— Ez jî ji te hez dikin evîna min. "Eu também te amo muito" — respondi.

QUARTO DAS NOSSAS MEMÓRIAS

— Eu sinto um fogo subir pelo meu corpo agora e meu coração parece que vai sair do peito, é uma emoção que não consigo explicar. São sentimentos e sentimentos — teclou ele sorrindo com suas bochechas enrubescidas.

Era incrível, mas sentíamos as mesmas sensações. Janu notou que meu rosto estava igual ao dele.

— Ez ji te hez dikim wek Beth dîn. "Eu te amo como um louco." Espero que você queira ser a minha esposa e mãe da minha filha — disse-me ele.

— Te prometo pensar com muito carinho sobre isso — respondi.

Então isso foi mesmo um pedido de casamento? Normalmente sou uma pessoa bem segura e tenho resposta para tudo. Mas naquele momento me senti perdida e não sabia o que dizer. Pensando bem, é a primeira vez que alguém pede formalmente a minha mão. Que loucura! Meus pensamentos giravam rápido. Me levantei e fui tomar uma água, acho que precisava esfriar um pouco a cabeça antes de continuar a conversa.

— É um passo muito importante para nós dois, você entende o que está me pedindo? Vamos esperar um pouco mais, se você não mudar de ideia, aí pensamos melhor sobre o assunto — sugeri.

— Eu não vou mudar de ideia, tenho certeza do que eu quero. Mas pense a respeito e me informe a sua decisão, está bem? — finalizou ele.

Ficamos em ligação até Janu tomar seu uísque calmamente e comer seus petiscos de frutas e sementes. Fantasiamos sobre a minha possível ida a Rojava em alguns meses e como seria nosso primeiro encontro.

Foi impossível dormir depois que desligamos, fiquei superagitada. Era muita coisa para absorver e minha mente não desligava. Meu coração estava inquieto também. — Morar na Síria? Casar com Janu, ter filhos e ir para a guerra? Calma, Beth, vá com calma, respire fundo e seja racional. Você não é mais uma garotinha, é uma mulher madura e bem resolvida, se acalme, se acalme, por favor. Isso é uma loucura com certeza! É, garota, você está mesmo muito ferrada, pirada, doida! Imagina só euzinha largada no

mundão com o Janu. Que doideira! Eu tenho casa, filhos! Um negócio! —
dizia para mim mesma. Fiquei tão abobada, que esqueci o suco de laranja
e a pipoca na mesa de centro. Até o ronronar da Lili, que continuava ali do
meu lado, testemunhando tudo, me incomodava. Depois da conversa com
Janu, simplesmente não conseguia raciocinar. Um torvelinho de pensamen-
tos brincava na minha cabeça. Adormeci, ali mesmo no sofá, vencida pelo
cansaço mental, esperando o raiar de um novo dia.

Acordei já passava das dez horas, estava amuada e faminta. Alimentei
os felinos e procurei algo para comer também. Abri uma lata de milho e
enquanto comia direto da embalagem, em pé apoiada na pia da cozinha,
tentava me lembrar da noite passada e da conversa que tive com Janu.
Apenas fragmentos vinham à minha mente, parecia ter sido um sonho, um
delírio, que eu mesma criei. De repente uma notificação no WhatsApp me
trouxe de volta à realidade. Quando abri, era ele. Me enviou a foto de um
prato, e o mais incrível é que tinha justamente espigas de milho assadas na
brasa, com um coração azul. Era verdade, estava mesmo acontecendo, não
foi um sonho. Que incrível a nossa sintonia, fiquei passada com aquilo. Só
podia ser um sinal dos céus.

— O que está fazendo, querida? — perguntou-me.

Nem respondi. Tirei uma selfie com a boca cheia de milho e lhe enviei.

— Você está comendo isso também! Viu que somos iguais,
temos a mesma alma, dois corpos, uma só alma, pensamos e fazemos
a mesma coisa ao mesmo tempo? Não importa quão distantes nós
nos encontramos um do outro, estamos ligados pela mente, alma e
coração — completou ele.

Sem dúvidas havia muitas similaridades entre nós. Não tinha
sido a primeira vez que estávamos comendo ou bebendo a mesma
coisa no mesmo instante. Sem falar de outras coisas que tínhamos em
comum. Como a maneira de pensar, a cor favorita, o amor à natureza,
aos animais.

Janu me disse que estava na casa de um amigo, o qual considerava
como a um irmão, e comiam espigas assadas na brasa enquanto faziam
uma reunião para tratar questões de trabalho. Estranhei muito esse

fato, pois era sua folga. Quando o questionei sobre isso ele me disse que eram assuntos corriqueiros, nada sérios. Mas não foi o que senti, ele me escondia algo com certeza. Naquela tarde de domingo, nosso bate-papo foi sucinto e o até breve me soou como uma despedida.

— "Minha casa", ouça! Você está presente em meu coração e meus pensamentos, em todos os momentos da minha vida e em tudo o que eu faço. Eu nunca me afasto de você — escreveu-me Janu antes de se desconectar.

Mas foram as palavras não ditas que me deixaram inquieta e muito apreensiva. Minha intuição costumava ser certeira. O que estaria acontecendo? O que Seu Janu estava aprontando?, perguntava a mim mesma.

Dois dias depois Janu me enviou uma mensagem no WhatsApp enquanto eu dormia, ele sabia que eu só olharia o celular pela manhã. "Meu amor, estou indo para a guerra contra a Turquia, não se preocupe comigo, voltarei para você, sempre voltarei para a 'minha casa'. Eu te amo, nunca se esqueça disso. Cuide de si, não quero te encontrar doente quando voltar." E se despediu com a nossa frase, "Rosas da manhã e jasmim", um emoji de uma rosa vermelha e uma xícara de café.

Meu coração paralisou e senti o chão desaparecer debaixo dos meus pés ao ler aquele comunicado. Entendi todas aquelas sensações e palpitações estranhas que vinha sentindo depois da nossa última conversa.

Imediatamente respondi, mas ele sequer visualizou e uma grande aflição tomou conta do meu ser naquele dia, não consegui trabalhar direito, todos na clínica notaram que eu estava mal. Se contasse, ninguém entenderia a minha angústia, então disse a eles que estava com enxaqueca. O mês de outubro de 2019 ficou marcado pelos ataques desmedidos e gratuitos das forças armadas turcas na cidade de Ras al-Ayn, também chamada de Serêkaniyê, na Região Autônoma de Rojava, fronteira norte da Síria. Com a retirada das tropas americanas, que deram suporte às milicias curdas no combate ao Estado Islâmico, o governo turco viu a oportunidade de tomar algumas cidades. Justificando criar uma zona segura, entre os dois países, com dezenas de quilômetros de largura e centenas de quilômetros de extensão, seguindo assim toda a fronteira síria, do rio Eufrates até o Iraque.

Suas intenções também eram realocar cerca de três milhões e meio de refugiados sírios que migraram para a Turquia, desde que a guerra em seu país começou, em 2011. No dia 9 daquele mês, o estado turco, em parceria com o Exército Livre Nacional Sírio, iniciou uma ofensiva com ataques aéreos em Serêkaniyê. O governo turco acusou as forças de autodefesa de Rojava de terrorismo e de estarem ligadas ao Partido dos Trabalhadores do Curdistão, inimigo número um da Turquia. Sua alegação foi temer uma possível invasão curda em seu país.

Os turcos só podiam estar de brincadeira? Depois dessas milícias lutarem ferozmente e terem vencido o Estado Islâmico e milhares de combatentes curdos perderem suas vidas, para derrotar e conter os verdadeiros terroristas, fato que o mundo inteiro conhecia, como podem fazer tal acusação? Bem, isso mostra o quanto esse governo teme os curdos de Rojava. Essa ofensiva contra a Região Autônoma do Curdistão Sírio foi nomeada ironicamente pelo governo turco de "Nascente de Paz". Faria mais sentido se chamasse de "Nascente da Morte". Onde a paz se encaixa nesse contexto? Os ataques covardes e despropositados do Estado Turco contra civis inocentes tiraram a vida de centenas de pessoas, sem contar os feridos e os milhares de desalojados. Parece que a Turquia não se deu conta de que o Império Otomano acabou e ainda não se colocou no seu devido lugar.

Janu estava bem no meio dos combates, esse período foi desesperador para mim, sem comunicação, sem saber nada sobre ele durante toda a campanha. Acompanhava pelos noticiários os confrontos e bombardeios do exército turco contra eles. As milícias curdas não dispunham de aeronaves, o que dava uma grande vantagem aos inimigos. A cada dia havia notícias de baixas tanto de civis curdos quanto de militares. Tentei contactar o Baran e também não respondia, só me restava esperar e confiar que ele voltaria são e salvo para casa.

— *Beth, notícias ruins chegam rápido, seja otimista. O que o seu coração está te dizendo? — indagava a mim mesma enquanto fazia mechas*

QUARTO DAS NOSSAS MEMÓRIAS

no cabelo lindo e loiro da minha cliente, e com tanta preocupação na mente quase deixei passar do ponto.

Muitos dias passaram e nada de Janu dar notícias. Certa noite cheguei em casa e a Lili me esperava ansiosa na porta do apartamento, parecia que ela sentia minha angústia, miava e se esfregava em mim mais que o normal, não sei se é verdade que os gatos sentem nossa energia, mas parece que sim. Preparei o jantar das crianças, dei a eles um pouco de atenção e os coloquei para dormir. Então fui logo vasculhar na internet por notícias do conflito entre turcos e curdos, nas mídias internacionais, pois as nacionais falavam pouco daquela guerra. Depois de horas de incessantes buscas, nada de novo. Dormi no sofá cansada de exaustão e amargura, todavia sem perder a esperança.

Acordei no meio da noite desnorteada, demorei alguns segundos para me situar e perceber que havia dormido na sala, sem tomar banho, ainda estava com o jaleco da clínica. Então, quando minha mente ficou mais clara, percebi que tinha sonhado com Janu. Ele estava sentado no sofá, inclinando-se para a frente, apoiando os cotovelos nas pernas, no mesmo lugar em que eu me encontrava deitada naquele momento. Fumava um cigarro, eu podia sentir o cheiro da fumaça no ar. Seus cabelos e barba desgrenhados. Usava um lenço escuro em volta do pescoço sobre a blusa de agasalho azul, desbotada, parecia velho e cansado, uma calça preta e um tênis escuro, coberto de poeira. Suas roupas estavam sujas, sua aparência era de alguém muito maltratado. Contudo ele parecia tranquilo, relaxado. Sentei-me ao seu lado, segurei seu rosto, beijei seus olhos, bochechas, nariz e lábios, o abracei, segurei uma de suas mãos e entrelacei meus dedos nos dele e ficamos ali em silêncio, podia sentir seu pulso e seu calor, a sensação era de paz e conforto.

— *Beth, acalme seu coração, seu amor está vivo! Uma súbita esperança brotou e encheu minha alma. Respirei fundo e voltei a dormir.*

Na manhã seguinte acordei com o laptop aberto no chão ao lado do sofá em que eu dormira. Não sei como foi parar lá, o fato é que estava aberto em um site de notícias desconhecido, que depois daquele dia nunca mais lembrei o nome, só sei que era em inglês e trazia a seguinte legenda: "O governo turco aceita o acordo de cessar-fogo, mas exige a retirada das forças militares curdas da fronteira da Síria e Turquia". E, segundo outros artigos que encontrei mais tarde, referentes àquele assunto, os curdos aceitaram retirar suas tropas e o conflito havia acabado.

— Finalmente! Graças a Deus! Agora só preciso saber que Janu está bem, é tudo o que eu peço — exclamei para mim mesma.

Não dava para comparar as forças armadas da Turquia, com drones, aeronaves, sem falar da sua artilharia terrestre, com as forças curdas, que só possuíam armas leves, nem tanques nem blindados, apenas veículos comuns. Por isso a covardia foi muito maior quando efetuou ataques aéreos contra a população civil também. Era uma luta injusta, com certeza; as milícias curdas não poderiam revidar nas mesmas proporções.

À medida que o tempo passava e a falta de notícias continuava, comecei a pensar que meu sonho poderia ser um aviso de que ele estava morto e eu não soube interpretar. E uma crescente angústia começou a invadir meu ser, meu coração apertava tanto, que doía, literalmente. A guerra já tinha acabado há vários dias e eu estava perdendo a esperança de falar com Janu novamente.

Se ele está vivo por que não entra em contato? Essa pergunta ficava martelando na minha cabeça o tempo todo.

As notícias de baixas de soldados curdos aumentavam e minha aflição também. E como se não bastasse, nem com Baran, que era meu único contato de emergência, eu conseguia falar. Comecei a questionar, será que Baran também morreu? Passava horas vasculhando o Facebook de seus amigos, que sempre publicavam fotos dos mártires e as cerimônias fúnebres. Tinha tanto medo de encontrar Janu e Baran entre eles, que minhas mãos suavam e sentia arritmia cardíaca.

Janu tinha que sobreviver, eu simplesmente repudiava a ideia de que o destino dele fosse se tornar um mártir. Se alguém merece uma vida boa, longa e feliz, esse é Janu. Eu rejeito totalmente a ideia de não conhecê-lo algum dia e de tudo acabar subitamente, sem sequer uma explicação ou despedida, dizia eu em meus pensamentos em súplicas a Deus. Ele já havia desaparecido antes por dias, em função do seu trabalho, o que também me deixou muito apreensiva. Todavia, agora sabia onde ele estava e contra quem lutava. Por um momento deixei de pensar na minha angústia e imaginei como estariam as esposas, filhos e mães dos combatentes, que estavam lá, no meio dos bombardeios. Sem saber se voltariam para suas famílias e se voltariam inteiros ou aleijados. Percebi que eu não era nada especial, a minha aflição não era nada especial, eu nem fazia parte daquele mundo.

— Beth, no que você foi se meter? Achou que seria um romance de contos de fadas? Só com "rosas da manhã e jasmim"? Garota, você está mais que envolvida no mundo de Janu, ele é parte da sua vida, não tem mais como tirá-lo e nem ignorá-lo — murmurava para mim mesma.

Desde que Janu me comunicou sobre ir à guerra, não consegui mais dormir direito. Todavia, naquela noite em particular, fiz minhas preces, me deitei em minha cama e simplesmente apaguei, como se estivesse anestesiada. Havia deixado meu celular carregando na cozinha, então nem ouvi o alarme tocar. Despertei subitamente, com o sol invadindo meu quarto, pois esqueci de fechar as cortinas. Me levantei na velocidade da luz, com medo das crianças perderem a aula, corri apressada até a cozinha para olhar as horas, no relógio digital do micro-ondas. E foi aí, nesse exato instante, que eu vi as notificações do Seu Janu no WhatsApp.

— Rosas da manhã e jasmim. Senti tanto a sua falta. Como você está, meu amor?

Meus olhos mal acreditavam no que viam e meu coração parecia que ia sair do peito. Foi impossível conter a emoção quando li a mensagem. Queria responder imediatamente, mas não consegui, naquele momento eu estava sozinha na cozinha, as crianças ainda dormiam, me debrucei na mesa e chorei baixinho, para meus filhos não ouvirem. Depois de esvaziar meu coração, respirei fundo, agradeci ao Criador por tê-lo protegido e devolvido a mim. Aquele com certeza foi um dos dias mais felizes da minha vida. Finalmente consegui teclar.

— Me diga, onde você está? Como está?

— Estou bem. Não se preocupe, querida, a guerra acabou. Quase morri, mas agora estou em casa — escreveu ele.

— Como assim quase morreu? Você está ferido? — perguntei aflita.

— Sim, um pouco — respondeu-me Janu.

— Você foi ao hospital? Tem alguém aí cuidando de você? Eu quero te ver agora. Preciso ver o seu estado e seus ferimentos — exigi.

— Eu acabei de chegar em casa, preciso tomar um banho e comer. Não quero que me veja nas condições que eu estou agora. Não durmo há vários dias. Só queria te tranquilizar, te dizer que estou bem. Você me dá licença, por favor? Depois nós falamos — me pediu.

Não gostei nada disso, mas concordei.

— Claro, querido, faça o que precisa fazer e descanse. Não tenha pressa, quando estiver disposto conversaremos. O importante para mim é saber que você está a salvo em casa — respondi e me despedi dele naquela manhã.

Meu coração estava tão leve e feliz, que nem me incomodei com a briga de travesseiros que as crianças fizeram assim que acordaram, naquele exato momento, acabando por rasgar a capa e espalhar penas pelo quarto todo.

Quando conheci Janu ele me disse que trabalhava no departamento burocrático do exército, o que me deixou mais tranquila, pois estava fora de perigo, de certa forma. Achei que ele tinha sossegado. Como pode me pedir em casamento num dia e no outro ir para a guerra? Seu Janu me devia uma explicação. Ele não pode brincar com as minhas emoções desse jeito.

Estava ansiosa, pois fazia mais de duas semanas desde a última vez que tínhamos nos visto. Fiquei aguardando sua chamada, não queria perturbá-lo; apesar da minha saudade, entendia que ele precisava descansar. Na noite do dia seguinte, depois que cheguei em casa do trabalho, ele me ligou, Janu conhecia a minha rotina e sabia que naquele horário estaria sozinha e poderíamos conversar com calma.

QUARTO DAS NOSSAS MEMÓRIAS

Quando a câmera abriu, ele se encontrava deitado em sua cama, usava uma blusa cacharrel preta, que por ser justa de gola alta fazia ele parecer mais magro ainda. Pela primeira vez, eu o recebia depois dele ter vindo de uma guerra, não sabia como estava seu estado de espírito. O vi abatido em outras ocasiões, mas desta vez algo havia mudado nele, dava para sentir uma profunda tristeza em sua alma, seus olhos sem brilho expressavam total desalento.

— Como você está, querido? Conseguiu dormir e descansar? — perguntei.

— Sim. Consegui, mas meu corpo todo dói, estou moído por dentro. — Janu respondeu devagar, mas continuou falando. — Ouça, querida. Um avião turco bombardeou o lugar em que eu estava. A energia e a pressão dos mísseis eram muito grandes, se eu não "voasse no céu" estaria morto agora.

Meu Deus! "Se eu não voasse no céu estaria morto agora?" Ele deve ter sido arremessado pelos ares com a força das explosões. Essa informação me deixou ainda mais preocupada. Mas não o interrompi.

— Meus ferimentos foram internos, minhas feridas são nos meus nervos e ossos. Quando se é ferido de pressão por força de explosão e projéteis a dor é muito grande, porque é dentro do corpo e causa graves lesões e não podemos ver — explicou.

Pelo que conheço de Janu, ele não é o tipo que vai ao médico para cuidar da saúde e pode estar com sérios ferimentos.

— Querido, você foi ao médico? Fez exames? O que eles disseram? — indaguei.

— Ainda não. Aqui não há especialistas para cuidar dessas coisas, nem equipamentos, só temos atendimentos básicos, então eu não vou ao hospital — me escreveu ele, enquanto acendia um cigarro.

Como imaginei. Nada de médico, nada de exames.

Queria entender o que se passava na sua cabeça. Há poucos dias ele estava me falando de casamento e fazendo planos para filhos, família, futuro. Não aguentei e perguntei:

— Posso saber por que você foi parar bem no meio da guerra? — Mal conseguia conter minha irritação.

— Querida, ouça! Como você sabe, há muito tempo estou em missão em Derek para cuidar dos assuntos financeiros do exército, e não mais no campo de combate.

— Exatamente! — retruquei entre dentes.

— No entanto, quando a notícia da guerra em Serêkaniyê chegou, meu sangue começou a queimar, então peguei minha arma, não hesitei e fui lutar — disse-me ele tentando me acalmar.

— Achei que quisesse ficar longe das batalhas — retruquei novamente.

— Ora! Sou um soldado, o que eu devia fazer? Me esconder? Fugir? Ficar parado enquanto meu povo é massacrado pela Turquia? Eu não quero ficar seguro, prefiro morrer lutando — me respondeu cheio de si. E a expressão do seu rosto mudou drasticamente, ele estava ficando enfurecido com a minha incompreensão. Acendeu outro cigarro e começou a passar o isqueiro entre os dedos acendendo e apagando incessantemente, entre uma tragada do cigarro e um gole de água.

Foi quando eu entendi que precisava escolher com cuidado as palavras, pois ele estava visivelmente abalado. Não sabia do seu estado emocional, nunca o tinha visto assim. Nem sequer podia imaginar o que Janu passou por aqueles dias. Fiquei totalmente perdida naquela situação. E agora o que vou fazer? Como vou lidar com ele? O que eu devo dizer?

Beth, calma, seja sensata, ele precisa do seu apoio, não do seu julgamento, escolha suas próximas palavras com sabedoria, pensava eu enquanto o analisava, ali tragando seu cigarro em silêncio.

— Me desculpe, escolhi mal as palavras. Olha, eu sei que você não é homem que foge da luta, és um patriota, um revolucionário! Mas acima de tudo é um guerreiro, com um coração nobre, e jamais deixaria amigos e camaradas sozinhos numa guerra, porque você também é um líder, e os líderes protegem seus soldados. Não estou aqui para questionar suas decisões. Estou aqui para te acolher e te apoiar, em tudo o que você precisar.

Quando Janu leu o que escrevi, não respondeu imediatamente, seu olhar ficou perdido no vazio. E quanto a mim fiquei em silêncio, me perguntando: O que se passava na sua cabeça e no seu coração naquele momento? Esses instantes pareceram uma eternidade e, quando Janu finalmente voltou para mim, ele escreveu:

— A Turquia assassinou meu irmãozinho e eu não pude protegê-lo.

Senti um baque no meu coração ao ler aquilo, fiquei paralisada olhando para ele por alguns segundos sem saber o que dizer.

— Como assim? Quando isso aconteceu? — perguntei perplexa. Ele parecia fazer uma força incrível para teclar simples palavras.

— Foi há poucos dias, na luta em Serêkaniyê. Meu irmão é um lutador como eu e foi martirizado lutando contra a Turquia — escreveu finalmente Janu e em seguida me enviou uma foto.

Aquela foi realmente uma grande surpresa para mim. Me lembro bem do primeiro retrato que ele me enviou. Nele havia Janu com outro jovem soldado sentado, no capô de um veículo militar, e seu cachorro Bobby, que compartilhou sua água com os combatentes. Porém, na ocasião Janu não mencionou nada sobre ter um irmão.

Meu Deus! Eu nem sabia que ele tinha um irmão militar. Agora sua tristeza fazia todo o sentido. Que o Senhor conforte o seu coração enlutado e lhe dê paz. Orei por ele em silêncio, enquanto procurava palavras para consolá-lo.

— Minha nossa! Eu lamento muito a sua perda. Não sabia que você tinha um irmão em Rojava, achei que eles morassem todos na Europa — comentei.

— Esse irmão não nasceu da minha mãe, mas eu o amo como se fosse meu irmãozinho pequeno. Eu o conheço desde menino, o recrutei e ensinei a ele tudo sobre a guerra, ele é inteligente, muito valente, um excelente mecânico de automóveis e dirige qualquer carro militar, que nunca viu antes — escreveu-me ele. Vi que seus olhos se encheram de lágrimas, ele tentou disfarçar, esfregando as mãos na cabeça e no rosto. E concluiu: — Eu não quero falar dele agora. Esqueça isso.

— Então foi por causa dele que você foi pra guerra? — perguntei.

— Não. Eu nem sabia que ele estava lá. Eu fui por minha conta mesmo. O comando não queria me deixar ir, estava na torre de Derek quando a guerra eclodiu em Al-Hasakah. Então peguei minha arma, sem dizer nada a ninguém e fui para Qamishli — respondeu.

— Desculpe, não entendo muito de hierarquia militar, mas isso não é rebelião? Desobedecer seu comandante não é uma séria violação? E não dá punição severa? — questionei.

— Ouça, "minha casa", não me importei com o que fariam comigo depois da guerra se eu sobrevivesse. Mas eles não poderiam me impedir de ir para o combate. Então convoquei os meus amigos para formar uma unidade. Tenho camaradas corajosos e podemos participar da defesa de qualquer país, inclusive na Europa. Falei com Nechirvan da Suécia, estivemos juntos em muitas batalhas desde 2016. Por sorte ele estava numa força militar no Curdistão Iraquiano em Shingal. Nechirvan só luta comigo, é meu elemento, quando tem uma guerra ele vem e depois volta para sua terra natal. Eu disse "que a nossa missão tinha começado". E ele me respondeu para esperar um pouco que logo se juntaria a mim.

Me pareceu que Janu queria me contar toda a sua odisseia, não sei se no sentido de me informar, me dar uma satisfação por ter partido para a guerra sem me avisar adequadamente ou porque precisava desabafar. Então me acomodei nos meus travesseiros e fiquei lá apenas lendo suas narrativas, enquanto ele escrevia freneticamente.

Prosseguiu ele:

— Teve combatentes que por força das circunstâncias se demitiram, estavam em suas casas e quando a guerra começou ninguém foi procurá-los para entrar na luta, mas se eu os convocasse eles não recusariam. Enquanto eu recrutava os soldados, fui até a casa de uns camponeses árabes, a mãe deles me recebeu, ela era uma mulher muito forte e confiava em mim. Quando a porta se abriu eu lhe perguntei: Onde estão seus filhos? Temos que lutar. Em dois dias juntei todos e minha unidade estava formada. Meus amigos Nechirvan e Anduk, da Alemanha, também vieram para a peleja. Nosso grupo era de doze pessoas. No quarto dia dos bombardeios o partido e os comandos não nos deixaram ir. Então dissemos a eles que nós éramos do povo, não pertencemos a ninguém, e iríamos lutar para defender nossa pátria. Milhares de soldados fugiram, nosso grupo de apenas doze pessoas foi o último a chegar em Serêkaniyê. Assim que chegamos encontrei Evan, ele estava levemente ferido. Sua unidade foi uma das primeiras a chegar lá, logo após a Turquia anunciar a guerra. Fiquei muito preocupado com Evan e o trouxe à força para ficar comigo, pois precisava protegê-lo.

Quem era Evan? Pelo modo que Janu falava dele deveria ser da família... Janu nunca tinha mencionado esse nome antes, vou deixar ele prosseguir, sem interromper, quem sabe no final da narrativa eu entenda quem é ele, pensei comigo.

Janu me disse que ia pegar um pouco de vodca e uns petiscos. Aproveitei e fui até a cozinha ver o que tinha para beliscar. Era tarde, estava com fome, naquele dia tinha comido só um lanche na clínica. Peguei da geladeira um pote de sorvete de chocolate que estava no final, uma colher e fui para a cama.

Quando voltei para a chamada, ele me olhava como se estivesse me analisando, então perguntei o que estava pensando, no que me respondeu: "Você é tão linda, senti tanto a tua falta". Aí me lembrei do sonho que tive com ele noites atrás e lhe contei. Nesse momento vi seus olhos brilharem e uma expressão de surpresa brotar em seu rosto. Em seguida me mostrou uma foto da sua equipe, antes de entrar em combate, e para minha surpresa a roupa que ele usava no meu sonho era a mesma que usava na foto. Nós ficamos perplexos, incrédulos. Aquilo era algo sobrenatural, espiritual, que estava além da nossa compreensão. O que estava acontecendo? Seria o universo conspirando a nosso favor? Do jeito que sou emotiva, não sabia se sorria ou se chorava. Então Janu me disse que entendeu o sonho e em que circunstâncias se encontrava no dia em que veio a mim. Me perguntou se eu estava com sono, se queria dormir ou ouvir o que lhe aconteceu.

— Eu quero saber de tudo — respondi. Sendo assim ele continuou contando.

— Essa foto foi tirada momentos antes de entrarmos para batalhar. Aqui estão todos os soldados que recrutei e também meus amigos Nechirvan da Suécia, Anduk da Alemanha e Evan.

Janu me mostrou cada um deles, os que foram feridos, os que foram martirizados e os sobreviventes. Dos doze que partiram, cinco tombaram no campo de batalha. Enquanto ele apontava e falava sobre cada um deles, eu agradecia a Deus por tê-lo protegido e trazido de volta para casa. Sentia muito pelos que não tiveram a mesma sorte de Janu e minha felicidade parecia egoísta, mas eu estava de fato muito grata a Deus.

Ele continuou me contando.

— Então entramos em Ras-Al-Ain "Serêkaniyê" e no dia seguinte à nossa chegada as forças aéreas turcas começaram a bombardear e nossa equipe foi separada. O inimigo estava nos cercando por todos os lados e, sob os fortes ataques, alguns foram mortos. Três dos meus soldados ficaram feridos. Obtive a informação de que suas irmãs que estavam lutando lá também tinham sido feridas. Não podia deixar os irmãos morrerem todos ao mesmo tempo, então não os deixei prosseguir e os mandei de volta para casa.

Nesse ponto eu o interrompi, para perguntar se havia mulheres no seu grupo, Janu disse que não. Me confessou também que não tem jeito de lutar ao lado de mulheres, pois elas não gostam dele, acham ele muito duro, intransigente. Posso imaginar, pelo pouco que o conheço, que seja implacável. Eu é que não queria estar sob seu comando.

Janu prosseguiu digitando.

— Resistimos por seis dias, a cidade inteira caiu nas mãos do exército turco. Só restava uma rua e um hospital, para nós, ficamos encurralados. Havia aviões e exército internacionais lutando contra nós e éramos poucos, eu e mais quatro camaradas contando com o Evan, que lutou ferozmente ao meu lado. Nos escondíamos entre os bairros dos inimigos e eles não nos viam. Não ansiamos por nada nesses seis dias, ficamos sem comer, apenas lutamos e lutamos. Quando de repente um avião turco veio e bombardeou a casa em que estávamos. Evan estava comigo e seu corpo ficou ferido igual ao meu. Mas graças a Deus ele é jovem e se recuperou rápido. Meu amigo Eduk não teve a mesma sorte, foi martirizado nos bombardeios.

Eu me lembro de ter lido sobre isso nos noticiários. A Turquia estava massacrando os curdos, pois seu exército era muito maior em número de soldados e artilharia. Meu Deus! Que livramento esse homem teve, pensava comigo, foi um milagre ele ter sobrevivido, e calafrios percorriam minha espinha naquele momento.

Janu continuava escrevendo.

— Foi quando um avião bombardeou a casa em que nós estávamos. A energia dos mísseis e a pressão das explosões eram muito fortes e me causaram muita dor dentro do meu corpo e da minha cabeça, por isso minhas feridas não são visíveis, são internas, e me deixou por dois dias inconsciente, estava acordado, sim, mas não me lembro muito bem das coisas que aconteceram. Ah, meu amor, acho que foi nesses dias que você sonhou comigo!

Janu não é um bom narrador, acho que ele quis dizer é que teve perda de memória por dois dias. Ele ficou em pé, posicionou a câmera me mostrando seu corpo, levantando a blusa, expondo seu tórax, costas, braços e pernas. De fato, sem nenhum arranhão em sua pele. Agora, mais do que antes, estou convencida de que Deus o protegeu. Seu anjo da guarda é muito forte! E, seja lá quem for esse Evan, também teve sua vida poupada.

Ele prosseguiu.

— Poderíamos ter resistido mais e até vencido a guerra, mas a maioria dos soldados das nossas forças, daquela província, não eram curdos. Por isso houve muita traição, por parte dos soldados árabes, que eram a maioria e fugiram com a chegada da Turquia. Então não nos restou saída a não ser ir para lá defender e proteger nossa terra. Como você sabe, somos autogestores, cada província tem seu próprio exército, instituições e nos reunimos sob a autogestão. Portanto, há curdos, árabes mulçumanos e cristãos, são várias nacionalidades e também religiões envolvidas. Os soldados que traíram a nossa causa fugiram como uns covardes que são.

Nesse ponto interrompi sua narrativa, não tinha entendido muito bem os motivos do governo turco em atacar as cidades curdas.

Então perguntei:

— Querido, por que você acha que a Turquia de fato quer tomar suas cidades?

Sua resposta foi bem objetiva e não posso dizer que discordo da sua opinião.

— A Turquia pode usar a desculpa que quiser, nos acusar de terrorismo, mas a verdade é que ela nos ataca porque estamos construindo uma nova Rojava. Nosso projeto é o primeiro do Oriente Médio, é um projeto federalizado, democrático e autocentrado, então todos estão lutando contra nós, porque nós queremos o fim da ditadura e da injustiça que nosso povo vem sofrendo há centenas de anos. Somos independentes desde o início, nunca estivemos aliados a ninguém; em Rojava, todas as cidades e municípios e suas instituições de atendimento são de autogestão. Até a coalizão internacional vir nos ajudar a combater o terrorismo contra o Estado Islâmico, mas porque era do interesse deles eliminá-los também, se não fosse por isso teriam nos deixados à própria sorte. Os Estados Unidos nos ajudaram contra o Estado Islâmico, mas agora contra a Turquia só nos deram um pouco de apoio político.

Tudo o que Janu estava me relatando era a verdade. O histórico de desavenças entre turcos e curdos é muito antigo e é claro que a Turquia fará de tudo para impedir a criação de um Estado curdo.

— Olha, vou te falar o que eu vi, nessa guerra o governo turco usou armas químicas, contra os soldados e a população civil, você tem alguma ideia do que foi isso? — No momento em que Janu começou

QUARTO DAS NOSSAS MEMÓRIAS

a falar desse tópico ele ficou nervoso, suas feições mudaram completamente enquanto digitava.

— Como assim armas químicas? — perguntei.

— Sim, "minha casa", há inúmeros documentos que provam esse fato, mas as superpotências escondem tudo do grande público — disse-me ele.

— Se existem provas contra a Turquia, ela tem que ser punida, o uso de armas químicas e biológicas foi proibido logo após a Primeira Guerra Mundial e depois disso em inúmeras outras convenções também — repliquei revoltada.

Janu sorriu de raiva, sacudiu a cabeça e então digitou:

— Você sabe, meu amor, que a Turquia faz parte da OTAN (Organização do Tratado do Atlântico Norte), então ficará impune, ela só será responsabilizada se for removida, e isso só vai acontecer se os outros países-membros assim o quiserem. Mas tanto a OTAN quanto a União Europeia têm interesses políticos e econômicos com os turcos, por isso ela passa incólume por seus crimes de guerra. Tudo não passa de um grande e sujo jogo político.

Infelizmente tinha que concordar com ele. Dificilmente esse governo será acusado ou punido por seus atos de terrorismo. Pelo jeito que Janu ficou ao abordar o assunto, me lembrei da história do seu irmãozinho caçula que faleceu recentemente, de quem ele não quer falar agora. Temo que tenha sido vítima desse ataque com armas químicas que Janu afirma que a Turquia usou.

Tentei mudar de assunto.

— Querido, quero saber como você conseguiu sair de lá? — perguntei.

— O importante é que depois de muitos dias de lutas incessantes, dezenas de mortos e feridos, entre eles civis, o governo turco e os chefes dos partidos políticos de Rojava e as Forças Democráticas da Síria chegaram a um acordo de cessar-fogo. A Turquia queria que nos retirássemos, que todas as forças militares curdas deixassem as cidades das fronteiras com seu país. Nós não concordamos com esses termos, queríamos mostrar resistência, mas não tínhamos condições de continuar lutando, ficamos lá por mais dois dias, até recebermos ordens do alto-comando para nos retirarmos. Então queimamos algumas instituições que nos pertenciam, não queríamos deixar nada para o inimigo. Acontece que quando os soldados fugiram deixaram para trás todo tipo de armas, que valem milhares de dólares. Não podíamos deixá-las para o inimigo; eu, Evan e meus camaradas então, antes de sair, coletamos todas e enchemos cinco carros com elas. E cada um de nós dirigiu um veículo e saímos da zona dos combates. Mesmo estando feridos, seguimos em comboio e as tiramos de lá. Havia soldados das forças especiais turcas e sírios e eles nos pararam e estavam examinando o comboio. Meu veículo era o último. Eu tinha em minha posse explosivos, se os inimigos tentassem me trair eu os detonaria e acabaríamos com eles também, nunca seria um prisioneiro — escrevia ele.

Não seria você, não seria Janu, o meu guerreiro, caso se deixasse fazer prisioneiro, pensava comigo mesma enquanto lia o que ele me escrevia.

Por um momento ele parou de escrever, sorriu e me disse. "Ah! Meu amor!" E voltou a digitar.

— Ouça essa. Quando estávamos passando bem devagar pelas barreiras do exército turco, um de seus soldados se aproximou e me mandou que parasse, então ele me encarou. Eu disse a ele: "Nós éramos umas dezenas de soldados e temos lutado há dez dias e vocês são milhares de milhares e seu país é grande. Sairemos agora, mas todas as noites você verá a morte entre vocês". O soldado turco estava com muito medo e falou: "Saia rápido daqui". Eu juro para você que vi pavor nos olhos dele.

— Ah, meu Deus, você estava brincando com o perigo, meu amor — respondi surpresa.

Ele sorriu agora com mais entusiasmo e escreveu:

— Não, querida, ele é quem deve me temer. Ele sabia que eu não estava ali para brincadeira e não temo a morte.

— Meu Deus, que loucura! — exclamei, espantada.

— Bem, dirigimos até o quartel general do comando de Al-Hasakah e, dois dias depois, entregamos os carros e as armas para eles, que ficaram incrédulos quando nos viram. E nos perguntavam: "Como vocês conseguiram fazer isso?". Então lhes disse: "Não aceitei deixá-las para os inimigos, por isso as tiramos de lá". Depois disso, cada um de nós foi para sua casa. E aqui estou — finalizou Janu.

Tenho certeza de que aquele soldado turco jamais se esquecerá de Janu, pois ele viu ali um homem que não se importaria em sacrificar sua vida por sua pátria e seu povo.

— Quero que saiba que lamento o martírio do seu amigo Anduk, dos seus soldados e de todas as vítimas dessa guerra sem sentido. Você quase me matou de susto, fiquei tão aflita com a falta de notícias, que quase infartei — teclei para ele.

— Eu sei disso, conheço teu coração. Acredite em mim quando te digo que eu não gosto da guerra. Matei muitos, usei muitas armas, mas juro por Deus que não gosto de matar. Tenho medo de um gaiho de árvore no ar e anseio pelo menor animal. Como as pessoas amam matar e sangrar e os opressores atacam meu povo, então temos que nos levantar e lutar e faço isso com amor, sobre isso não tenho remorso, na guerra sou justo. — E continuou teclando: — Vamos dormir, sei que está cansada, eu também estou. Hoje eu quero dormir em seu abraço, imaginar seu cheiro doce e esquecer o resto do mundo, se eu apenas adormecer por uns momentos em seu colo, é o suficiente para mim.

Concordei em dormir, pois estava mesmo muito cansada, a história de Janu me prendeu tanto a atenção, que nem vi a madrugada chegar. No entanto, estava tão feliz e aliviada de vê-lo em casa a salvo e seguro, que para mim bastava dormir com ele virtualmente mesmo.

Quinze.

UM NOIVADO NADA CONVENCIONAL

Alguns dias haviam se passado desde que Janu voltou da guerra. Ele ainda reclamava de dores no corpo e se mostrava bem triste em nossas conversas. Eu tentava confortá-lo e animá-lo na medida do possível. Afinal, o que eu poderia fazer por ele, morando do outro lado do mundo, além de conversar? Meu desejo era estar lá ao lado, cuidando, levando ao médico, mimando. Meu coração palpitava quando pensava sobre isso, minha vontade era de embarcar no primeiro avião e voar até ele.

O início do mês de novembro de 2019 foi chuvoso e com muitos dias frios. Naquela manhã de domingo não tive pressa de me levantar da cama. Verifiquei as mensagens de Janu no celular. E vejo que ele me escreveu.

— Rosas da manhã e jasmim. Como foi seu sono, querida? — A frase veio acompanhada de um coração azul, no WhatsApp. Não fazíamos mais uso do Messenger, desde que assumimos nossos sentimentos. Aqui as conversas pareciam mais pessoais, pois não compartilhamos nosso número de telefone com qualquer pessoa.

— Bom dia. Dormi bem. E quanto a você, meu querido? — perguntei.

— Estou bem. Sinto sua falta. O que está fazendo? — indagou.

— Estou na cama, aqui chove muito e faz um friozinho gostoso, adoro o barulho da chuva e do vento assobiando nas janelas — informei.

— Eu também amo a chuva. Adoraria estar contigo nessa cama agora, ou você poderia estar aqui comigo, pois aqui também faz frio — escreveu Janu.

— O sentimento é recíproco — repliquei.

Me dirigi até a janela do meu quarto, limpei o vidro embaçado com a mão e fiz um vídeo de alguns segundos, mostrando o céu cinza carregado de nuvens e a chuva que tirava a visibilidade da ilha, e o enviei. Queria que visse e sentisse a mesma sensação que eu estava sentindo naquele momento. Compartilhar um pouquinho o meu mundo com ele era uma forma de fazê-lo sentir-se parte da minha vida e nos conectar.

Janu disse que queria me ver, então ligamos. Ele tinha cortado o cabelo e feito a barba e dessa vez aparou o bigode mais do que o costume deixando os lábios bem à mostra. Sua aparência estava bem melhor do que alguns dias atrás, todavia seu olhar ainda era de desalento. E, como sempre, escrevemos e traduzimos digitalmente tudo o que queríamos dizer um ao outro.

— Você sabe que eu quero me casar com você? Ou já se esqueceu disso? — perguntou-me.

— Não, querido, não me esqueci, no entanto acho que não é o momento para pensarmos nisso. Você foi para a guerra, sem me avisar, e se tiver novas lutas sei que irá novamente.

— Não quero compartilhar somente a cama com você, mas toda a minha vida — Janu declara em um rompante que me faz ficar sem graça.

— Até entendo seu patriotismo, e sei que sempre colocará a luta do seu povo em primeiro lugar, mas acho que casamento e filhos é um assunto para o futuro. — Fui franca e diplomática com ele.

— Está dizendo que não se casará comigo se eu for um lutador? — digitou ele nervoso.

Beth, e agora? Eu não queria de jeito nenhum decepcioná-lo, pois sabia o quanto ele estava fragilizado. Porém não podia fazer promessas no calor da emoção, um de nós tinha que ter os pés no chão ali.

— Eu não disse isso. Só acho que esse não é o momento, meu querido. Vamos com calma, podemos planejar tudo com muito cuidado. O que você acha? Olha! Que tal se eu for até Rojava, nos conhecemos e podemos avaliar melhor se é realmente isso que queremos? Você pode se decepcionar quando me conhecer pessoalmente — argumentei.

Janu leu o que escrevi, mas não respondeu. Pediu licença e se levantou da cama por uns instantes. Em seguida voltou com um copo de uísque e um cigarro aceso. Sentou-se novamente e entre uma tragada do cigarro e um gole do uísque respondeu-me que concordava com minha visita e ansiava pelo nosso encontro.

— Eu quero que você venha logo, tenho pressa em te conhecer. Mas a partir de hoje você é minha esposa e eu sou seu marido — afirmou ele.

— Esposa? Como assim? — escrevi confusa.

— Você pertence a mim e eu pertenço a você. Você concorda? — perguntou-me.

— Você está sugerindo que temos um compromisso agora? — indaguei.

Janu respondeu positivamente.

— Bem, mas não podemos pular etapas, antes do casamento tem o noivado, certo? — questionei.

Se eu fosse uma mulher curda, é provável que Janu não estivesse falando comigo sobre noivado. Esse assunto seria tratado entre nossas famílias. Mas sou uma mulher ocidental adulta e dona da minha vida e não preciso da permissão dos meus pais para ficar noiva. E quanto a Janu: não é mais um homem oriental tradicional. Atualmente não concorda mais com certas tradições da sua cultura. Pode-se dizer que ele se tornou um rebelde.

— Então faça o pedido formalmente, eu quero que você me fale, quero ouvir sua voz. Janu sorriu ao ler o que escrevi e me disse:

QUARTO DAS NOSSAS MEMÓRIAS

— Bitî tu dixwazî bibî bûka min? "Beth, você quer ser a minha noiva?"

Eu escrevi também em kurmanji:

— Ez te Janu wek zavayê xwe qebûl dikim. "Eu aceito Janu como meu noivo."

Foi inusitado e emocionante também, devo admitir. Ficamos ali sem palavras, apenas nos olhando e rindo como dois adolescentes vivendo o primeiro amor. Sem saber direito o que dizer, até ele quebrar o silêncio e escrever:

— Posso te contar um segredo? — me perguntou.

— Sim, por favor. — Acenei com a cabeça.

— Acredito que as almas são compartilhadas, acho que todos têm uma em comum, mas temos que procurá-las até encontrar. Infelizmente o mundo é grande, tem quem passe por essa vida e não encontre a sua. Estou muito feliz porque não morri até que a metade da minha alma que me completa fosse encontrada. Prometo que na próxima vida estaremos juntos desde a puberdade e viveremos juntos até o fim.

— Nossa! Isso foi tão lindo. Saiba que me sinto assim também, querido — disse a ele.

Janu continuou teclando:

— Você sabe por que quero você na minha vida? Porque é você que a torna linda e confortável. Perdi tudo de bom que havia dentro de mim, não sobrou nada. Depois de toda a exaustão da guerra, sangue e destruição, me sinto tão cansado, com raiva, meus dias são tão difíceis. Mas no final da noite eu sei que encontrarei conforto em você, que completa minha alma, e isso me faz suportar tudo. Você sabe que não acredito em nada, no entanto agradeço à natureza que te criou e me permitiu te conhecer e ser a dona da minha vida. Eu te amo, meu anjo, você é meu único refúgio para me acalmar, me sentir seguro e confortável.

Depois de todas essas revelações, fiquei sem palavras. Não sei se era o efeito do uísque que ele estava bebendo ou se realmente Janu se sentia assim a meu respeito. O fato é que, apesar dele me chamar de "minha casa", Janu também se tornou meu abrigo, e todas as noites eu ansiava por estar com ele.

— Eu também te amo e você também me conforta e me faz sentir amada e segura, querido — escrevi.

— Sabe o que eu faria se estivesse com você agora? — teclou ele.

Bem no meio da nossa conversa, que estava ficando interessante, fomos interrompidos. A minha curiosidade sobre o que Janu estava prestes a me dizer tinha que esperar até a próxima chamada. Ouvi uma voz feminina que falava com ele em curdo. Subitamente, Janu escreveu:

— Querida, Evan veio até mim, eu preciso falar com ele. Você me dá licença?

— Claro, vai lá receber seu amigo — teclei. No que imediatamente me respondeu.

— Ele não é meu amigo, é meu sobrinho, o filho mais velho da minha irmã Jihan.

Janu o chamava pelo seu nome, agora fazia todo o sentido, os cuidados que teve com ele e como tentou protegê-lo durante a guerra contra a Turquia. Bem, mas o assunto do Evan não era o mais importante agora.

O importante é que acabo de ficar noiva. Inacreditável! Honestamente não tinha certeza se me sentia feliz ou preocupada. Bem, agora é planejar minha viagem até Rojava, só de pensar nisso meu coração palpitava. Havia muita emoção envolvida e também muito perigo, afinal queria ir para uma zona de guerra, onde pessoas com um pouco de juízo nunca entrariam. Pelo contrário, quem podia escapava de lá. Admito que, pensando racionalmente, isso tudo era uma grande loucura.

— E agora, hein, Beth? Para quem queria ir com calma você se comprometeu bastante! Além de ficar noiva de um cara do outro lado do mundo, ainda prometeu ir visitá-lo. O que você fez, garota? — indagava a mim mesma. Bem, seja o que Deus quiser. Não vou voltar atrás na minha palavra.

QUARTO DAS NOSSAS MEMÓRIAS

Dias depois do nosso noivado, Seu Janu me deu uma baita decepção! Que acabou com meu sossego e paz de espírito. Não sabia o que pesava mais, minha preocupação com ele ou minha fúria.

Janu nem tinha se recuperado dos ferimentos da campanha de Serêkaniyê, lutando contra a própria Turquia, quando decidiu voltar à guerra. Pelo menos dessa vez ele manteve contato comigo, e sempre que podia me enviava mensagem a fim de me tranquilizar. Dois ou três dias depois dos ataques começarem, ele foi para Tel Tamr, contrariando as ordens de seus comandantes. Chegando lá, o impediram de lutar, lhe deram uma ocupação que ele chamou de "gerenciador de guerra", suas funções eram garantir o fornecimento de armas, enviar forças "tropas" à frente de batalha etc.

O que o deixou furioso, me lembro das reclamações dele, dizendo que estava bem e podia combater. Embora soubesse que não era verdade, concordava com ele, pois sabia que bater de frente o afastaria de mim, e aí eu ficaria sem notícias suas.

Tal Tamr fica no oeste da província de Al-Hasakah, no nordeste da Síria, localizada às margens do rio Khabur. Seu nome significa "Colina das Tâmaras". Sua população é constituída por árabes, sírios e curdos na sua maioria. Até aqui nada de mais, se parece com todas as regiões de Rojava. Porém, Tal Tamr é um valoroso centro de transporte rodoviário, pois está numa interseção da rodovia M4, conhecida como "Autoestrada Internacional", entre Alepo, uma importante cidade da Síria, e Mossul, uma importante cidade do Iraque. Além disso fica entre as cidades de Al-Hasakah e Serêkaniyê.

Janu não me disse qual foi a desculpa que o governo turco usou dessa vez para atacá-los, então novamente tive que procurar informações nos sites de notícias.

Pelo que entendi, o objetivo do exército turco e das facções sírias era tirar o controle da rodovia M4 dos curdos. Mas, no seu caminho, estava a cidade de Tal Tamr, território do seu arqui-inimigo, que, é claro, não entregariam sem lutar. Essa estrada em questão era de vital importância para a sobrevivência do comércio e da economia regional. Porém, é de grande relevância a certos países estrangeiros também. Estados Unidos e Rússia, velhos rivais, disputam espaço naquela via para defender seus interesses, e é nessa mesma autoestrada que os americanos transportavam todo o petróleo produzido em Jazira, e os russos, o trigo e o algodão.

Isso era muita coisa para ser absorvida. Preciso de uma pausa para um café, esse assunto é muito complicado.

— Vejo que os vales férteis do Curdistão são um oásis no meio do deserto do Oriente Médio a que todos vêm para se servir. Nossa! Mas que grande tramoia temos aqui, tantos países envolvidos, cada um defende seus próprios interesses, explorando tudo o que podem dessas terras. É tão complexo e revoltante, que deixa pessoas leigas como eu piradinhas — dizia a mim mesma enquanto preparava meu café instantâneo, para voltar à minha pesquisa.

Bem, para não surtar, concentrei meu foco apenas nos fatos que diziam respeito a Janu e a atual briga com os turcos naquele momento. Dias, semanas foram se passando e Janu sempre que podia me dava notícias. Às vezes ele me ligava e pedia que eu falasse, até ele adormecer, mesmo sem entender nada do que eu dizia. Me lembro das noites geladas, em que ele dormia no banco traseiro do seu carro preto, modelo popular, sem aquecimento, todo encolhido, com apenas um cobertorzinho e o quanto reclamava de dores no corpo e nas costas, mas o som da minha voz o acalmava, lhe dava paz e o confortava. Então eu recitava poesia, contava histórias infantis ou cantava canções de ninar, do jeito que fazia com meus filhos quando eram pequenos. Eu não estava lá, mas sofri com ele, sua luta se tornou minha luta. O que eu poderia fazer, além de apoiá-lo e pedir a Deus que aliviasse sua aflição e o protegesse? Sim, Janu ficar fora dos confrontos me deixava mais tranquila. No entanto, sabia que ninguém estava seguro naquela zona de guerra.

Me lembro bem da última vez que nos falamos, antes do fim do conflito. Recordo cada detalhe daquela noite. Enquanto estávamos

QUARTO DAS NOSSAS MEMÓRIAS

em ligação, Janu entrou no veículo, levando consigo dois sanduí-ches e uma garrafa de água. Comeu tão rápido, que mal mastigou. Depois me mostrou que seus cigarros tinham acabado e gesticulou que ia buscar mais. Segurava o celular em uma das mãos enquanto pilotava, alternando a câmera entre seu rosto e o caminho em sua frente iluminado apenas pelos faróis do automóvel. Passou pelo que parecia ser um posto de controle, cumprimentou alguns camaradas e seguiu dirigindo, por uns dois ou três minutos. De repente parou em determinado lugar, chamou alguém, que veio até ele e lhe entregou alguns maços de cigarrilha. Janu agradeceu e retornou ao mesmo local em que estava. Estacionou, tentou se ajeitar o mais confortável possível, no banco de trás, o que era difícil, pois não tinha espaço para acomodar suas longas pernas.

Enquanto o observava ali, se virando de um lado ao outro, tentando encontrar uma posição confortável, só pensava: O que o movia? Que força era aquela que carregava dentro de si? Que nada o faria parar. Naquele instante eu entendi que só o martírio seria capaz de detê-lo, e meu coração congelou de temor.

Janu posicionou o celular na porta do carro, bem próximo ao seu rosto. Pelo vídeo pude ver sua inseparável Kalashnikov, encostada no assento, enquanto ele tirou um dos casacos que usava e cuidadosa-mente fez de travesseiro, depois sacou a pistola do coldre e a segurou em cima do peito, com o dedo sobre o gatilho. Havia uma penumbra permanente, o que lhe proporcionava um ambiente adequado para descansar. Janu estava visivelmente agitado, tinha fúria nos olhos. Conversamos, até ele se aquietar e finalmente adormecer. Durante o pouco que a gente falou, Janu nada relatou sobre o que acontecia à sua volta. Preferia falar sobre a noite profunda e estrelada que pairava sobre sua cabeça e de como ele desejava que estivéssemos os dois juntos e longe dali. Ele tentava me distrair e se distrair. Mas nós dois sabíamos que perto dali um inimigo numeroso com artilharia pesada se aproximava e que o confronto era inevitável. Enquanto ele estava ali, deitado, num carro com um contingente pequeno de balas, poucos soldados e somente armas leves. Ouvia ele falar, não sabia o que dizer. Depois ficamos uns minutos em silêncio até ele suspirar e dizer que eu não devia me preocupar, e que tudo acabaria em breve.

Como não me preocupar? Me sentia sentada no carro ali com ele, me sentia com frio e encolhida. Suas últimas palavras naquela noite foram: "Fique comigo, eu quero dormir no seu colo, ouvindo a sua voz, ela acalma meu coração e mente".

Não sei explicar, mas a atmosfera, a energia vibravam diferente naquela noite, era como se minha alma e meu coração estivessem suspensos, fora de mim. Do jeito que ele falava, me parecia mesmo uma despedida, e eu só pensava que aqueles poderiam ser nossos últimos momentos juntos, e de jeito nenhum me afastaria dele, nem sequer por um segundo. Pois seria como abandoná-lo sozinho no campo de batalha.

Assim que ele pegou no sono, a conexão caiu. Depois disso não fez mais contato, nem sequer recebia mensagens. Tentei por todos os meios conseguir informações daquele conflito, e nada. Nas mídias, só notícias velhas, parecia que tudo aquilo tinha sido algo imaginário, um sonho e Tal Tamr sumiu do mapa. Estava revivendo o pesadelo do qual acabei de sair. Meu único contato, Baran, tinha desaparecido também. Foi um período de grande suplício para mim. Durante o dia mantinha a mente ocupada no trabalho, em casa as crianças e as férias escolares me absorviam também. No entanto, quando deitava a cabeça no travesseiro, nessa hora! Eu confrontava meus temores, o coração sangrava, e a angústia arrebatava minha alma.

Meu maior temor era que Janu fosse feito prisioneiro pela Turquia, ou por outro grupo terrorista. Para ele, isso seria mil vezes pior do que a morte. Em minhas súplicas, só tinha um pedido a fazer: que o Senhor o cuidasse, o protegesse, não somente ele, mas todos os seus camaradas também.

Não me lembro ao certo quantos dias haviam se passado desde nossa última conversa. Fiquei meio perdida no tempo. Certa manhã recebi mensagem do Baran, ele me escreveu em árabe, e para piorar a situação meu tradutor digital deixou de funcionar. Foi uma confusão!

Escrevi a Baran pedindo que ele digitasse em português, usei todos os emojis do Messenger a fim de fazê-lo compreender, e nada. Ele continuava enviando textos e desenhos de carinhas tristes, feito um doido. O que me levou a pensar que só poderia ser notícia ruim sobre o Janu. Aquilo começou a me causar aflição, e raiva do Baran também, por ele ser tão distraído e ignorar todos os meus sinais.

Fechei o laptop e o deixei falando sozinho. Me servi de uma xícara de chá de camomila e fui tomar na varanda, enquanto contemplava a imensidão do oceano, que desaparecia no horizonte. Suas águas, azuis esverdeadas, naquela manhã mantinham-se paralisadas, parecia uma lagoa cristalina, iluminada pelo sol. Aquele cenário bem à minha frente, desenhado pelo arquiteto do universo, estava falando comigo, eu pensei que esse era o mesmo Criador que estava também com meu amado. Respirei fundo, refleti com calma sobre tudo. Me dei conta de que não sonhei com Janu nenhuma vez depois que ele foi para a guerra, isso estranhamente me tranquilizou. Temos uma conexão muito forte! Se tivesse acontecido algo com ele, eu saberia. Senti meu coração sorrir e se acomodar dentro do peito. Meu noivo está bem!, afirmei oficializando para mim mesma nossa relação.

Horas mais tarde, meu tradutor voltou a funcionar e li as mensagens de Baran, dizendo que Janu estava bem, mas sem celular para falar comigo, pois tinha perdido durante a luta. No dia seguinte Seu Janu dá sinal de vida. Como sempre costumava fazer, tomou banho, comeu e só depois me ligou, para contar as novidades. Dessa vez, Janu me surpreendeu; quando a câmera abriu, percebi que ele estava muito bem, parece que tinha vindo de um passeio. Ele havia chegado em casa sem nenhum arranhão, mas esteve novamente cara a cara com a morte, o que para ele era supernormal.

— Como você está, querida? Senti sua falta — teclou.

Dessa vez não fiz drama, nem cobrei nada dele, tinha entendido que Janu nunca deixaria de ser um lutador, ou eu aceitava e o apoiava incondicionalmente ou me afastava. Então fui compreensiva e ouvi seus relatos atentamente.

— Meu amor, você se lembra do último dia que nos vimos? — perguntou-me. Respondi que sim. — A partir desse dia, as coisas ficaram muito feias. Depois de alguns dias, o ataque turco com as facções terroristas foi muito grande. As linhas de frente foram rompidas, tivemos muitos mártires entre nós, e nossas forças recuaram. O inimigo avançou sobre nós, até assumir o controle de vários quilômetros da cidade de Tal Tamr.

Enquanto Janu contava sua odisseia, eu apenas sinalizava que estava entendendo, sem interromper sua narrativa.

Ele prosseguia empolgado.

— Lutamos contra um inimigo, usando apenas armas leves. Enquanto a Turquia tinha lançadores, mísseis de artilharia, aviões militares, helicópteros e tudo mais.

Janu se serviu de um copo de vinho tinto e prosseguiu contando.

— Mesmo assim, matamos muitos soldados das suas forças especiais. Preparamos armadilhas, com minas e armas para eles. Um comboio inteiro veio e caiu em nossa emboscada. Ouvimos dizer que muitos foram a seus superiores, dizendo que não voltariam a lutar.

De repente Janu parou de teclar e me disse:

— Ah, amor! Amor! — Ele usava essa expressão apenas quando queria enfatizar algo. E repetiu. — Ouça! O que vou te contar agora não vai sair em nenhum jornal ou ouvirá de outra pessoa, mas é importante você saber — respondi que tinha entendido e ele prosseguiu. — Aquele conflito durou cerca de um mês e meio, mas foi no último dia que aconteceu o grande confronto, a batalha que decidiu a guerra. Até ali, só havia tido combates sem muitos avanços, com bombardeiros de longa distância. Como você sabe, me proibiram de lutar, porque eu ainda estava ferido de Serêkaniyê. Mas eu não aguentei ficar parado, vendo os inimigos avançando para tomar nosso território. Então me juntei com meus quatro camaradas, desobedecemos as ordens do alto-comando e partimos para confrontar o exército turco na linha de frente. A fim de impedir que alcançassem a M4, que eles tanto queriam. Não podíamos deixar isso acontecer, porque se tivessem chegado à estrada teriam conseguido controlar a cidade de Tal Tamr em poucas horas, e isso seria uma calamidade estratégica.

QUARTO DAS NOSSAS MEMÓRIAS

Éramos cinco combatentes, e eles eram milhares com aviões e todo tipo de armamento pesado. Então nós nos espalhamos entre as casas das aldeias e começamos a lutar com toda a nossa fúria, contra as forças terrestres, e eles avançavam nos bombardeando, com seus mísseis, aviões de artilharia, lançadores, tanques e tudo mais. Nós resistimos e matamos muitos deles, inclusive um alto-comandante turco foi morto naquela batalha. Mas na última noite a luta foi um inferno, meu amor, achei que não ia sobreviver, nenhum de nós achou que sobreviveria. A Turquia nunca irá admitir que seu grande e poderoso exército foi impedido por apenas cinco combatentes curdos. Mostramos para eles quem somos e os humilhamos, e desde então daquele ponto eles nunca passaram, estão lá até o dia de hoje.

Observando como Janu relatava tudo aquilo com tanta satisfação e orgulho, entendi o porquê da sua boa aparência. A vitória lhe fez muito bem, elevou sua moral, ele parecia até mais bonito naquele dia.

Para eu entender melhor a dinâmica daquela batalha, Janu me enviou alguns prints dos mapas daquela região, mostrando o local exato em que aconteceram os confrontos, e fez marcações das suas posições e dos inimigos. Janu e seus camaradas representavam cinco pontinhos em amarelo, estrategicamente posicionados. O meio círculo em vermelho, à sua volta, simbolizava os adversários. Ele me mostrou onde ficou lutando até finalmente tudo acabar e ser chamado a se retirar para fora dali. As armas usadas foram uma metralhadora, um rifle com mira telescópica e, é claro, sua velha Kalashnikov, parceira de muitas batalhas.

Enquanto via os gráficos, só conseguia me lembrar das minhas noites de aflição e preces. E do quanto estava grata por ele estar de volta em casa seguro. Precisava lhe fazer uma pergunta, antes de encerrar aquele assunto.

— Meu amor, como é estar em uma guerra? — perguntei, curiosa para saber qual é a sensação.

— Não sei como descrever, você não sente a morte ou pensa sobre ela. É a luta de um povo oprimido, então você fica muito forte. Porque está pensando além de si mesmo, está colocando outros seres humanos acima de você ou da sua vida. Isso te torna um gigante, e a morte não te assusta mais — teclou Janu.

Aquele ano tinha sido, sem dúvidas, muito produtivo e interessante! Entretanto, os últimos três meses foram pauleiras. Uma verdadeira prova de fogo emocional e espiritual. Aprendi muito sobre mim mesma e experimentei sentimentos até então desconhecidos. E também aprendi uma coisa ou outra sobre o amor.

Dezesseis.

EVAN, O DOCE MENINO GUERREIRO

Dois mil e vinte estava chegando cheio de expectativas e planos para o futuro.

Depois do réveillon, o movimento diminui muito na clínica, por essa razão todos os anos nesse período tiramos férias coletivas. São quinze dias de descanso, não é muito, mas o suficiente para fazer uma viagem breve ou curtir a praia e relaxar um pouco. Na minha primeira semana em casa, no início de janeiro de 2020, só queria dormir, passava o dia todo de pijama, sem hora de levantar, comer ou arrumar o apartamento. Tinha que aproveitar mesmo, pois era a semana das crianças passarem com o pai delas, logo a minha paz e sossego acabariam. Janu também passou algumas semanas em casa, descansando. Então, podíamos conversar com mais calma. Ele até cogitou a possibilidade de deixar a vida militar e abrir um negócio, me confessou que estava cansado da guerra.

Isso me deixou muito feliz, mas a minha alegria durou pouco, logo ele estava de volta à ativa e agora tinha assumido mais responsabilidades do que antes.

Janu filiou-se oficialmente às forças militares na cidade de Derek, um pequeno e fraco contingente naquela época. Sua missão consistia em treinar grupos, a fim de começar um novo batalhão. Mas as instalações da sua nova base eram precárias, precisava de equipamentos, eletricidade, não havia nada além de areia naquela região árida. Janu tinha muito trabalho pela frente, abriu uma estrada, criou um parque para os civis desfrutarem, com mesas e bancos. Deu início à florestação. Ele me disse que faria daquele lugar uma zona verde e produtiva.

Conhecendo sua personalidade, sei que faria um trabalho incrível!

Como sempre, quando Janu estava de folga, costumava ir descansar na casa de Jihan. Certa noite durante uma chamada, eu quis saber um pouco mais sobre Evan. Perguntei a Janu se ele fazia parte do seu batalhão. Ele me disse que seu sobrinho servia em outra unidade. Evan era o filho mais velho da sua irmã Jihan. Agora com idade de 22 anos, mas desde os 16 anos estava no exército. Seus olhos brilhavam de tanto orgulho ao falar sobre seu sobrinho guerreiro.

— Evan é um guerreiro destemido, que se sacrifica por causa do nosso povo, assim como eu. Ele tem pouca idade, mas já lutou muitas batalhas, é um excelente atirador, conhece e maneja com muita habilidade qualquer arma. Não teme o inimigo, nem o martírio — escrevia-me Janu entusiasmado.

— Agora entendi sua preocupação com Evan e como você parecia querer protegê-lo em Sarêkaniyê — comentei.

— É meu dever proteger todos os meus soldados nas frentes de batalhas, Evan nem era do meu grupo e eu nem sabia que ele estava lá. Mas quando o vi não pude deixar ele longe dos meus olhos e o levei comigo. Por vários dias lutamos ferozmente, lado a lado, sem comida e com pouca água. Quase fomos mortos juntos quando o avião turco nos bombardeou. Evan também ficou muito ferido como eu, mas seu corpo jovem se recuperou mais rápido. Ele é o filho da minha irmã, eu o amo muito, é como meu filho também, não podia deixar meu sobrinho ser martirizado, tinha que protegê-lo a qualquer custo — me disse ele.

Nossa, quantas responsabilidades sobre os ombros de Janu. Além de proteger a si mesmo, tinha seus soldados e agora Evan também, seu sobrinho, sangue do seu sangue. Não pude deixar de pensar em Jihan, sua irmã, em como devia ficar seu coração enquanto os dois estavam lutando. Para Jihan, era como ter dois filhos na guerra, pois ela considera Janu como seu primogênito e tem cuidado dele desde que sua mãe faleceu. Tentei imaginar o meu rebento Pedro como um soldado e sendo enviado para os confrontos, senti um aperto no peito. Não, não, é inconcebível para mim pensar em tal coisa. Graças a Deus os dois voltaram salvos para casa, pensava comigo enquanto lia o que Janu me escrevia sobre o Evan.

— Eu não conheço Evan, mas imagino que deve se parecer com você — comentei.

Imediatamente Janu me enviou a mesma foto do grupo que tiraram pouco antes de entrar em Serêkaniyê. Circulou o Evan, que estava agachado na frente dos outros soldados, segurando seu AK-47. Não dava para ver nitidamente seu rosto, a imagem era ruim. Fiquei realmente muito curiosa para conhecer o jovem guerreiro de quem seu tio me falou com tanto orgulho.

— Querido, não consigo ver direito o Evan, não sei dizer se ele se parece com você ou não. Tem outras fotografias dele? — perguntei. Janu me respondeu negativamente.

Parece que terei que bisbilhotar o Facebook do Seu Janu para ver se encontro a página do Evan e finalmente conhecê-lo. Tempo livre para isso eu tenho de sobra hoje, pensei comigo mesma.

Depois de encerrar nossa chamada naquele dia, isso foi exatamente o que eu fiz, fui abelhudar a rede social de Janu. Que tremenda coincidência, ou providência divina, não sei direito. O fato é que no dia anterior alguém chamado Janu Jan havia publicado na linha do tempo do Janu a mesma foto que usava no seu perfil. Era uma homenagem para ele, a legenda escrita em árabe na minha tradução dizia: "A história nunca morre, então você é uma história inesquecível". Naquele momento não tive nenhuma dúvida de que o autor daquela publicação era o Evan. Havia dezenas de curtidas e comentários, não resisti e li tudo o que escreveram, é claro! Queria saber o que estavam falando de Janu. Para minha alegria, todos o elogiavam e o enalteciam, como um destemido guerreiro, um leal amigo e um grande líder.

Pela primeira vez eu soube a "opinião", por assim dizer, de pessoas que realmente o conheciam, muitos deles lutaram ao seu lado e sabiam quem era Janu. E o que vi naquele dia me deixou muito feliz e orgulhosa. Isso só confirmava tudo o que eu já sabia.

Segui em frente na minha investigação. Agora fui espreitar a página do Janu Jan "Evan". Logo de cara vi a foto do Baran, meu velho amigo, que também recebeu uma homenagem com a legenda também escrita em árabe que dizia: "Se me perguntarem sobre a escola da masculinidade, eu respondo com o teu nome".

Nossa! Que frase! Gostei desse garoto. Me parece alguém que tem grande estima pelos amigos e muita admiração pelo tio também, pensei rindo comigo mesma.

Havia apenas uma foto de Evan disponível na sua página, datada de junho de 2019. O local em que se encontrava parecia ser uma praça e era noite a julgar pela iluminação. Ele estava de perfil, sua aparência era de um garoto rebelde, moderno, com cabelos negros e lisos raspado nas laterais e penteados para cima. A barba e seu bigodinho ainda eram bem ralos, mas estavam bem desenhados, e por sinal combinavam com suas sobrancelhas também bem alinhadas. Seu rosto era muito bonito, ele parecia um daqueles galãs de filme de guerra e não tinha nenhuma semelhança com a fisionomia alquebrada e cansada do seu tio Janu. Da sua boca saía muita fumaça que se espalhava no ar, do que deduzi ser um fumante. Usava um agasalho com capuz preto, com uns símbolos que não consegui entender direito o que eram.

Não costumava fazer isso, mas nesse caso não resisti e enviei uma solicitação de amizade para o Janu Jan, ou seja, para o "Evan". Naquele mesmo dia ele aceitou meu convite e imediatamente me mandou mensagem no Messenger, em inglês, do que eu gostei, pois tenho uma boa noção da língua e não precisava usar tanto o tradutor. Ele me perguntou quem eu era. E o que ele podia fazer por mim. Imagino que tenha estranhado minha atitude, pois certamente eu não tinha o perfil de meninas que lhe pediam amizade. Na sua lista de amigos verifiquei que não havia nenhuma mulher estrangeira, eu era a única. Respondi a ele que tínhamos um amigo em comum e perguntei se ele conhecia Janu, mostrei a foto da página dele. Evan me respondeu, "ele é meu tio". Isso confirmou minhas suspeitas. Me apresentei. Disse que morava no Brasil e que conhecia seu tio há muito tempo. E Janu havia contado sobre seu sobrinho e companheiro de batalhas e da recente campanha que lutaram contra a Turquia. Evan me falou que se sentia honrado em me conhecer também. Naquela noite conversamos um pouco, ele se mostrou muito gentil e educado. Nos despedimos e eu fui dormir bem satisfeita por ter feito contato com um familiar de Janu. Estava ansiosa para contar a ele a novidade.

Os dias foram passando e nós falávamos cada vez mais. Desde assuntos corriqueiros até coisas mais importantes. Em uma das nossas conversas perguntei a Evan quais eram seus planos para o futuro. E fiquei chocada com sua resposta. Ele me disse:

— Eu não faço planos, estou preparado para morrer a qualquer momento. Minha vida é a guerra, vou lutar até ser martirizado. — E ser martirizado, pelo que eu tinha entendido, significava ser morto em batalha.

Nossa! Aquelas palavras me deixaram de fato muito deprimida. Me senti angustiada. Eu sou a favor da vida, preciso ajudá-lo a ter esperança de um futuro diferente do que ele espera, pensava comigo mesma, enquanto tentava dissuadi-lo daquela ideia, que para mim era totalmente inaceitável.

Se um jovem de 22 anos não tem expectativa de vida, que esperança há para nós? Me recusava a deixá-lo continuar com esses pensamentos. Precisava encontrar um jeito de me aproximar dele e ajudá-lo a ver que existe um mundo maravilhoso fora dos muros de Rojava. Que havia outras opções além de lutar até a morte. Porém tinha que ser prudente para que ele entendesse minhas intenções. Afinal ele pode ser jovem, mas é um homem. Quanto a mim, tinha idade para ser sua mãe, no entanto sou uma mulher.

Não tive mais paz no meu coração depois da confissão de Evan. Frequentemente pensava nele com tristeza. Pobre garoto. Meu Deus! Preciso ajudar esse menino a ter esperança na vida. Senti que era minha obrigação fazê-lo. Beth, parece que arrumou outro filho para cuidar. E agora o que você vai fazer? Tinha que ser sutil e conquistar a confiança dele, e cautelosa também, para não me tornar inconveniente.

— *Acho que tratá-lo como meu filho vai funcionar!* — *disse a mim mesma.*

Certa manhã de domingo, enquanto preparava o desjejum para as crianças, tive a ideia de tirar fotos dos pratos decorados com frutas como costumava fazer e enviar ao Evan. Queria puxar assunto. Ele imediatamente me respondeu. Perguntei se gostava de panquecas e ele me disse que nunca tinha comido aquilo. Bem, minha artimanha deu certo. Evan foi receptivo e também me enviou fotos dele tomando chá. Então, depois de trocar algumas mensagens, perguntei se podíamos nos conhecer. Fiquei surpresa, pois ele concordou prontamente. Quando a câmera abriu, Evan se encontrava sentado num banco, no quintal da sua casa, e havia plantas ao redor. Era inverno na Síria, então estava todo encapuzado, pois fazia muito frio. Dava para ver a fumacinha do hálito saindo da sua boca. Seu nervosismo era visível, ele sorria e passava a mão nos cabelos o tempo todo. Nos cumprimentamos em inglês e tentamos desenvolver um diálogo, mas não deu certo. Pensa, uma brasileira e um curdo querendo falar um idioma que nenhum dos dois dominava… Foi engraçado e acabamos por escrever mesmo ao invés de verbalizar. Então seguimos o sistema de nos comunicar por mensagens de textos como eu costumava fazer com Janu.

Quando Janu me falou da bravura de Evan, do excelente atirador que ele era e da sua habilidade com armas, imaginei um Rambo. Um cara imponente, com "cara de mau", tipo esses snipers de filme americano. No entanto, Evan tinha o rosto de um garoto, com traços muito bonitos e delicados. Boca bem desenhada. Dentes perfeitos, sorriso largo e olhos marrons amendoados. Os cílios eram longos, fartos e negros, iguais aos de Janu. Evan parecia mais um modelo fotográfico do que um guerreiro. Não vi nada de intimidador nele. Pelo contrário, era meigo, gentil e muito educado também.

Nem parece que cresceu no meio do caos da guerra. Como ele consegue ser tão doce e amável, apesar das circunstâncias em que vive?, pensava comigo mesma enquanto olhava para ele, tão sorridente e encabulado.

Escrevi a ele sobre a "amizade especial" que eu tinha com seu tio e que Janu havia me falado a seu respeito. O quanto ele o amava muito e o considerava como seu filho. Evan me confessou que também amava Janu e o tinha em grande conta. Entendeu minha mensagem de "amizade especial". Ele me respondeu que estava feliz em me conhecer e que tinha muito respeito por mim. Falamos um pouco sobre a recente luta contra a Turquia em Serêkaniyê. Evan me confidenciou que, quando viu seu tio lá, sentiu muito medo de perdê-lo naquela batalha.

— Nós lutamos juntos e voltamos juntos para casa também. Meu tio é um grande guerreiro, ele se transforma num monstro nas frentes de combates. Lutar ao seu lado é uma grande honra. Tenho aprendido muito com ele — teclou ele com brilho nos olhos.

— Eu posso imaginar — comentei.

— Você sabe como os internacionalistas chamam o meu tio? — indagou Evan chegando para a frente da câmera.

— Não faço ideia — respondi curiosa.

— O chamam de "ninja invisível". Porque ele consegue entrar no covil dos inimigos, eliminá-los e sair sem ser percebido — disse ele cheio de orgulho.

— Sério? — Segurei o riso imaginando meu querido Janu se esgueirando como uma lagartixa ninja. — Que interessante! E quanto a você, tem algum apelido especial? — quis saber. Evan olhou para mim sorrindo por um momento antes de responder.

— Meus amigos me chamam de Janu, uma justa homenagem ao meu tio — explicou ele emocionado.

— É um lindo apelido, meu querido. Obrigada por seu carinho com seu tio — agradeci de todo o coração.

As revelações do Evan me deixaram com os olhos lacrimejando. Percebi ali que Evan idolatrava seu tio e entendi a homenagem no post da sua página. Aquela não era uma mensagem qualquer, mas uma declaração de honra, respeito e amor. "A história nunca morre, então você é uma história inesquecível."

— Se meu tio tivesse sido martirizado, eu também seria, porque não sairia de lá sem ele. Fomos atacados por artilharia pesada e bombardeados pelas forças turcas incessantemente. Quase morremos, não sei como sobrevivemos, não sei como saímos de Serêkaniyê inteiros — concluiu ele.

De repente Evan parou de escrever, virou a cabeça e me mostrou uma cicatriz de alguns centímetros na horizontal, no lado esquerdo, começando na altura da sobrancelha e seguindo em direção à nuca.

Ele digitou sorrindo:

— Isso foi um tiro de raspão. Se tivesse sido uns milímetros mais para a direita, eu estaria morto agora.

Jesus Cristo! Se milagres existem, estou olhando para um agora. Como pode falar sobre isso com tanta naturalidade, sorrindo desse jeito?, dizia a mim mesma enquanto observava seu comportamento de garoto, que parecia levar tudo na esportiva.

Dias depois de conhecer Evan, ele me enviou fotos das campanhas em que lutou. Algumas de quando ele entrou para o exército, aos 16 anos. Evan era só um adolescente franzino, não sei como conseguia manejar aquelas armas. Deveria estar no colégio, estudando, planejando entrar para a faculdade ao invés de lutar em guerras. Mas que escolha ele tinha?

Senhor!, exclamei enquanto olhava aquelas imagens. Parecia meu filho Pedro, agora com 14 anos, usando o uniforme de desbravadores da igreja.

Depois disso Evan se tornou meu "filho do coração", parte da minha família. O incluí em minhas orações diárias, não tinha mais como esquecê-lo ou ignorá-lo. Ele se tornou o espião do "ninja invisível" para mim. Toda vez que Janu se ausentava era ele quem me tranquilizava sobre seu tio, sempre muito gentil e educado.

A coincidência incrível é que, entre as fotos que ele me enviou, havia uma dele mesmo que eu já tinha visto enquanto fazia minhas pesquisas, numa reportagem antiga sobre os enfrentamentos do Estado Islâmico e os curdos de Rojava. O jornal espanhol *El País* trazia uma matéria de Juan Carlos Sanz, datada de 11 de maio de 2017. O assunto era sobre a cidade estratégica de Tabka, que possui a mais importante represa da Síria, a Al-Thawra. O Estado Islâmico havia tomado Tabqa há cerca de seis meses. Localizada aproximadamente a cinquenta quilômetros de Raqa, a "capital" do califado, essa cidade era estratégica para os terroristas, pois possui o maior reservatório de água da Síria. A barragem de Al-Thawra, como também é chamada, foi construída no rio Eufrates. Os curdos não podiam deixar essa represa, que é de vital importância para o país, em poder do inimigo, pois a água seria uma arma de guerra em suas mãos, e a Síria poderia se tornar mais deserta ainda do que já é. Desde dezembro de 2016 a cidade e a barragem de Tabqa foram palco da disputa entre as forças democráticas curdas e o Estado Islâmico. Após meses de incessantes confrontos, os curdos saíram vitoriosos, libertando as aldeias circun- vizinhas das mãos do Estado Islâmico e a cidade de Tabqa.

As forças curdas tiveram apoio aéreo e também receberam armamentos dos Estados Unidos, que os vinha ajudando para eles lutarem contra os terroristas desde 2014. Finalmente em 10 de maio de 2017 a comandante das Unidades de Proteção Feminina, Rojda Felat, declarou oficialmente a vitória sobre os invasores. O maior reservatório de água da Síria estava a salvo, graças a Deus e aos bravos guerreiros.

Evan e Janu estavam lá bem no meio dos confrontos. E foi assim que a foto dele foi parar naquela reportagem, que não mencionava o nome e se referia a ele apenas como um membro das milícias curdas. Perguntei para ele como foi isso.

— Você deu entrevistas para os repórteres? — Ele me respon- deu que só deixou tirarem a fotografia.

Tenho que admitir que ele estava intimidador, naquela imagem, com todo aquele aparato que usava. Sim! Agora ele parecia um guerreiro.

A imagem mostrava ele de perfil, em pé num lugar alto, o que entendi ser o terraço de um prédio. Evan olhava para o horizonte com uma expressão serena. Usava a tradicional farda camuflada, um lenço floral amarrado na cabeça, como é costume dos curdos fazerem, o colete tático com todos os acessórios de praxe de um combatente.

Carregava duas armas AK-47, com pentes diferentes; a que estava pendurada pela bandoleira tinha um carregador menor; a outra, que Evan segurava pelo cano com sua mão direita, apoiada em seu ombro, usava um carregador caracol que comportava mais munição. Notei no seu pulso um bracelete prateado. Perguntei a ele se ainda o tinha ou se tinha algum significado. Me respondeu que foi um presente de alguém especial, mas que perdeu durante os combates.

Fiquei ali refletindo por uns instantes sobre aquela fotografia do Evan e agradeci a Deus por sua vida. Ele mostrava-se pronto para qualquer situação.

O retrato mostrava ser um dia de sol. Ao fundo, o cenário de uma vila construída numa colina, com um prédio de três ou quatro andares. As casas eram parecidas, cor de cimento ou barro, sem telhados, com terraço, típica arquitetura de lugares áridos. Notava-se a presença de pouca vegetação. Era uma típica paisagem daquela região árida. A reportagem não menciona o nome do fotógrafo. Tinha apenas uma legenda abaixo da foto: "Um membro das milícias curdas da Síria que lutam contra os jihadistas, no norte da cidade de Tabqa, em uma imagem de trinta de abril".

A campanha que as forças curdas iniciaram, em 6 de novembro de 2016, com o objetivo de destruir aquele grupo extremista e reaver suas cidades, não parou com a retomada de Tabqa e da represa pelas forças curdas das mãos dos terroristas. Em 17 de outubro daquele mesmo ano, depois de uma longa e desgastante campanha, chamada "Ira do Eufrates", Raqa, a então "capital" do califado, também foi restituída pelas forças curdas, que mais uma vez saíram vitoriosas e merecem o crédito pelos seus esforços e sacrifícios. Colocando assim um ponto final no reinado do Estado Islâmico na Síria.

Li um artigo publicado no G1 Globo.com, por Lucas Vidigal, em 8 de outubro de 2019, em que Tanguy Baghdadi, professor da Pontifícia Universidade Católica do Rio de Janeiro e mestre em relações internacionais, fez a seguinte declaração: "Se tem alguém que lutou 'olho no olho' contra o Estado Islâmico, esses foram os curdos". E disse mais. "As forças curdas exerceram protagonismo nas batalhas

QUARTO DAS NOSSAS MEMÓRIAS

contra militantes extremistas do Estado Islâmico. Inclusive, tiveram papel central na retomada de Raqqa, cidade da Síria libertada da facção terrorista em dois mil e dezessete."

Depois de todo o conhecimento que eu tinha sobre a guerra dos curdos contra o terrorismo do Estado Islâmico, sabia que o professor Tanguy Baghdadi tinha toda a razão no que estava dizendo. Não sou especialista nesse assunto, porém essa também é a minha opinião. Ainda mais agora, que conheço três desses bravos guerreiros e suas histórias. Janu, Evan e Baran. Posso afirmar com toda a certeza que eles os enfrentaram cara a cara, olho no olho e merecem ser reconhecidos.

Dezessete.

AS DESTEMIDAS HEROÍNAS CURDAS

É muito importante enfatizar que nenhuma campanha foi feita sem a ajuda e colaboração das mulheres, as curdas são protagonistas em todas as batalhas travadas contra os terroristas do Estado Islâmico e também os invasores turcos desde o início. E como grande exemplo dessa liderança feminina temos a comandante Rojda Felat, que deixou para sempre seu nome registrado na história. Tive a oportunidade de ver a imagem dela, orgulhosa, vitoriosa, agitando a bandeira das Forças Democráticas Sírias, na tomada de Raqa, e isso foi simplesmente incrível! Que mulher, que guerreira!

Fiquei impressionada com a bravura dessa comandante e me pus a pesquisar; a cada página que lia a respeito da sua personalidade, sua ideologia, objetivos e as campanhas que comandou, eu me apaixonava mais e mais por ela. Nossa! Ela chegou a liderar quinze mil soldados nas campanhas contra o Estado Islâmico e foi a comandante suprema na retomada de Raqa, quando os curdos fizeram os jihadista fugirem com o "rabinho entre as pernas". Preciso me servir de um café porque sei que essa leitura será longa e muito empolgante, dizia para mim mesma enquanto me dirigia até a cozinha.

À medida que pesquisava sobre Felat, nomes de outras heroínas foram surgindo, como: Leyla Qasim, Sakine Cansiz, Nesrîn Abdullah, Cîhan Şêx Ehmed, Avesta Habur, Azia Ramazan, Amara Renas, Arin

QUARTO DAS NOSSAS MEMÓRIAS

Kobani, entre outras. Algumas voluntárias internacionais também morreram lutando ao lado dos curdos de Rojava, a britânica Anna Campbell, a alemã Ivana Hoffmann e a argentina Aline Sanches. Havia tantas combatentes e tantas histórias que até aquele momento eram desconhecidas para mim. Não resisti e mergulhei fundo, vasculhei tudo o que podia ter na internet a respeito dessas destemidas revolucionárias.

Preciso conhecer cada uma dessas mulheres incríveis, tenho que traçar um plano de leitura, talvez possa fazer por ordem alfabética. Beth, controle sua ansiedade, vá por partes, pesquise sobre uma heroína de cada vez, comece pela Rojda e depois siga em frente, pensava enquanto saboreava meu café.

Seja bem-vinda, Rojda Felat, muito prazer, sou Beth do Brasil, sua admiradora. Feminista revolucionária e comandante das Unidades de Proteção das Mulheres, ou seja, do exército feminino curdo. Abdicou do casamento para lutar pelos direitos das mulheres do seu país e por mudanças na sociedade curda. Seu currículo militar era impressionante! Porém, quanto à sua vida pessoal, é um mistério.

Ela tem tudo o que eu admiro numa mulher. Força, garra, determinação e empatia pelo sofrimento de seus semelhantes, pensava eu empolgada com o que descobri.

Pouco se sabe sobre suas origens, vida pessoal ou familiar. Pesquisei nos sites de notícias atrás de informações, sem muito sucesso. Há discordância sobre a data do seu nascimento, especula-se que Rojda Felat tenha entre 40 e 50 anos. Filha de agricultores, Rojda Felat entrou para a universidade serodiamente, por causa da pobreza da sua família. Quando a guerra civil na Síria eclodiu em 2011, ela estava cursando literatura árabe na universidade em Al-Hasakah. Diante das circunstâncias decidiu abandonar os estudos e voltar para Qamishli, sua terra natal, e se juntar às Unidades de Proteção Popular e ao Partido da União Democrática. Li que Rojda tinha intenções de entrar para a academia militar síria e seguir carreira por lá.

Parece que nossa comandante já nasceu pronta para a guerra e estava no casulo, só aguardando o momento certo de desabrochar. Ufa! Ainda bem que ela está do lado dos curdos.

O que não entendia era se Rojda Felat era seu nome verdadeiro ou nome de guerra, pois é comum todos os soldados curdos adotarem um codinome. A julgar pelas fotos que vi, em muitas situações diferentes, na companhia de outras mulheres, camaradas ou na presença de autoridades internacionais, a comandante me pareceu ser uma mulher de baixa estatura. Seu rosto tinha uma bela composição harmoniosa de traços fortes, suas largas e bem desenhadas sobrancelhas negras combinavam com seus cílios fartos e longos, olhos e cabelos escuros. Lábios grossos também bem desenhados e grandes dentes brancos, que davam um charme todo especial à beleza da sua pele morena e sua personalidade imponente. Rojda Felat era de fato uma mulher impressionante, que marcava presença onde chegava.

Quem me dera conhecê-la! Nossa! Seria uma grande honra. Quem sabe quando eu for para Rojava Janu não me leve até ela?, dizia a mim mesma. Meu coração vibrava só de pensar no assunto.

A partir de 2012, apesar do pouco tempo de treinamento, a comandante Rojda participou de muitas batalhas e ajudou a recuperar das mãos dos inimigos várias cidades. A começar pelas lutas que ocorreram em Al-Hasakah de 2012 a 2013. Essa campanha recebeu o nome de "governadorado" e foi uma disputa pelo controle da província de Al-Hasakah. Se eu entendi direito, esse conflito começou quando as Unidades de Proteção Popular, "exército curdo", entraram na guerra civil da Síria, em julho de 2012. A essas alturas, a Síria já se encontrava assolada pela guerra e não mostrou resistência; apesar das alianças com outras forças militares, acabou perdendo o território para as forças curdas no final. Inúmeros exércitos entraram nessa briga. Havia tantos nomes e siglas, que ao ler sobre eles deu um nó no meu cérebro. Porém entender esse tópico era fundamental, pois aqui está o fio da meada do envolvimento dos curdos nesse conflito. Os curdos contavam com poucos aliados, porém seus motivos eram legítimos, lutavam pela sobrevivência do seu povo.

Havia tanta gente barra pesada lutando contra as milícias curdas, que dava um frio na barriga só de pensar que Rojda Felat, com pouco tempo de treinamento militar, estava lá no meio daquela loucura. Dizia isso a mim mesma enquanto me alongava um pouco na minha varanda e contemplava o mar com suas águas agitadas pelo vento sul que soprava naquela noite.

Depois de 2013 a comandante Rojda Felat participou de muitas campanhas. Inclusive lutou ao lado da mártir Arin Mirkan na colina de Mishtanour, quando ela cometeu sacrifício, explodindo a si mesma na tentativa de parar um tanque inimigo que avançava sobre seus camaradas. Mas foi a partir de 2016, quando liderou as ofensivas contra o Estado Islâmico na cidade e na represa de Tabqa, e no final em 2017, com a vitória contra os invasores e a retomada de Raqa, que seu nome chegou às mídias, e depois disso não ficou mais longe dos holofotes. Rojda concedeu muitas entrevistas a jornais internacionais, vídeos e fotos seus circulam na internet, mostrando seu excelente trabalho e nos dando a oportunidade de conhecermos um pouco da sua carreira militar. Trabalho que, diga-se de passagem, é muito interessante e inspirador. No entanto, a comandante também sofreu muitas perdas de familiares para os terroristas, o que a motiva a seguir em frente e dedicar-se cada vez mais à sua causa e seus ideais. Rojda Felat é sem dúvidas um exemplo a ser seguido por nós mulheres do mundo inteiro. Vida longa e próspera a essa guerreira incrível!

Al-Hasakah é uma região laica, localizada no canto nordeste da Síria, sua população é miscigenada de raças, idiomas e crenças, com a presença maior sendo de árabes, curdos, sírios e armênios. Antes dominada pelo governo sírio, agora parecia uma terra sem lei, um verdadeiro caos. Por fim, depois de meses de confrontos, centenas de mortos de todos os lados, finalmente as forças curdas tomaram o controle de quase toda aquela província.

— Por que todos querem esse território? Tem havido muitos conflitos lá nos últimos anos. Será que tem petróleo? Ou outros recursos naturais valiosos? Ou será que tem a ver com sua localização e demografia? Fiquei muito curiosa agora, vou perguntar para o Janu sobre isso — monologava eu enquanto me servia de outra xícara de café.

Beth! Já se imaginou sendo uma ativista, uma revolucionária com uma vida cheia de emoções e desafios? Mas que tipo eu seria? A que pega em armas e vai para o campo de batalha, ou a que vai para as ruas com a multidão, protesta com gritos de guerra, carregando bandeiras e cartazes com slogans de liberdade? Por uns instantes divaguei sobre isso e confesso que gostei da ideia de fazer parte de um movimento feminino em Rojava.

Aproveitei a falta de sono causada pelo café, continuei pesquisando sobre as bravas revolucionárias curdas, que não aceitavam viverem como agregados em sua própria terra. Que ousaram desafiar os ditadores, por um Curdistão independente, e dedicaram suas vidas a lutar contra a injustiça e a tirania infligida ao seu povo. A comandante Felat mencionava duas dessas valiosas mulheres, como referência de heroísmo, em suas declarações. Seus nomes, Leyla Qasim e Sakine Cansiz, "Sara", me eram familiares, pois já tinha lido sobre elas e também as admirava, por sua bravura. Leyla Qasim e Sakine Cansiz foram pioneiras na revolução do Curdistão. Leyla no Iraque e Sakine na Turquia, desde o final dos anos sessenta elas já participavam de grupos políticos e ativistas pró-curdos. O que para o gênero feminino daquela época era algo incomum.

Nossa! Não deve ter sido fácil para elas conquistarem seu espaço em uma sociedade machista, dominado pelo patriarcado. Imagino o quanto tiveram que se impor para serem tratadas com respeito. Bem, deixe-me refrescar minha memória sobre nossa heroína Leyla primeiro.

Me lembro de ter lido tempos atrás sobre uma garota que foi enforcada no Iraque nos anos setenta. Seu nome é Leyla Qasim, nascida em 1952, na tribo de Feyli, Bagdá, Iraque. Leyla era uma jovem estudante de sociologia da universidade de Bagdá e membro da União dos Estudantes do Curdistão e também do Partido Democrático do Curdistão. Com apenas 22 anos, tornou-se o símbolo da luta pela independência dos curdos, por ter sido a primeira mulher a ser executada naquele país por enforcamento pelo regime Ba`ath iraquiano, "Partido Socialista Árabe", em 1974. Acusados de planejarem o sequestro de um avião e o assassinato de Saddam Hussein,

Leyla e seus amigos, Jawad Hamawandi, Nariman Fuad Masti, Hassan Hama Rashid e Azad Sleman Miran, foram detidos e enviados para a prisão Abu Ghraib. Todos sofreram torturas brutais, porém Leyla foi estuprada sistematicamente e teve um olho cegado. As autoridades iraquianas decidiram em poucos dias seu destino e os condenaram à morte. Sem direito a um julgamento justo, bem ao estilo desses líderes ditadores que não dão a menor chance para os suspeitos se defenderem. Eles têm pressa em silenciar qualquer manifestação de liberdade ou oposição ao seu governo tirano e opressor. Foi isso que fizeram com a jovem Leyla e seus amigos.

Li que, dias antes da execução, Leyla solicitou à sua família que lhe trouxessem um vestido típico curdo, de veludo cotelê, e uma tesoura. Quando recebeu a visita de sua mãe e sua irmã, vestiu o vestido na presença delas, cortou seus cabelos e os entregou à sua irmã e pediu para mantê-los trançados. Leyla teria dito também que se tornaria a noiva do Curdistão.

Nesse ponto precisei interromper a leitura, não contive minhas lágrimas e saí para respirar um pouco. Me coloquei no lugar da mãe da Leyla. Como ela deve ter se sentido com aquele pedido? Seu coração deve ter dilacerado ao escolher a roupa que sua filha usaria no dia da sua execução. Que cena triste! Senhor Jesus!, exclamei enquanto fechava o laptop. Aproveitei e fui olhar as crianças em seus quartos, que dormiam profundamente, pois já era madrugada. Fiquei por uns instantes contemplando a Ana, que crescia a cada dia e estava se transformando em uma linda jovem. Agradeci a Deus por viver num país onde meus filhos não terão que lutar por liberdade nem correm o risco de serem assassinados por um governo ditador.

Leyla Qasim tornou-se uma mártir e o primeiro símbolo feminino da resistência do povo curdo. Em sua homenagem foi erguida uma estátua no centro da cidade de Erbil, Curdistão Iraquiano. Todos os anos a comunidade curda comemora o aniversário da sua morte. As famílias costumam dar seu nome a seus filhos, para homenageá-la e manter viva em suas memórias a bravura de Leyla. Ela teria demonstrado ousadia na frente do juiz e das autoridades iraquianas e dito a eles:

"Me matem! Mas também devem saber que depois da minha morte milhares de curdos acordarão do seu sono profundo. Estou feliz por morrer com orgulho e por um Curdistão independente!". A caminho da forca, Leyla cantou o hino do Curdistão e repetiu palavras semelhantes às que disse no tribunal diante de seus algozes. "Mate-me! Mas vocês também devem saber que depois da minha morte milhares de curdos acordarão. Sinto-me orgulhosa de sacrificar a minha vida pela liberdade do Curdistão." No dia 12 de maio de 1974, às sete horas da manhã, Leila Qasim foi silenciada e em seu lugar nasceram milhões de vozes e nenhum poder neste mundo as poderá calar.

Fiquei tão entretida nas minhas pesquisas, que quando dei por mim os pássaros começavam a cantar e o dia já estava amanhecendo. Beth! Basta por hoje, vá dormir. Só mais um pouquinho e vou desligar, prometo. A história dessa próxima heroína, chamada Sakine Cansiz, é incrível! Preciso concluir, pensava comigo mesma.

Bem, Sakine Cansiz, a outra heroína mencionada pela comandante Rojda Felate, conseguiu ir mais longe e lutar por mais tempo, antes de ser silenciada. Em janeiro de 2013, jornais do mundo inteiro noticiaram a morte de três ativistas curdas, na sede de informações do Curdistão em Paris, França. Sakine Cansiz, Leyla Şaylemez e Fidan Do□an foram as vítimas. Sakine, também conhecida pelo codinome Sara, nascida em 1958, em Tunceli, Turquia, entrou para a política na década de setenta, e foi parceira do líder Abdullah Ocalan. Se tornou a primeira mulher sênior a fazer parte do Partido dos Trabalhadores do Curdistão, o qual ajudou a fundar. Sakine Cansiz e outros membros do partido foram presos pelas autoridades turcas em 1981, e encarcerados na prisão de Diyarbakir. Lá sofreram severas torturas, e maus-tratos. Dezenas de prisioneiros morreram em decorrência disso, durante a década de oitenta, o que consequentemente acendeu a revolta entre os curdos, e cada vez mais revolucionários se juntavam à luta, em todas as partes do Curdistão.

É uma pena que as informações disponíveis na internet sobre essa guerreira sejam tão poucas. Quem me dera conhecer uma pessoa próxima a Sakine para saber mais sobre sua vida. Eu tenho tantas perguntas sem resposta na minha cabeça. Me lamentava enquanto vasculhava os sites em busca de novidades quando por fim me deparei com algo extraordinário! Um livro de memórias escrito pela própria Sakina Cansiz intitulado *Sara, minha vida inteira foi uma luta*. Pelo que entendi, ela relata seu ingresso na política e o início da sua luta. A data de publicação era de 2018 e estava disponível em e-book, é claro que baixei imediatamente. Porém, para minha tristeza, estava em inglês, me daria um trabalhinho para traduzir. Mas isso não me impediria de ler, o que eu mais tenho agora é tempo, dizia a mim mesma toda empolgada para começar minha empreitada.

Sakine mostrou-se muito valente e determinada nos anos em que esteve presa. Nunca se deixou intimidar nem desistiu dos seus objetivos. Liderou protestos dentro do presídio, apesar das punições que recebia, frequentemente. Depois que ganhou a liberdade em 1991, passou um tempo no campo de treinamento no Vale de Bekaa, no Líbano. Mais tarde, Sakine ingressou na luta armada no norte do Iraque e foi ali que começou a estruturar o movimento das mulheres curdas dentro da própria organização política que em 1993 somavam um terço das forças armadas do Partido dos Trabalhadores do Curdistão. Ela foi também uma das musas inspiradoras na concepção da jinealogia, "Ciência das Mulheres", criada por Abdullah Ocalan. Sakina se tornou uma guerreira forjada no fogo, sob muita pressão tanto na provação física quanto psicológica, e isso a tornava apta a enfrentar qualquer situação. Conquistou o respeito e a confiança de seus líderes e camaradas. Então a enviaram para ser a representante dos movimentos femininos curdos, na Europa. E permaneceu lá até sua morte, em 10 de janeiro de 2013. Assim como a comandante Rojda Felat, Sakine nunca se casou, e ainda se afastou da sua família. Dedicou sua vida à independência do Curdistão e lutou pelos direitos de igualdade e liberdade das mulheres curdas. Sua jornada chegou ao fim, aos 55 anos, pelas mãos de um assassino que a executou a tiros, juntamente com suas duas amigas. Sei que não serve de consolo, mas pelo menos foi uma morte rápida, o que é bem incomum para os inimigos, que costumam ser cruéis com os ativistas curdos.

— *Será que eles, "os inimigos", nunca aprenderão que, a cada mártir que fazem, milhares de lutadores nascem em seu lugar? E mais simpatia sua causa ganha mundo afora?, indagava a mim mesma sacudindo a cabeça enquanto fechava o laptop e mergulhava debaixo dos cobertores. Meus olhos ardiam e minha mente estava cansada, mas valeu cada minuto que fiquei acordada.*

Dezoito.

BARAN

O tempo passou tão rápido e de repente já era fevereiro. As férias escolares acabaram, como num piscar de olhos. E nossa rotina acelerada voltou ao normal. Porém, apenas um mês depois do início das aulas, começou a epidemia da covid-19 e tudo parou no Brasil, mudando a vida dos brasileiros drasticamente, em todos os aspectos. A começar pelo isolamento social. Os colégios tiveram que criar plataformas de ensino online para não pararem as atividades. Tudo era novidade. Professores, alunos e pais precisaram se adaptar ao novo sistema de aprendizado. Só o que sabíamos sobre essa doença é que era altamente contagiosa, ainda não tinha cura e já havia matado milhares de pessoas, em muitos países, de vários continentes. A ordem do governo foi para ficar em casa e que os trabalhos não "essenciais" parassem. Nesse caso o meu era um deles. A estética não é considerada um serviço de primeira necessidade e além do mais era de contato, o que colocaria a mim e minhas clientes em grande risco. O jeito foi fechar a clínica e ficar em isolamento com meus filhos. Não sabíamos por quanto tempo essa situação ia permanecer. Tudo era medo e incertezas. Graças a Deus eu dispunha de algumas economias, para nos manter por um tempo. Mas e quanto às famílias que não tinham nada? Os autônomos que trabalhavam de dia para comer de noite? E quanto aos moradores de rua? Era inevitável pensar nessas pessoas. Mas o que eu poderia fazer? Para evitar a exposição desnecessária, passei a fazer uso dos serviços de entregas.

A covid também havia chegado na Síria, e minha preocupação não era só com minha família, mas com Janu e sua família também. As conversas diárias nos mantinham informados de tudo o que acontecia em nossos países. Eu evitava ao máximo sair de casa, mas às vezes era necessário. Apesar de todos os cuidados, acabei me contaminando com o vírus. Tive que ficar em isolamento. Precisei deixar as crianças aos cuidados da minha melhor amiga e comadre, Sandra, madrinha de batismo da Ana. Sandra morava numa fazenda, distante da cidade. Sei que eles estariam seguros e em boas mãos, pois confiava nela.

No período em que estive doente, sozinha em casa, sentindo muita dor e mal-estar, parecia que ia morrer. Foi Janu quem esteve o tempo todo comigo. Me dando forças e cuidando de mim. A toda hora verificava se eu comi, me hidratei ou dormi. Nem parecia que estava a milhares de quilômetros, do outro lado do mundo. Não sei se eu alucinava por causa da febre. No entanto, juro que o vi algumas vezes sentado ou deitado ao meu lado na cama. Segurando minha mão, me tocando a testa ou enrolando meus cabelos em seus dedos. Sua presença física era tão real, que eu ouvia sua voz falando comigo em kurmanji, num tom amável e reconfortante. Bit, Bit, Silav evîna min, "Beth, olá, meu amor". E eu respondia a ele, "Janu, meu amor, você está aqui!". Ele estava tão próximo, que eu pude acariciar sua barba negra e macia, sentir seu cheiro e sua respiração em meu rosto. Aquela sensação acalentadora me deixava confortável, feliz e me fazia relaxar. De repente, eu despertava daqueles devaneios chamando por ele, apalpava a cama e o procurava no quarto, então me dava conta da minha triste realidade. Não sei se eram apenas delírios da minha mente ou se em espírito ele estava realmente ali comigo. Se existe encontro de almas, certamente foi o que aconteceu conosco durante aqueles dias.

Janu era o meu anjo protetor. Meu alento nos meus momentos de angústia e solidão. Ele foi meu grande parceiro. Não sei o que seria de mim sem seu apoio. Minha admiração e amor só cresciam a cada dia.

Não precisei de internação hospitalar, segui as orientações médicas e aos poucos fui melhorando. Quando tive certeza de que estava curada da covid e não havia mais risco de contágio, as crianças voltaram para casa. No entanto, o isolamento continuou, e agora os cuidados foram redobrados. Fiz estoque de álcool setenta por cento, máscaras e luvas. Não deixava meus filhos terem contato com ninguém.

Eu tinha uma vida superagitada, saía para trabalhar quase todos os dias, praticava atividades físicas, pintava minhas telinhas, ia à igreja. Eu amava aquele ativismo todo. As tarefas de lavar, passar e cozinhar ficavam por conta da Valda, minha secretária do lar. Agora trancada em casa, cuidando dos afazeres domésticos e dos filhotes, eu estava enlouquecendo.

Definitivamente não nasci para ser dona de casa, eu gosto mesmo é da rua e de ver gente, conversar com adultos, dizia a mim mesma enquanto faxinava o banheiro.

A vida dos bambinos mudou repentinamente e estava sendo muito difícil para eles também. O contato com os amigos e familiares só existia virtualmente. Eles viviam irritados, estressados e brigavam o tempo todo. Frequentemente se pegavam no tapa e é claro que a Ana sempre acabava chorando, pois era sensível. Apesar de ser mais velha que o Pedro, não tinha sua força e habilidade, ele treinava jiu-jítsu há muito tempo e às vezes usava seus golpes para jogá-la no chão, dominá-la ou arrastá-la pelos pés por todo o apartamento. Ana gostava de provocá-lo, porém nunca o vencia, fosse numa guerra de travesseiros, cócegas ou numa disputa de resistência. No fim ela sempre se rendia e gritava por socorro, e lá ia eu tirar o Pedro de cima dela.

No início eu não me irritava com eles facilmente, mas com o passar dos dias a paciência também foi se esgotando. A minha voz antes calma, baixa e amigável começou a se tornar em berros.

— Parem com isso já! Pedro, deixe sua irmã em paz. Ana, não provoque seu irmão…

— *Meu Deus, quando isso vai acabar? Eu quero minha vida de volta. Perguntava a Deus o tempo todo.*

De repente ouvia a Ana reclamando. "Mãe, olha o Pedro mexendo nas minhas coisas. Mãe, manda o Pedro parar de me incomodar.

Mãe, bate nesse moleque chato, mãe, mãe, mãe…" E lá ia eu chamar a atenção do Pedro. Era tanto "Pedro, para, para, Pedro", que eu me lembrei de uma música antiga que meu pai costumava ouvir.

Mas Ana também não deixava por menos e perturbava ele de volta. Ela pegava o controle do Playstation do Pedro e escondia, ou desligava o monitor do computador enquanto ele estava jogando. Isso dava a maior confusão e o deixava muito bravo. Ele partia para cima dela de punhos cerrados com aqueles olhinhos castanho-escuros fechadinhos e se eu não estivesse ali para impedir com certeza ela apanharia. Quando Ana percebia que ele vinha furioso em sua direção, ela se escondia atrás de mim, pedia desculpas e prometia de dedinhos cruzados que não faria mais. Todavia, no dia seguinte tudo se repetia, acho que Ana tinha necessidade de sentir a adrenalina, de viver perigosamente.

Mas o que ela realmente adorava fazer mesmo era falar de coisas nojentas durante as refeições, sabia que ele não suportava tal coisa e saía da mesa vomitando. E isso, é claro, também era motivo de brigas.

— Mãe, olha a Ana falando porcaria aqui de novo! Mãe, fala pra ela devolver meu controle. Mãe, se ela desligar meu computador, eu vou encher essa esquisita de porrada…

Eu pensei que ia surtar no início da epidemia. — Não estou preparada para isso, me ajude, por favor, Senhor, dai-me forças — implorava a Jesus Cristo.

A fim de protegê-los decidimos que eles ficariam comigo enquanto essa situação de pandemia durasse. Eu precisava de muito equilíbrio emocional para mantê-los calmos e não pirar também. Mas como fazer isso com dois adolescentes de sexos opostos que nada tinham em comum e com os hormônios fervendo? Assistimos desenhos, novelas, séries, filmes… até enjoar, criamos o momento da leitura, jogos de quebra-cabeça, banco imobiliário e daí por diante. No entanto, todas as atividades duravam pouco, eles logo perdiam o interesse, e eu já não sabia mais o que fazer. Foi então que uma luz surgiu.

QUARTO DAS NOSSAS MEMÓRIAS

E se eu ensinasse as crianças a pintar para passar o tempo? Seria uma excelente terapia. Material tinha de sobra, telas, pincéis, podemos usar tinta acrílica e guache, que são atóxicas. Pensei comigo mesma enquanto planejava minha nova empreitada e meu coração palpitava com essa ideia.

Para minha felicidade, os bambinos adoraram a ideia e sem perder tempo transformamos nossa sala em um estúdio de arte. A Ana só desenhava figura humana palito, com cabeça enorme, cabelos longos escorridos divididos no meio, olhos esbugalhados, sorriso de orelha a orelha, corpo bem magrinho e pés bem grandes. O que era muito engraçado e rendia muitas críticas da parte do Pedro, que por sua vez me surpreendeu, criava desenhos muito bons à mão livre. Ele olhava e reproduzia as figuras sem dificuldade.

Deve ter puxado o talento da mãe, pensava eu toda orgulhosa do meu filhote enquanto observava a habilidade dele com os pincéis.

— Mãe! A Ana só sabe desenhar seu autorretrato, é a mistura da Olivia Palito, Mônica, noiva cadáver e o pé grande — dizia Pedro em gargalhadas.

— Ora, não diga isso, querido, os desenhos da Ana são lindos — replicava para não deixar Ana triste e ela querer desistir. Na verdade, ela levava tudo na brincadeira e até ria da sua própria criação. No fim tudo acabava em diversão e um pintava o nariz do outro com tinta.

— Mãe, podemos fazer uma guerra de tinta? — me perguntou Ana certo dia enquanto desenhávamos.

— Nem pense nisso, mocinha! — respondi imediatamente, antes que essa ideia crescesse.

Mas já era tarde demais, eles se amotinaram contra mim, me encurralaram em um canto da sala e pintaram todo o meu rosto, tentei fugir, mas, para não espalhar tinta por todo o apartamento, me rendi. Ainda bem que era tinta guache e sai facilmente da pele e do cabelo. Aquele dia foi divertido, inesquecível, e eu amei tudo aquilo, porém aqueles dois peraltas nunca poderiam saber disso por enquanto.

No final de cada aula a sala ficava uma lambança. Era tinta por todos os lados. Porém aquilo não me incomodava. O mais importante é que eles estavam mais tranquilos e pararam com as lutas de MMA. Aproveitei a oportunidade para ensiná-los a limpar a bagunça e cuidar dos pincéis e de todo o material que usávamos. No fim das contas curtimos momentos valiosos que dinheiro nenhum paga, foi um bom aprendizado que eles levarão em suas memórias para o resto de suas vidas.

Nos últimos dois meses nada mudou, para aliviar a tensão comecei a navegar nas redes sociais. Certo dia, em um site aleatório, encontrei um desenho, de algum artista anônimo, muito inspirador. Era a figura de um anjo vestindo roupas de médico usando máscara, um estetoscópio em seu pescoço, com asas abertas, joelhos dobrados e braços meio levantados segurando o planeta Terra em suas mãos. Os médicos eram nossos anjos salvadores e nossas vidas agora dependiam deles e de todos os profissionais da saúde. Achei uma simbologia adequada para a atual situação de pandemia que estávamos vivendo e coloquei aquela imagem como minha foto de perfil do Facebook.

Vi que na galeria do meu celular tinha muitas fotos das minhas obras de arte, que havia pintado há tempos e nem me lembrava mais delas. Decidi criar um álbum e publicar no Facebook, quem sabe eu poderia vender algum dos meus desenhos. Para minha surpresa, recebi muitos elogios dos meus amigos virtuais.

— Você é muito talentosa, quero que faça um desenho para mim — escreveu Janu logo após eu trocar a foto de perfil da página.

— Sério? — perguntei surpresa.

— Gostaria de ter uma pintura do meu irmão que foi martirizado, igual essa da sua foto do perfil. Tire o médico e em seu lugar coloque Baran como militar, mas eu quero tudo em azul — exigiu ele.

— Refere-se ao seu irmão que morreu durante a campanha "Nascente de Paz" no mês de outubro do ano passado? — indaguei.

— Sim, ele mesmo. Vou tatuar o desenho dele no meu peito em sua homenagem — explicou-me.

— É de fato uma linda homenagem. Mas não tem ninguém aí na sua cidade que possa fazer isso para você, querido? — quis saber.

QUARTO DAS NOSSAS MEMÓRIAS

— Eu não quero que outra pessoa faça. Prefiro que seja seu. Porque és especial para mim e confio em ti — argumentou ele.

Janu foi bem objetivo em seu pedido e eu entendi o que ele queria. No entanto, seria um grande desafio. Não sou desenhista. Apenas brinco de ser pintora nas horas vagas, e minha técnica é óleo sobre telas. Precisava da ajuda de um profissional dessa área para fazer a montagem do desenho para mim. Pedi a ele que me enviasse as fotos do Baran, o que ele fez imediatamente. Aceitei seu pedido e lhe disse que poderia demorar um pouco. Que faria uns esboços para ele ver se era aquilo mesmo que ele queria. Janu concordou e ficamos acertados assim. Aquele era um grande desafio, com certeza. Eu tinha muito trabalho pela frente. O que era muito bom, pois me manteria ocupada e esqueceria um pouco a situação em que meu país se encontrava. Uma coisa de que eu dispunha de sobra era tempo. Então mãos à obra.

Analisei com muito cuidado todas as fotos de Baran que Janu me enviou. Cada imagem dele me contou um pouquinho da sua história. Estudei todos os detalhes do seu rosto. Se estava alegre, triste ou preocupado. Seja pilotando sua moto ou dirigindo um carro. A expressão dos olhos, o sorriso, o franzir da testa, seus cabelos negros. As mais lindas eram dele montado em cavalos. A que me chamou a atenção foi Baran cavalgando em pelo um belo alazão cor de canela com uma pomposa cabeleira. Ele parecia tão livre e tão feliz. Essa é a lembrança dele que eu escolhi guardar na minha memória. Pode parecer loucura, mas me apeguei à sua pessoa e o amei. Baran se tornou familiar para mim.

Os meses se passaram e eu ainda não havia atendido ao pedido de Janu. Primeiro por causa da pandemia que estava assolando o país. O número de mortos aumentava a cada dia no Brasil. Por questão de segurança da minha família, eu continuava em casa. As aulas de artes foram suspensas, e sozinha me sentia incapaz de pintar o desenho de Baran. Nunca reproduzi figura humana, precisava do auxílio da professora. Nessa época eu saía do apartamento somente em extrema necessidade. Foi um grande susto quando fui contaminada pelo vírus, achei que ia morrer e deixar meus filhos órfãos. Essa ideia era inaceitável para mim. As crianças continuavam estudando em casa, com aulas online, e agora estavam adaptadas. Quase tudo o que precisávamos eu pedia aos serviços de entregas, que aumentaram muito nesse período.

Certa noite, quando estávamos em videochamada, quis saber de Janu mais detalhes sobre o desenho de Baran. Selecionei duas fotos que mostravam bem seu rosto, para reproduzir, e perguntei qual delas ele preferia. Janu me disse que era eu que deveria escolher. Ele parecia tranquilo e relaxado, pois era sua folga e ele estava cheio de saudades. Na verdade, eu não via a hora dele estar em casa para ficar mais tempo comigo. Janu descansava em seu quarto, tinha recebido uns mimos de Jihan, sua irmã, e suas sobrinhas, que sempre o presenteavam com guloseimas. Em um prato havia uma variedade de chocolates coloridos, e ele os comia enquanto bebericava uma dose de uísque. As crianças dormiam como dois anjinhos em suas caminhas quentes e confortáveis. E eu também estava na minha cama mergulhada debaixo dos meus cobertores, pois fazia muito frio. Achei que a oportunidade era perfeita para especular mais sobre seu irmão Baran. Não queria estragar aquele momento gostoso de risos e trocas de palavras românticas, mas decidi correr o risco.

— Querido, se importa de me falar um pouco mais sobre seu irmão Baran? — perguntei com receio de Janu ter uma reação negativa.

— Sim. Pergunte o que quiser — teclou ele sorrindo.

— Me conte o que estiver no seu coração. Eu tenho analisado as fotografias que você me enviou e ele parecia ser um menino muito carismático — teclei.

— Sim! Todos que o conhecem, o amam. Baran é o melhor de todos nós. Ouça, "minha casa"! Ele fuma cigarros às escondidas, por mais de um ano ficamos juntos e ele conseguiu esconder isso. Porque ele me respeita e tem vergonha de mim — Janu escrevia animado.

— Fiquei sabendo por amigos do que ele aprontava. Certo dia estávamos sozinhos no carro e eu tirei um cigarro e o ofereci para ele, que é muito tímido. Então ele olhou para mim assustado e eu lhe disse:

QUARTO DAS NOSSAS MEMÓRIAS

"Nem vem me dizer que não fuma. Há mais de um ano sei que você fuma. Não quero que esconda nada de mim, sou seu irmão" — Janu escrevia com os olhos brilhando de emoção. — Você tinha que ver o espanto dele, "minha casa"!

— Ele também bebia ou só fumava? — perguntei.

— Não, ele só fuma cigarros, nada de bebida alcoólica nem drogas — respondeu-me.

Percebi naquele momento que ele estava em negação, falava no presente como se Baran ainda estivesse vivo, e isso de fato me deixou preocupada. Não quis interromper nem corrigir, apenas deixei que continuasse escrevendo, com toda a certeza ele precisava muito desabafar, então mantive o mesmo tom da conversa. E escrevi:

— Tenho certeza que ele é um garoto incrível! E deve ter um coração enorme como o seu. Como se chama? Quantos anos tem?

Imediatamente Janu começou a escrever.

— Seu nome de nascimento é Sardar e seu nome de guerra é Baran Qamislo. Nasceu em 1997. Eu o conheço desde menino. Ele entrou para o exército em 2013. Baran é atrevido, um dia ele me confrontou e não tive escolha a não ser aceitar levá-lo comigo para a luta. Na ocasião eu e alguns amigos viemos das frentes, "das batalhas", para o funeral de um mártir em Qamishli. Na nossa cultura, quando alguém é martirizado, toda a comunidade e até de outras cidades as pessoas vêm participar, porque é sagrado. Na época o Baran tinha apenas 16 anos. Eu o vi lá no enterro, quando a cerimônia acabou, o Baran veio com eles, me ameaçando e me disse: "Estou te esperando para ingressar na tua unidade. Ou você me leva ao meu destino ou vou com outro batalhão" — escrevia Janu todo emocionado.

Vi seus olhos brilharem e seu rosto transbordar de emoção ao falar do Baran. E tive a certeza de que ele não havia se despedido dele. Nesse momento interrompi a narrativa de Janu e escrevi:

— Ele não era muito jovem para ser um soldado?

— Ouça, "minha casa", em 2011, quando estourou a guerra aqui na Síria e depois começou a revolução em Rojava, não tínhamos um exército, e com os inimigos se aproximando de nós, o povo, homens e mulheres se voluntariaram por conta própria, então todos eram aceitos, desde os 15 anos. O mundo não sabe, mas milhares de crianças de Rojava assim como o Baran se voluntariaram, desde a infância, para a guerra. Para o bem de proteger seu povo e sua pátria. Era uma revolução, todos queriam lutar e proteger nossas famílias e nosso povo, ou seríamos exterminados. Sim, ele é jovem para sua idade, mas viveu muitas experiências que um homem de 80 anos nunca conhecerá. Fiquei muito feliz que ele tenha decidido se juntar a mim, pois eu cuidaria dele na guerra. Pedi a ele que ligasse para sua família e dissesse que tinha entrado na luta e estava comigo, para tranquilizar o coração da sua mãe. Na época ele tinha 16 anos. A gente foi para o fronte. Ensinei ele a lutar, a se proteger e fiz dele o motorista do batalhão, porque ele consertava e dirigia qualquer carro.

Ao ouvir sua narrativa pude perceber que Baran não foi apenas um garoto que Janu recrutou e considerava seu irmão. Ele o adotou, por seu filho. O modo como se referia a ele com tanto orgulho e emoção é algo que somente um pai faz.

Janu continuava teclando.

— É um excelente mecânico, pois está desde menino nessa função. Ficamos juntos por mais de três anos, lutamos em muitas guerras até 2015. Então, quando nos separamos, eu fui para um batalhão especial e ele ficou em outro. Nós nos afastamos, ele passou a ser motorista em uma unidade em uma cidade distante. Eu sempre lhe digo: "Peço que se classifique em minhas fileiras e venha até mim". Ele costuma dizer: "Eu amo esse líder e ele me ama". Quem não nos conhece, não diferencia que não somos irmãos de sangue.

Enquanto Janu me contava sobre seu irmão, eu me segurei ao máximo, para não chorar. Meu coração estava queimando por ele. Quanta dor ele deveria estar sentindo? Tive dúvidas se aquela conversa seria positiva para ele. Todavia, desabafar lhe faria bem, então continuei lhe ouvindo, ou melhor, continuei deixando ele teclar.

E ele prosseguiu.

— Ouça, "minha casa", uma vez, em 2014, em um vilarejo perto de Kobane, numa pequena colina, havia companheiros sendo atacados pelo Estado Islâmico. Muitos deles estavam feridos. Precisavam de um motorista substituto, para dirigir o Hummer. Os camaradas pediram ajuda, mas nossa unidade estava um pouco longe. Baran consegue guiar qualquer carro militar, mesmo que nunca tenha visto antes, então fizemos ele chegar até lá e dirigir o veículo e resgatar as pessoas daquela colina. Isso é um exemplo de como ele sempre arrisca a vida pela liberdade e pelo povo curdo de Rojava.

De repente Janu parou de teclar, ficou em silêncio. Fitou seu olhar em direção ao vazio e permaneceu assim por uns instantes. Depois pediu licença, disse que ia no banheiro e já voltaria. Tenho certeza de que ele foi respirar ou chorar, mas era duro demais, nunca me deixaria vê-lo fraco. Quando ele voltou à chamada, acendeu um cigarro e serviu mais uma dose de uísque. Fiquei apreensiva, talvez ele não estivesse preparado para aquela conversa ainda, e então lhe perguntei:

— Querido, você está bem? Se você quiser, não precisa falar sobre o Baran agora.

— Estou bem, querida. Não se preocupe comigo, falar do meu irmão me dá muita alegria, ele merece todas as honras. — Janu deu uma tragada no cigarro, bebeu um gole de uísque e prosseguiu digitando. — Querida, ouça! Não era para Baran estar lutando, ele não poderia ter sido convocado. Em 2016 desenvolveu epilepsia. O levei ao médico e ele recebeu remédios, que deveria tomar por três anos. Se ele não se recuperasse, eu deveria ficar com ele e cuidá-lo. Por causa da sua condição especial de saúde, Baran foi afastado das funções que lhe ofereciam perigo. Portanto, nós o impedimos de dirigir, e ele estava trabalhando nos arquivos de armas do seu batalhão desde então.

— Nossa, lamento saber. Sim, foi a coisa certa a se fazer. E como ele acabou indo lutar? — indaguei.

— Quando a Turquia começou a guerra e os bombardeios em Serêkanyê, o alto-comando estabeleceu uma força especial e Baran foi convocado, eu não sabia disso. Se ele tivesse me dito, eu o teria impedido.

— Isso foi uma negligência muito séria, um descuido imperdoável do alto-comando — repliquei.

Janu ignorou meu comentário e prosseguiu escrevendo.

— Em Serêkanyê e Ras al Ayn e outras cidades, o governo turco usou armas químicas contra os soldados e a população civil. Muitos morreram e outros ficaram doentes e mutilados. Baran tombou também por envenenamento, no dia 14 de outubro. Isso foi notícia em todas as mídias, mas ninguém faz nada a respeito. As grandes potências ignoram sistematicamente os crimes do governo turco, porque ele faz parte da OTAN e tentam esconder isso do público. Querida, pesquise sobre a Turquia ter usado armas químicas em algumas cidades da fronteira nessa guerra e você saberá do que estou falando.

— Farei isso com certeza — disse a ele.

— No dia do seu martírio eu estava lutando em outras frentes em Serêkanyê. Eu não soube da sua morte, ninguém me contou, todos os nossos amigos e parentes sabiam que se eu tivesse tido notícias do que lhe aconteceu eu mesmo não teria sobrevivido, certamente teria lutado bravamente até cair em batalha também — disse Janu.

Graças a Deus que todos foram prudentes em omitir a verdade sobre Baran, pois os conheciam muito bem. Certamente não estaríamos tendo essa conversa agora se ele tivesse sido avisado. Agradecia a Jesus Cristo, em meu coração, enquanto ouvia seu relato.

Do nada Janu exclamou:

— Ah, amor! Amor! — E perguntou: — Lembra daquele clipe com a canção "Servano" que te enviei tempos atrás? — Sinalizei que sim. — Temos o costume de cantar canções nacionais, sobre os mártires da guerra. No dia do seu enterro, por coincidência eu liguei para o meu irmão em Qamishli. Pelo telefone celular, eu ouvi ao fundo essa canção. Perguntei onde ele estava. Ele me disse que era um funeral, mas não me disse que era o funeral do meu irmãozinho. Só fiquei sabendo disso mais tarde. Por isso eu amo tanto essa música, me lembra dele, e porque foi a última homenagem que ele recebeu. E que naquele instante eu estava com ele — explicou.

Me lembro de Janu ter me enviado o clipe dessa música e me dito para ouvir. Escutei tantas vezes, que aprendi a cantar na língua kurmanji. A canção era o pedido de uma mãe em luto, para que seu filho vingasse o sangue de seu irmão martirizado, "morto", pelos inimigos. Pelo menos foi isso que entendi pela tradução digital.

— Lamento muito você não ter podido se despedir do seu irmão, querido — comentei.

— Você se lembra quando cheguei em casa da guerra? Fazia alguns dias que ele tinha sido enterrado. Não pude me despedir dele — disse-me Janu.

A essas alturas da conversa, Janu já não me olhava mais nos olhos, para eu não ver sua tristeza e dor. Daria o meu reino para estar lá com ele naquele momento. E pela primeira vez odiei a distância que havia entre nós. Desejei ter poderes para me teletransportar até ele, abraçá-lo e confortá-lo. Doía meu coração vê-lo naquele estado tão fragilizado, sem poder fazer nada.

Janu prosseguiu digitando.

— Ele é forte, amoroso, inteligente, um verdadeiro cavalheiro. Tem uma grande vontade de lutar por justiça pelo nosso povo. Ele é jovem para sua idade, mas viveu muito bem e foi martirizado.

— Lamento muito sua perda, meu amor. Guarde seu irmão em seu coração e sua memória e ele viverá. Você já foi ao seu túmulo se despedir dele? — perguntei.

— Ele está no meu coração, não vou dizer adeus a ele. Essa é uma pequena parte da história de Baran. Eu passaria anos contando sobre os feitos dele. Todas as lembranças das nossas lutas e tudo o que vivenciamos juntos vou guardar no meu coração para sempre. Eu o amo muito, ele sempre será parte da minha vida — concluiu Janu, tentando encerrar o assunto.

— Você está certo, querido, faça segundo o seu coração. O aconselhei.

Janu nada respondeu, bebeu uns goles de água, passou as mãos no rosto e na cabeça, alisou a barba, como costumava fazer. Ficou em silêncio por uns instantes, me olhando de um jeito diferente como se estivesse flertando comigo. O que estará se passando nessa cabecinha?, pensava comigo mesma.

De repente ele sorriu com um ar maroto e mudou o rumo da conversa.

— Devo confessar um segredo?

— Sim. Por favor! — respondi.

— Eu queria tanto dormir contigo hoje. Desejo tanto estar contigo, que meu coração está palpitando e meu sangue fervendo. Não aguento mais essa distância, não aguento mais ficar assim. Você precisa vir logo para mim ou vou enlouquecer — escreveu-me um tanto encabulado com aquele sorriso meio de lado.

Não queria provocá-lo, então me limitei em responder:

— Também anseio por isso, querido. Espere só mais um pouquinho.

Fiquei surpresa com aquela súbita revelação. Ele era muito reservado, desajeitado com as palavras, então era uma delícia vê-lo expressando seus sentimentos. Não pude evitar de pensar no nosso primeiro encontro... Se ao falar de intimidade virtualmente, ele já enrubesce, o que vai acontecer quando estivermos juntos cara a cara?

— *Beth! Que garota má você é. Deixe ele ser tímido, é até muito charmoso e muito interessante! — dizia a mim mesma.*

— Vamos dormir, querida, não consigo mais manter meus olhos abertos. Mas deixe a câmera ligada, quero ver seu rosto até adormecer. Estou cansado, aqui está amanhecendo o dia — pediu ele. Concordei, imediatamente. Em poucos minutos ele estava dormindo profundamente. Com uma expressão serena, parecia tão frágil e indefeso ali abraçado ao travesseiro. Nada tinha a ver com aquele guerreiro feroz que se transformava em um monstro nas frentes de batalhas. Como Evan havia descrito. O observei por um tempo e depois encerrei a chamada. Meus filhos poderiam entrar no quarto e não iriam entender o que estava acontecendo ali. Meu relacionamento com o Janu ainda era segredo.

QUARTO DAS NOSSAS MEMÓRIAS

Naquela noite, o sono me abandonou. Continuei pensando em tudo o que Janu me disse a respeito de Baran e fui pesquisar sobre o uso das armas químicas pela Turquia naquele conflito. Encontrei alguns sites de notícias, inclusive o jornal brasileiro *Gazeta do Povo*, com data de 18 de outubro de 2019, o qual mencionava o uso de fósforo branco e napalm pelo exército turco em bombardeios e munições realizados contra os combatentes curdos e a população civil. A organização humanitária Crescente Vermelho Curdo teria informado a entrada de alguns pacientes em um hospital de Al Hasakah com queimaduras pelo corpo. Isso se deu logo após um ataque aéreo da Turquia na cidade de Ras al-Ain.

Fiquei horrorizada com tudo o que descobri sobre os efeitos do fósforo branco e do napalm. As imagens que vi das vítimas do ataque turco com essas armas, incluindo crianças, me deixaram arrasada e furiosa. Mostravam um menino com uns 8 ou talvez 10 anos de idade recebendo os primeiros socorros, ele estava totalmente queimado. A sua pele saía junto com a roupa, quando os médicos tiravam. A expressão de dor e horror no rosto e nos olhos daquele pobre garotinho eu nunca mais vou esquecer. Essas fotos viralizaram nas redes sociais dos curdos, todos compartilhavam para mostrar ao mundo a guerra suja da Turquia. Precisei fechar o laptop e ir na cozinha beber um copo de água para respirar um pouco, estava sufocada.

— *Quem é esse monstro fascista que autoriza o assassinato de crianças inocentes? E por que, em nome de Deus, continua impune? Por que esse ataque covarde e gratuito contra os curdos? A maldita ganância por poder torna homens em verdadeiros monstros. Esbravejava comigo mesma tentando entender o incompreensível, enquanto andava de um lado para o outro na sala.*

Nas semanas que se seguiram, Janu conseguia falar do Baran sem ficar alterado, o que era muito positivo. Me lembro bem de como ele estava quando chegou da guerra, e de como me deixou preocupada. Agradeci a Deus por isso. Devo concordar com Janu, para que despedidas? Se lhe fazia bem pensar no seu irmão do jeito que ele era quando estava nesse plano, cheio de vida, amor e entusiasmo, que mal havia nisso? E agora conhecendo melhor a sua história entendi o porquê de Janu querer tatuar em seu peito a imagem de Baran como um anjo, pois era assim que ele o via.

Um anjo que em sua curta vida não teve tempo de se apaixonar, de conhecer o amor, os prazeres da vida. Um anjo que, como outros milhares, teve sua juventude roubada. Um anjo que, pelo povo curdo de Rojava, se sacrificou. E depois desse depoimento de Janu decidi criar o melhor desenho que eu pudesse fazer. Seria também a minha maneira de homenageá-lo.

Dezenove.

MEU BLOG
FAZENDO AMIGOS
E INIMIGOS

Depois de saber a história do povo curdo, especialmente sobre a Revolução de Rojava, me senti compelida a fazer algo e apoiá-los. Mas o que eu poderia fazer estando aqui no Brasil? Será que existe algum movimento feminino pró-curdo nas redes sociais de que eu possa participar? Para minha decepção, nada encontrei, mas não desisti de procurar. Foi quando me deparei com um blog chamado "Brasileiros pelo Curdistão". Fiquei muito feliz e imediatamente enviei uma mensagem. No dia seguinte, recebi a resposta. Para minha surpresa, a página pertencia a um jovem brasileiro, que morava na capital, Brasília. Conversamos um pouco e logo descobrimos que tínhamos em comum a paixão pelo povo curdo e seu líder Abdullah Ocalan.

Finalmente, conheci alguém que compartilha comigo dos mesmos interesses. Eu já estava ficando maluca por não ter com quem conversar sobre esse povo tão interessante que são os curdos. Nossa! Um brasileiro que entende da revolução Curda e que ainda fala meu idioma, isso é sensacional!, pensei comigo mesma animada.

Henrique era o dono do blog, um jovem universitário com um coração revolucionário, que estava cansado da corrupção do nosso país e se identificou com o conceito político criado por Abdullah Ocalan, o "Confederalismo Democrático". À medida que íamos conversando e nos conhecendo percebi que ele entendia mais dos assuntos da Revolução de Rojava do que eu. Isso me deixou muito feliz, pois nunca tinha conhecido a opinião de outro brasileiro a respeito desse assunto. Henrique também queria contribuir de alguma forma para a luta dos curdos e tinha planos de se juntar a eles como voluntário no futuro. Mas por enquanto fazia o que estava ao seu alcance, os apoiava nas mídias sociais. Sempre de uma forma bem sutil, para sua página não sofrer restrição ou ser denunciada.

Um blog? Essa é uma boa ideia, mas eu não sei como criar isso. Beth, agora você tem um amigo que entende dessas coisas. Peça ajuda, garota. Pensei, toda empolgada.

Peguei umas dicas com o Henrique e criei meu primeiro blog, com o título "Mulheres Revolucionárias Curdas". Nas primeiras publicações sobre a revolução, foi tirado do ar, por violar os "padrões da comunidade". Fiz uma segunda e ainda uma terceira página, e o Facebook fechou todas. A justificativa era sempre a mesma; todas as vezes em que postava a foto de um combatente, do líder Abdullah Ocalan ou fazia uma referência ao Partido dos Trabalhadores do Curdistão, perdia a página. Porém eu não desisti; com as orientações do Henrique, que era mais experiente do que eu nesse assunto, aprendi alguns macetes. Como, por exemplo, usar hashtags, antes de certos nomes, nunca ser muito explícita nos meus textos, jamais chamar a Turquia de assassina, terrorista, abertamente. Com as dicas do meu amigo, fui aprendendo a filtrar e consegui passar a mensagem de apoio à causa curda, sutilmente. A amizade entre mim e Henrique continuou, acredito que será uma dessas amizades que duram para sempre. A quarta página permaneceu no ar por dois anos e tinha milhares de seguidores. Diariamente eu publicava um pouco da história e curiosidades sobre os curdos. Percebi que os posts das combatentes, em ação, manuseando armas pesadas, como os lançadores de mísseis e as metralhadoras, eram as mais curtidas, pois atraem não somente a atenção dos homens, mas também das mulheres.

Para mim era um passatempo prazeroso ficar respondendo aos comentários dos seguidores e esclarecendo suas dúvidas, sempre

QUARTO DAS NOSSAS MEMÓRIAS

sendo verdadeira com os meus conhecimentos. À medida que o meu blog se tornava popular, ia atraindo todo tipo de gente. Tanto pessoas simpatizantes à causa curda como também os oportunistas e muitos turcos, inimigos de qualquer ativista pró-curdo, é claro. Comecei a receber muitas mensagens no Messenger, provavelmente nem curdos eram. Só estavam se aproveitando da situação difícil deles para explorar as pessoas, em seu nome. Uns queriam ajuda para deixar o país, e buscavam informações sobre imigração, asilo político e essas coisas. Mas a maioria pedia dinheiro, dólares ou euros, e a quantia não era pequena. Alegavam que estavam passando necessidades, por causa da guerra, mas nem sabiam onde se localizava o Curdistão Sírio. Teve até alguém que me disse: — Vivo no Iraque, sou muito pobre. Preciso de dinheiro para me casar, pagar o dote da minha noiva e a festa. Você pode me dar cinco mil dólares? Esse pelo menos me pareceu honesto. Tinha também pessoas de vários países, latinos e europeus, incluindo brasileiros que vinham atrás de contatos, com os comandos das forças militares curdas em Rojava. Todos tinham um único propósito, ingressar em suas fileiras e lutar contra a injustiça. Acho que indiretamente acabei influenciando na decisão de alguns voluntários.

Nossa! Quanta gente querendo ajudar os curdos. Daqui a pouco vou abrir um escritório de agenciamento de lutadores voluntários e começar a exportar para a Síria. Ria dos meus próprios pensamentos. Ficava feliz em saber que pessoas do mundo inteiro simpatizavam com sua causa.

Nem tudo foi positivo no meu blog, fiz inimigos virtuais, e muitos. Sem generalizar, é claro, mas como sabemos os turcos sempre foram opositores à liberdade e independência dos curdos. Logo, os simpatizantes da causa curda são vistos como seus adversários também. Não demorou muito, começaram a surgir desafetos como ervas daninhas, e todos os dias eu recebia mensagens ameaçadoras, me chamavam por nomes pejorativos que nem ouso repetir, xingamentos que nem em um milhão de anos poderia imaginar que ouviria. Para cada um que eu bloqueava, outros dez surgiam.

Certo dia abri a caixa de spam do Messenger e fiquei horrorizada com o que vi, eram fotos e vídeos de dezenas de combatentes curdos que tombaram em combate ou foram assassinados. A maioria eram mulheres, seus corpos, sodomizados e mutilados das formas mais cruéis possíveis. As mensagens de texto eram de ameaças, diziam que a inteligência turca tinha minha identidade e fariam o mesmo comigo, pois eu merecia morrer como aquelas mulheres. Se eu colocasse meus pés no Curdistão ou na Turquia, que eles me executariam, me xingavam de "prostituta dos curdos", e por aí afora. Abri um vídeo onde apareciam duas garotas, elas usavam roupas típicas curdas. Tinham os cabelos longos e desgrenhados como se estivessem lutando ou correndo em uma ventania. Suas mãos presas por um cordão nas costas e no rosto marcas de espancamento. As imagens mostravam elas sendo escoltadas por uns cinco ou seis soldados turcos. O cara que fazia a gravação em seu celular não aparecia nas imagens. Eles seguiram por uma pequena trilha, o lugar parecia ser no deserto, por causa da areia e da vegetação rasteira. Em determinado momento, um deles falou alguma coisa em turco, e todos pararam em frente a uma vala. Foi quando empurraram uma das meninas dentro, e todos dispararam seus fuzis contra ela. Em seguida atiraram na cabeça da outra garota, que caiu sentada, encostada em uma pedra grande. Ela morreu com o primeiro tiro, com toda a certeza. Mas aqueles malditos assassinos continuaram atirando e atirando em seu rosto e peito até desfigurá-la totalmente. Depois disso eles falaram entre si em turco novamente e saíram, e o vídeo acabou por ali. Fiquei perplexa com tudo aquilo. Decidi não ler mais nada, não abrir mais nenhum arquivo.

Lembro-me bem das palavras do Evan. "Eles são turcos, e as garotas são curdas, e eles as executaram a sangue frio. Porque são uns covardes." Evan quis saber como eu consegui aquilo. Contei a ele que alguém me mandou, mas não entrei em detalhes, e o assunto acabou por ali. Então o vídeo é verdadeiro? Isso é a prova de um crime, as autoridades precisam saber. Mas para quem enviarei? Infelizmente, o remetente apagou todas as mensagens e com elas o arquivo. Lamentei não ter salvo a tempo. Espero que esses assassinos sejam punidos de alguma forma. Se não pela justiça dos homens, que seja pela justiça divina.

Me senti condoída pelas duas meninas, é claro, mas a que foi jogada na vala depois que ela caiu não mostraram mais. No entanto, a imagem daquela garota indefesa, lá sentada com as mãos presas nas costas, seu sangue jorrando, lavando aquela rocha, me causou profunda angústia, era muita crueldade, e meus olhos não acreditavam no que viam.

Beth, por que você foi assistir esse vídeo? O que você esperava desses mercenários? Que tipo de soldado faz uma coisa dessas? Me lembro do quanto chorei de compaixão por elas, como foi difícil tirar aquelas imagens da minha mente. Me lembro de ter sentido tanta repulsa e frustração por aqueles assassinos. E agora estava mais determinada do que nunca em denunciar os crimes da Turquia, pois se tornou algo pessoal para mim.

Nunca fui tão insultada em toda a minha vida, por gente que nem me conhece. Apenas por mostrar apoio à revolução curda nas redes sociais. O que fariam se eu fosse uma ativista de verdade? Me matariam? Preciso contar para o Janu sobre isso, ele vai me dizer se devo me preocupar ou não com essas ameaças, dizia a mim mesma exalando fúria pelos meus poros.

Eu nem abria mais os arquivos que recebia no Messenger, daqueles bárbaros que se diziam turcos, excluía direto, pois eles faziam questão de me mostrar imagens das vítimas lindas e felizes e depois desfiguradas e sem vida. Era um jogo macabro, para me aterrorizar, e diziam que fariam o mesmo comigo. Certo dia, quebrei minha própria promessa de não abrir os arquivos, olhei com mais atenção umas fotografias que recebi e imediatamente reconheci as mulheres daquelas imagens. Eram três mártires curdas, duas combatentes que caíram em batalha contra o Estado de ocupação turco e tiveram seus corpos profanados. E a terceira, uma política que foi emboscada e executada em uma rodovia, também pelos aliados da ocupação turca.

Bem, deixe-me contar sobre cada uma delas. Nunca me esqueço da fisionomia das heroínas curdas sobre as quais leio e conheço. Me lembrava claramente de Amina Omar, que atendia pelo nome de guerra Barin Kobani. Sua história ainda estava fresca na minha memória. Me recordo do seu rosto retraído, sofrido, olhar triste e sorriso tímido. Amina tinha pouco mais de 20 anos, foi muito maltratada pela guerra, apesar disso sua beleza não foi ofuscada. Sem tempo para cuidar de si mesma, estava ocupada lutando pela sobrevivência do seu povo, assim como as demais combatentes. Ela era uma típica garota curda com características bem marcantes. Sua pele morena queimada pelo sol, seus cabelos escuros sempre presos e o uniforme camuflado passavam uma aparência modesta. Porém sua postura era de uma brava guerreira. Amina Omar integrava as Unidades de Proteção Feminina curdas, desde 2014. Participou das campanhas em Kobane e Raqqa, até sua última batalha em Afrin, norte da Síria, local do seu martírio. No início de fevereiro, no ano de 2018, mercenários aliados do governo turco a capturaram. Não ficou claro para mim se ela foi feita prisioneira ainda com vida. O fato é que seu corpo foi profanado, e os autores dessa atrocidade filmaram e publicaram na internet. O vídeo, com menos de um minuto, foi feito pelo celular de um dos terroristas, que teve o cuidado de não mostrar o rosto dos homens do Exército Livre Sírio. Cercando o corpo ensanguentado de Amina estendido no chão, com os braços para cima, a blusa levantada na altura dos ombros, despiram-na também até os quadris, sua calça estava rasgada, como se tivesse sido arrastada ou queimada. Dava para ver claramente seu rosto machucado, dilacerações nos seios, abdômen e genitália. Riam e falavam palavras que eu não entendia, mas parecia que zombavam dela, um deles chutou seu peito, mostrando total falta de compaixão e respeito pelos mortos.

Jesus Cristo! Espero que esses monstros não a tenham capturada viva, pois sou incapaz de imaginar as atrocidades que fariam com ela. Como qualquer lutadora curda, sei que Amina Omar preferia o martírio a ser feita prisioneira. — *Que Deus a receba em seus braços de amor, que sua morte tenha sido rápida e indolor* — *murmurava comigo mesma.*

Me lembro de ter lido alguns artigos na internet sobre a indignação da comunidade curda de Rojava por causa desse crime hediondo, de profanar o corpo, que é o santuário de uma mulher, e expor como um troféu nas redes sociais, para o mundo inteiro ver. Houve uma cerimônia fúnebre em sua homenagem, mas infelizmente seu caixão estava vazio, pois os inimigos não a devolveram para que seus familiares pudessem se despedir dela. Claramente aquele era um crime de ódio, contra o gênero feminino. Me perguntei: E, se fosse um combatente masculino, esses misóginos teriam feito o mesmo com ele?

As cenas do vídeo de Amina eram chocantes demais, me fizeram chorar muitas vezes e sentir muita dor na alma. Amina era uma lutadora da liberdade, merecia um funeral com todas as honras de uma guerreira. Não consegui informações sobre se sua família recuperou seu corpo. Em minhas orações pedia que Deus a acolhesse em seus braços de amor, e que derramasse sua ira contra seus assassinos.

Infelizmente, Amina Omar não foi a única vítima desses monstros. Amara Renas teve um destino semelhante. Também caiu em batalha contra a Turquia. E também teve seu corpo profanado, filmado e divulgado nas redes sociais pelos terroristas. Durante a campanha "Nascente de Paz", a mesma em que Janu e Evan lutaram no final de 2019, a comandante das Unidades de Proteção das Mulheres, Amara Renas, foi martirizada no dia 21 de outubro de 2019. O Estado de ocupação turco violou o acordo de cessar-fogo e atacou alguns locais onde se encontravam as forças femininas curdas, que por sua vez revidaram, e houve lutas. Amara Renaz foi capturada na aldeia de Jalabiya, zona rural de Kobane, pelos aliados da Turquia. E o que fizeram com ela foi semelhante ao que aconteceu com Amina Omar. Novamente um crime hediondo contra uma mulher foi cometido. Não bastou matá-la, praticaram atos de crueldade indescritíveis contra Amara. Dessa vez os assassinos não se preocuparam em esconder suas caras barbudas e monstruosas. Enquanto gravavam e tiravam selfies pisando em seu corpo ensanguentado, sem vida no chão, riam e diziam muitas coisas, mas eu entendia apenas "Allahu Akbar", "Deus é maior".

— *Como podem pronunciar o nome de Deus, depois de cometer essa barbárie? É inacreditável o que um ser humano pode fazer a outro, sem sentir nenhuma compaixão. Isso é surreal. Dizia a mim mesma enquanto me levantava para respirar um pouco de ar puro e tomar um copo de água.*

De volta às minhas pesquisas, nada encontrei sobre sua vida pessoal, origens, família, carreira militar. Pelas poucas fotos que encontrei, vi que ela era muito jovem. Amara não fazia uso de nenhum ornamento, seus cabelos escuros, divididos de lado e presos atrás da cabeça, no seu pulso apenas um relógio. Apesar do uniforme camuflado bem folgado que vestia disfarçando a silhueta, a arma e todos os demais aparatos militares, fazendo parecer mais velha, seu rosto oval e seus olhos escuros amendoados expressavam doçura, sua pele lisinha de menina denunciava sua tenra idade. Amara tinha uma pintinha preta bem saliente em uma das bochechas que dava a ela um charme especial. Um dos retratos me chamou a atenção, Amara usava seu típico lenço colorido na cabeça e esboçava um grande sorriso. Escolhi essa imagem da Amara para guardar na minha memória, é assim que quero me lembrar dela. Não sei se a família recuperou seu corpo para fazer seu funeral, ou se, assim como a Amina, também enterraram um caixão vazio. Sua morte causou grande revolta entre a comunidade curda. Mesmo mostrando os responsáveis por tal atrocidade, não creio que alguém vá ser punido.

Sei que não devo desejar mal a ninguém e que Deus me perdoe, mas espero de todo o meu coração que os responsáveis por essa maldade recebam o castigo merecido, pensava comigo mesma. Esse assunto não era fácil, me esgotava emocionalmente. Todavia, ainda queria rever o caso da Hevrin Xelef, a terceira vítima que estava entre as fotos que aqueles monstros me enviaram. Para fazer uma linda homenagem a todas elas no meu blog.

Amara Renas não foi a única mulher a ser executada com requintes de crueldade durante a campanha de ocupação turca "Nascente de Paz" em outubro de 2019. Hevrin Xelef foi a primeira vítima na verdade. Me lembro muito bem dela, pois a notícia da sua morte foi muito comentada nas redes sociais dos curdos, na mídia local e internacional. E também causou grande indignação na comunidade curda e entre os movimentos femininos. Seus executores também

QUARTO DAS NOSSAS MEMÓRIAS

publicaram nas redes sociais as imagens do seu assassinato e se gabaram pelo que fizeram.

Hevrin Xelef era uma mulher de 35 anos, nascida na pequena cidade de Al-Malikiyah, província de Al-Hasakah. Formada em engenharia civil pela universidade de Aleppo, secretária-geral do Partido da Futura Síria e ativista dos direitos humanos, Hevrin tentava implantar um sistema político democrático, pluralista e descentralizado na Síria. Lutava pela igualdade de gênero e liberdade de todas as mulheres em seu país. É claro que seus ideais incomodaram os ditadores misóginos, tanto sírios quanto turcos, pois são inimigos do livre-arbítrio, e sabiam que Hevrin era uma política promissora que ganhava força a cada dia, ameaçando seu reinado patriarcalista e ditatorial. Eles não podiam admitir que uma mulher tivesse voz! Tivesse tanto poder!

Então planejaram assassiná-la. Na manhã do dia 12 de outubro de 2019, enquanto ela seguia a trabalho até Raqqa, a facção terrorista Ahrar al-Sharqiya, afiliada ao Exército Nacional Sírio, leal à Turquia, preparou uma emboscada na estrada M4, uma rodovia de Ras Al-Ain e Tal Abyad, norte da Síria. O carro de Hevrin parecia ter sido jogado fora da estrada, e depois metralhado. Havia marcas de amassamentos, pneus e para-brisa destruídos, era uma cena terrível de ver. Ela foi arrastada para fora do veículo, espancada e executada a tiros. Seu motorista e mais sete civis também foram assassinados nessa mesma emboscada. Seus executores fizeram questão de gravar vídeo e mostrar a crueldade do seu trabalho, em todas as mídias, inclusive nas internacionais. A foto que recebi de Hevrin Xelef, já sem vida, era semelhante às de Amara Rena e Amina Omar. Parecia ser obra do mesmo grupo terrorista. A brutalidade praticada contra ela foi também um crime de ódio contra a mulher, um crime sexista com toda a certeza.

— *Esses caras não têm mãe, filhas, irmãs? Como podem ser tão malignos, tão impiedosos? Exclamava a Deus com minha voz embargada, e as lágrimas escorriam pelo meu rosto. Eu nunca vou parar de me surpreender com a malignidade do ser humano. Eu não quero me acostumar com isso, achar natural.*

As informações não mencionam marido ou filho, do que deduzi que Hevrin fosse solteira. Dona de uma grande beleza e de uma postura invejável. A pele clara, rosada do seu rosto harmonioso, de olhos escuros expressivos e lábios carnudos vermelhos, como se estivesse sempre de batom, contrastava com seus longos cabelos negros, ondulados, que mantinha sempre com penteados impecáveis. Os adornos que usava, como brincos, colares e relógio, até mesmo as echarpes, eram delicados e de bom gosto. Apresentava-se com elegância, fosse vestindo terninhos executivos, roupas típicas curdas ou moda casual. Ela ficava linda de qualquer jeito, destacava-se entre as mulheres. Apenas observando as imagens de vídeos e fotos de Hevrin interagindo com as pessoas dava para perceber que ela era uma diplomata nata, que nasceu para fazer política.

Continuei escrevendo no meu blog todos os dias. Sempre homenageando os mártires e também publicando as conquistas da revolução. Minha página ganhava mais seguidores diariamente, em dois anos tinha cerca de dez mil. Certo dia recebi mensagem de uma jovem brasileira, seu nome era Mara, ela se apresentou como uma estudante de história que morava na Bahia e estava fazendo pesquisa para seu TCC (Trabalho de Conclusão de Curso), onde o assunto era o protagonismo das mulheres curdas de Rojava. E nas suas buscas pela internet encontrou meu blog. Conversamos muito, e ela finalmente me perguntou se eu poderia colaborar. É claro que concordei prontamente em ajudá-la, seria um enorme prazer contribuir para seu trabalho. Mara me falou que gostaria de saber detalhes específicos, algo mais exclusivo, como o depoimento de alguma combatente ou de alguém que morasse lá.

Até aquele momento conhecia somente Janu, Evan e Baran, porém eles não eram bem o que ela procurava. Então no intuito de ajudá-la comecei a xeretar os perfis das mulheres curdas e pedir amizade, o problema é que elas recusavam, e pior, na maioria das vezes, me bloqueavam. Finalmente encontrei alguém que foi receptiva, falou comigo no Messenger, expliquei a ela o que eu precisava, e ela por sua vez pareceu entender. Seu nome era Avesta Jin, nunca vi seu rosto e imagino que seu nome verdadeiro nem era esse, pois é muito comum os curdos usarem apelidos nas redes sociais, para sua própria proteção. Mas a Avesta foi de grande ajuda e me colocou em um grupo privado de WhatsApp que só tinha curdos, de vários lugares, inclusive da Europa. Assim que entrei, me apresentei, fui recebida com calorosa recepção de boas-vindas e sem perder tempo perguntei se havia alguma mulher no grupo. Foi aí que conheci duas mulheres incríveis! Nesrîn e Dellal, que mais tarde nos tornamos grandes amigas.

Perguntei a Nesrîn se podíamos conversar no privado, ela concordou, então lhe expliquei o que se passava e se ela poderia ajudar. No início Nesrin não entendeu como seria possível, uma vez que não falamos o idioma uma da outra. Eu a tranquilizei, disse a ela que lhe enviaria um texto com perguntas em seu idioma, e ela responderia, seria bem simples. E assim fizemos, a Mara me mandou o questionário, eu traduzi para o árabe e repassei para a Nesrîn. Em poucos dias Mara recebeu de volta o questionário respondido. Todavia, Mara queria também imagens exclusivas, de preferência de combatentes, mas com isso Nesrîn não podia nos ajudar, e ninguém mais mostrou interesse pelo assunto. Continuei acompanhando o grupo, que por sinal era bem animado, os membros publicavam diariamente, informações interessantes, quase que em tempo real, dos acontecimentos, o que para mim foi incrível.

No entanto eu também não estava satisfeita, queria poder ajudar ainda mais a Mara com seu TCC, pois era do meu interesse que seu trabalho tivesse muito sucesso e alcançasse o máximo de pessoas possível. Como dispunha de tempo livre, continuei navegando nas redes sociais, agora eu tinha uma missão e precisava ser persistente. Certa madrugada, quando estava cansada de pesquisar, encontrei uma página de mídia e imprensa local chamada ANHA KURDÎ. Nessa página tinha um link para entrar em um grupo de WhatsApp e qualquer pessoa podia participar. Porém, somente os administradores poderiam publicar. Imaginei que deveria ter jornalistas ali, escolhi um número aleatório de um dos gerentes e enviei uma mensagem em curdo. Em poucos minutos ele me respondeu, se identificou como Kendal Cudi e disse trabalhar na redação daquele jornal. Expliquei a ele quem eu era e sobre o projeto da Mara e pedi sua ajuda. Kendal foi muito gentil e atencioso, entendeu tudo o que lhe disse e me agradeceu pelo interesse de escrever sobre as mulheres curdas. Por alguma razão ele confiou em mim e me disse: "Vou te passar o contato da pessoa certa para esse trabalho, fale com ele e lhe diga que fui eu quem te deu seu número". Agradeci e nos despedimos.

No mesmo instante enviei mensagem para aquele contato. Escrevi em curdo, disse logo que era brasileira e estava em busca de informações e auxílio para um trabalho da faculdade sobre as mulheres curdas. Vi que visualizou, mas não respondeu, fiquei ansiosa com a demora, até que finalmente digitou "Olá". Conversamos um pouco, ele quis saber como eu tinha seu número de telefone. Contei a ele a verdade, tirei um print do perfil do WhatsApp do Kendal Cudi e lhe enviei. Me respondeu: "Sim, ele é meu amigo". Perguntei quem ele era e como poderia me ajudar. Disse-me ser o diretor do departamento de mídia das Forças Democráticas Sírias. Confesso que fiquei incrédula nesse momento e pedi provas, para ter certeza de que ele era mesmo quem dizia ser.

— *Beth! A verdade é que ele tem mais motivos para desconfiar de ti do que você dele — dizia a mim mesma.*

O fato é que ele também confiou em mim, talvez eu seja boa com as palavras para convencer. Confirmamos nossas identidades. Trocamos fotos e depois checamos nossas redes sociais. Forneci a ele todas as informações sobre mim e o projeto da Mara. Inclusive lhe enviei uma selfie para ele não ter dúvidas sobre minha pessoa. Quando vi que ele era mesmo Ali Siyamend, diretor do departamento de mídia das Forças Democráticas Sírias, fiquei muito surpresa!

Nossa! Não acredito nisso! Estou falando com uma pessoa importante, influente!

QUARTO DAS NOSSAS MEMÓRIAS

Ali Siyamend devia ter uns 32 anos, muito educado, receptivo e com uma aparência gentil. Perguntei a ele se seria possível uma entrevista em vídeo com algumas combatentes das Unidades de Proteção Feminina. Ele respondeu positivamente, mas precisava de tempo para isso, pois havia protocolos a serem seguidos. Eu mal podia acreditar, Mara teria seu material exclusivo e poderia fazer um excelente trabalho. Ali também confiou em mim, acreditou que o projeto era autêntico. Ficou decidido que eu lhe enviaria um questionário, que Mara elaborou, e ele se encarregou de conseguir a entrevista com soldados. Foi exatamente o que aconteceu, algumas semanas depois Ali Siyamend me entregou o que prometeu. Ali fez pessoalmente a entrevista em vídeos com algumas combatentes femininas, no idioma curdo. Foi um serviço de profissional. Desde o cenário escolhido, as tomadas, o som, a imagem, tudo estava perfeito. Agradeci ao Ali de todo o meu coração e depois disso continuamos em contato. Repassei tudo para a Mara, mas infelizmente ela não pôde utilizar, pois não conseguiu traduzir para o português. Nós duas ficamos deveras chateadas com isso, pelos esforços de Ali e pela boa vontade das soldados em dispor do seu tempo, a fim de ajudar, sem cobrar, sem pedir nada em troca. Para eles bastava saber que um pouquinho da história do seu povo seria divulgada aqui no Brasil.

Apesar da Mara não usar os vídeos em seu trabalho na universidade, tempos depois ela me confessou que tirou notas máximas na apresentação. E recebeu elogios de todos os professores. É claro que meu blog não foi a única fonte que Mara teve para pesquisas. Mas por meio dele pude ajudá-la com informações que ela não encontraria facilmente nas mídias.

Depois de dois anos no ar, meu blog tinha tantas denúncias e restrições, que acabou banido definitivamente. Acho que ele cumpriu a missão a que veio, por intermédio dele muita gente conheceu a história dos curdos. Fiz amizades valiosas com pessoas incríveis para a vida toda. Ajudei uma jovem estudante a realizar seu trabalho da faculdade. Me senti triste e feliz ao mesmo tempo. Sei que semeei uma boa semente e colhi os frutos do meu trabalho, e é claro que não desisti. Criei uma nova página com o nome de "Mulheres Curdas Extraordinárias". Muito mais bem elaborada e interessante do que a anterior, pois estou ficando muito boa em ser blogueira. Ainda tenho poucos seguidores, mas é só uma questão de tempo e terei milhares novamente. A minha campanha de apoio aos curdos e sua revolução continua. E, parafraseando meu guerreiro Janu, "Lutarei até meu último suspiro", com as armas que eu tenho, é claro! Que são as redes sociais.

Vinte.

PRAIA DAS
NOSSAS MEMÓRIAS

Passaram algumas semanas da nossa conversa sobre o Baran. Certa madrugada, Janu me ligou de surpresa. Levei um susto, pois ele nunca fazia isso, sempre perguntava se podia chamar. Logo imaginei que fosse algo ruim. No entanto, eram boas notícias, ele estava tão animado, que se esqueceu da nossa diferença de horário. Janu tinha novidades e queria compartilhar comigo. Havia sido promovido no trabalho. Agora teria seu próprio aposento, não ficaria mais no alojamento junto com os outros soldados. Isso era maravilhoso, pois teria privacidade e um cantinho para chamar de seu. Desde que o conheci, tudo o que ele possuía cabia em uma mochila, que poderia levar nas costas. Sempre ficando em bases militares ou na casa de Jihan, sua irmã. Parecia um nômade, isso me deixava preocupada e com pena dele também. Que triste viver assim, um dia lá, outro cá.

Por razões de segurança, o uso do celular era proibido nas dependências do quartel. Janu estava na praia naquele momento, que ficava próxima da sua base. Sentado tranquilamente na areia fumando um cigarro e tomando um solzinho. Reconheci aquele local de uma foto que ele me enviou há muito tempo, quando voltou de uma missão, muito abatido. Tinha feito um vídeo e queria mostrar sua nova moradia. Uma cabana simples, de alvenaria, teto de laje, sem divisórias. Com duas pequenas janelas de ferro, de vidros martelados fixos, de formas arredondadas na parte superior, iguais às das igrejas antigas. Piso bruto de cimento. Havia uma geladeira, uma pia, um fogão, todos aparentando estar velhos. A cama de solteiro também era de ferro, na cor preta. O colchão fino parecia bem desconfortável. De tudo o que eu vi naquela choupana, o que mais me deixou feliz foi conferir a existência de um ar-condicionado. Janu sofria muito com o calor, que em dias de verão podia facilmente ultrapassar os cinquenta graus Celsius. O lugar precisava de pintura nas paredes e uma boa limpeza. Nunca vi alguém tão feliz com tão pouco. Me emocionava com sua humildade e gratidão pelo que recebeu.

— Meu amor, assista o vídeo, olhe o meu quarto — me dizia ele entusiasmado.

— Querido, estou muito feliz por você. Mas precisa fazer uma limpeza antes de se mudar. Se estivesse aí te ajudaria a deixar esse lugar mais confortável para você — disse a ele.

— Querida, se você estivesse comigo, teríamos a nossa própria casa. Mas estou feliz, porque agora tenho esse lugar só meu e terei mais privacidade — escreveu animado.

O segundo clipe que recebi mostrava a parte externa da cabana. Ao redor havia um cercado de estacas de madeira e galhos de árvores, parecia ser o projeto de uma horta. Porém, estava abandonada, a julgar pela vegetação que crescia ali. Ele disse que faria canteiros e plantaria hortaliças e daria vida àquele lugar. Janu se limitou a me mostrar uma área bem pequena, somente o seu espaço, certamente por questões de segurança.

— Então você sabe fazer canteiro e cultivar hortaliças? — perguntei curiosa.

— Sim, querida, eu amo plantar e cuidar da terra. Vou te mostrar tudo o que eu fizer aqui. Você estará comigo em cada momento — disse-me ele.

— Que inveja de você. Amo fazer isso também. Sabe, eu cresci numa fazenda, meu pai era lavrador, e a agricultura está no meu sangue — confessei.

— Ouça! "Minha casa", um dia teremos nossa própria fazenda e vamos cultivar muitos alimentos e ter muitos animais também. Eu te prometo — concluiu Janu antes de desligar, porque era hora de voltar ao trabalho. Ele pediu licença e encerrou a chamada.

Janu não me disse que promoção recebeu no trabalho, pois estava mais interessado em me mostrar seu quarto. Todavia, imaginei que fosse um posto de líder, pois em qualquer exército do mundo os oficiais ficam separados dos soldados. Fiquei muito feliz por sua conquista, sabia que ele merecia um cargo de comando, por seus esforços e dedicação à causa do seu povo.

Por que Janu ainda não tinha sido promovido a comandante? Essa é uma boa pergunta. Fiquei matutando sobre isso até adormecer novamente.

Dias depois recebi nova chamada de vídeo e novo videoclipe. As imagens mostravam o lugar totalmente transformado, nem parecia a mesma cabana. Tudo estava tão limpo e arrumado, com tapetes coloridos no chão, um aquecedor a diesel, pois era a estação de inverno lá, e a temperatura ficava negativa em alguns dias. Uma mesinha ao lado da cama com alguns objetos pessoais, um cinzeiro e um radioamador, que ele usava para se comunicar com seus camaradas. Encostadas na parede, sua arma Kalashnikov e duas mochilas, em que provavelmente guardava suas roupas. Em um canto do quarto, tinha um pequeno rack, com uma televisão de tela plana, tamanho médio. Na cama dois travesseiros florais na cor azul, combinando com o lençol, e um cobertor marrom dobrado aos pés. Gostei muitíssimo do que vi, agora sim parecia habitável. Janu caprichou em cada detalhe, estava tão feliz com seu cantinho, que mal cabia em si. Ele tinha privacidade, sim, no entanto não podíamos nos ver em seu quarto, o que nos deixava bem tristes. Mas o que poderíamos fazer? Era seu trabalho, tínhamos que seguir as regras. Janu, no entanto, encontrou um jeitinho de mantermos a comunicação, aproveitava suas saídas do quartel, antes ou depois do expediente, para falar comigo, matar a saudade e contar as novidades. Aquele lago, que se formou com a construção de uma represa, do rio Tigre, em Derek, nem se comparava com as praias daqui do litoral de Florianópolis, mas Janu chamava de "a nossa praia, o nosso lugar de refúgio", pois criamos muitas memórias ali. Era aonde ele costumava ir quando queria ficar sozinho, esfriar a cabeça e também pescar com os amigos.

— Querida, quero te mostrar uma coisa — disse-me Janu, enviando um segundo vídeo, dele deitado na cama com um filhote de gato, que brincava com sua barba, se esfregava em seu rosto, até se aconchegar em seu peito e dormir.

— Meu Deus, que fofura! — exclamei.

— É uma menina. Dê um nome a ela, "minha casa" — pediu ele. Pensei por uns segundos e decidi.

— Vamos chamá-la de Eva. — Ele gostou e concordou. — Posso te fazer uma confissão? — perguntei para ele.

— Sim, querida — respondeu Janu em português.

— Estou com muita inveja da Eva. Ela fica aí se esfregando em você com toda essa intimidade. Queria ser a Eva agora. — Ele riu ao ler o que escrevi, e me disse:

— Um dia você vai dormir em meus braços e poderá se esfregar à vontade em mim e não me cansarei de você e nem teremos pressa em sair da cama, prometo isso, meu amor.

Assisti aquele vídeo muitas vezes e fiquei observando ele com todo aquele cuidado e carinho com a Eva e como as coisas simples o faziam tão feliz. Meu coração ficou apertado pela situação em que vivia. Como teria sido sua vida se houvesse paz em seu país? Provavelmente, nunca teríamos nos conhecido. Não entendo os planos de Deus, mas as circunstâncias nos trouxeram para aquele momento. Acho que era o nosso destino nos encontrarmos. Enquanto o observava brincando com a gatinha, fazia minha oração silenciosa e pedia: Meu Deus, proteja ele de todo o mal! Ele merece mais do que isso, merece uma vida segura e próspera.

Naquela manhã planejamos minha viagem a Rojava, depois da pandemia. Falamos sobre como seria a comunicação, se não entendemos o idioma um do outro… Bem, isso não seria problema, poderíamos usar o tradutor. Combinamos que, se nos casássemos um dia, moraríamos em uma fazenda, numa casa simples. Eu cultivaria uma horta com verduras, legumes, ervas medicinais e um jardim com roseiras. Janu pescaria e plantaria um pomar, com todas as espécies frutíferas que aquele solo produzisse. Parece que estávamos de acordo em sermos fazendeiros. Na minha cabeça isso começou a se idealizar e não me parecia mais tão surreal, como no início do relacionamento. Nosso encontro foi breve por conta do seu trabalho, ele tinha que sair para visitar os pontos militares na fronteira com a Turquia. Antes de nos despedirmos, pedi, por favor, que tomasse cuidado, pois sabia que a Turquia é traiçoeira e sempre bombardeava veículos de militares curdos. Todas as vezes que Janu fazia a inspeção dos soldados em seus postos, meu coração ficava apertado e só sossegava quando ele dava notícias.

Com o passar do tempo, percebi que Janu parecia feliz, sorria com mais frequência e seu semblante tinha mudado, estava sereno e com uma aparência saudável. Graças a Deus o tempo das batalhas havia passado, e ele podia desfrutar de um pouco de paz e relaxar, e eu também. Pelo menos um de nós estava tendo sucesso, estava prosperando, e sinceramente me deixava muito feliz que fosse ele.

O ano de 2020 tinha sido o pior ano da minha vida. Todos os sonhos frustrados, planos cancelados, a viagem que planejei a Rojava, para conhecer Janu, adiada por tempo indefinido. O Brasil enfrentava a pior pandemia da sua história, ao menos de que eu tinha conhecimento. A covid-19 veio impiedosa como o anjo da morte ceifando vidas em todo o mundo, mas aqui parece que ele foi mais feroz. Quando os cientistas achavam que sabiam algo sobre o vírus, ele sofria mutação, a cada dia uma nova variante surgia. O ápice dos óbitos e contágios as autoridades de saúde chamaram de "segunda onda". Na verdade, no fim, eu nem acompanhava mais os boletins informativos sobre a pandemia, mas sei que estávamos perto de duzentos mil mortos e milhões de contaminados. Foi um período de escuridão, medo e insegurança para a nação brasileira. Assim como eu perdi familiares e amigos, acho que todo mundo perdeu alguém. Havia um luto coletivo, os funerais eram solitários, sem cortejos, sem um último adeus, cada um chorava sua dor sozinho, não podíamos nos despedir de nossos queridos, nem nos consolarmos. O isolamento, a falta de contato humano, tornava tudo mais tenebroso.

Às vezes dava a impressão de que estávamos vivendo dentro de um domo, num daqueles filmes apocalípticos, em que você não tem para onde fugir, nem onde se esconder. E mais cedo ou mais tarde será apanhado. Quando esses pensamentos vinham à minha mente, me causando desânimo e aflição, eu recorria a Deus em oração e pedia que não me deixasse perder a fé e a esperança. Repetia para mim mesma: — Beth! Isso é só uma fase, vai passar, aguenta só mais um pouquinho, garota.

Dois mil e vinte e um chegou, para mim, sem festas, sem confraternização. A boa notícia é que a vacinação contra a covid-19 finalmente havia começado e logo acabaria aquele pesadelo, nossa vida voltaria ao normal. No entanto, por precaução, meus bambinos seguiram estudando em casa e voltaram a ficar com o pai. Quanto a mim, tive que fechar a clínica. Os custos com aluguel e condomínio eram altos, não dava para mantê-la sem clientes. E minhas economias estavam acabando, depois de um ano só gastando sem ganhar nada. Precisava arranjar outra fonte de renda, com urgência, mas o quê? Eu sabia apenas trabalhar na minha área e nesse momento ela estava em baixa, pois os meus serviços não eram considerados essenciais. Muitos salões e espaços de beleza fecharam na Grande Florianópolis. Alguns profissionais até mudaram de ramo. Queimei meus neurônios pensando no que fazer e nada! Nenhuma luz me acendeu; se fosse em outra época, sei lá, eu poderia fabricar bolo de pote ou sanduíches e vender no comércio, ou ainda tentar um emprego. Porém, eram tempos difíceis, e as opções escassas.

Enquanto Janu tinha sucesso no seu trabalho, o que me deixava muito orgulhosa, eu, por outro lado, enfrentava muitos problemas. Além da minha situação financeira ser preocupante, estava há mais

QUARTO DAS NOSSAS MEMÓRIAS

de um ano sem trabalhar. Me deparei com uma questão de ordem pessoal, muito séria. Ao fazer o check-up anual de saúde, o exame de mamografia acusou alguns caroços suspeitos em minhas mamas, classificado como Bi-RADS quatro. A doutora Eunice, minha ginecologista de anos, me tranquilizou, dizendo que é normal aparecerem nódulos e que não havia motivos para me preocupar. No entanto, pediu uma ultrassonografia, para tirarmos as dúvidas.

Não costumo reclamar da vida, mas aquele dia saí do consultório resmungando: — Era só o que me faltava, ficar doente nas circunstâncias que me encontro... Acabei de cancelar meu plano de saúde, para cortar despesas. Se for esperar pelo nosso "Sistema Único de Saúde", estou ferrada. Se em tempos "normais" já demorava tanto, que às vezes o paciente morria sem realizar os exames, imagina com essa pandemia, que a prioridade é atender os contaminados. Voltei para casa, falando comigo mesma, meditando sobre a minha situação, e comecei a ficar apavorada.

Fiz logo o tal exame no particular, para não perder o retorno e ter de pagar uma nova consulta. Assim que ficou pronto, voltei ao consultório da doutora Eunice. Entreguei a ela o envelope lacrado, do jeito que retirei na clínica. Ela me recebeu com o bom humor e o doce sorriso de sempre. Me sentei em sua frente e enquanto a doutora abria meu prontuário em seu notebook falamos rapidamente, sobre as crianças, como elas estavam se saindo estudando em casa. No entanto, a expressão do seu rosto mudou ao olhar aquelas fotos e ler a conclusão do laudo, seus olhos se movimentavam para cima e para baixo levantando a sobrancelha, como se estivesse surpresa com o que via. Não gostei nada daquela reação, mas fiquei em silêncio, esperei ela falar. De repente, a doutora apontou para as imagens daquela folha sobre a mesa, com sua caneta esferográfica azul, que segurava entre seus delicados dedos e disse: — Veja, tem dois nódulos na sua mama direita, um às nove horas, outro às doze horas, são BI-RAD quatro, o que significa que tem chances de serem cancerígenos. Mas não vamos nos alarmar, nem sempre dá ruim, uma biópsia nos dirá o que é.

Me lembro de ter concentrado minha atenção nas unhas bem feitas dela, enquanto me explicava sobre as possibilidades de os nódulos serem malignos. E de ter pensado que a cor nude de esmalte que ela usava nas unhas não combinava com seu tom de pele morena escura.

A doutora Eunice me perguntou: — Entendeu tudo o que te expliquei? — Percebendo a minha abstração. Então levantei a cabeça, olhei para ela e respondi que sim, mas na verdade não prestei atenção em nada. Ela continuou: — A partir de agora, você precisa de um especialista, e não demore para marcar uma consulta. Posso te recomendar meu amigo Augusto, um excelente mastologista, para cuidar de você? Concordei, ela abriu a gaveta e me entregou um cartão com o nome do médico e o endereço da clínica em que ele atendia. Aceitei e guardei na bolsa. A doutora me conhecia muito bem, sabia que não gosto de remédios, mesmo assim me receitou um ansiolítico, que me faria relaxar e dormir melhor, segundo ela. É claro que não comprei, preferi fazer o exercício da minha fé, com orações, meditações e confiando no Senhor que nada poderia me acontecer sem sua permissão. Isso costumava dar certo comigo, e me fazia aceitar melhor as provações da vida.

Saí do consultório e decidi comprar muitos chocolates, deitar na minha cama e comer tudo de uma só vez. Aí, disse a mim mesma: — Isso vai resolver sua vida, ou só te dará uma bela enxaqueca, garota? É! Preciso de açúcar, gordura, de algo que me dê prazer, de amarga já me basta a vida, no supermercado enchi a cestinha de doces. Ao chegar em casa, me enfiei embaixo dos cobertores e me recusei a pensar na doutora Eunice, no mastologista e nas minhas mamas. Fui degustar minhas guloseimas hipercalóricas e assistir filminho romântico na tevê.

Semanas se passaram desde o dia da minha última conversa com a doutora Eunice. Ao procurar pela carteira de motorista, encontrei o cartão do doutor Augusto. Senti um soco no estômago quando lembrei do meu problema em potencial. Era hora de encarar o inevitável e marcar uma visita ao mastologista e ir cuidar das tetinhas.

QUARTO DAS NOSSAS MEMÓRIAS

A consulta não era nada barata, como eu ia pagar? Não tinha mais plano de saúde, nem dinheiro. No entanto marquei mesmo assim, eu confiando na providência divina. Aquele mês, economizei daqui e dali e consegui juntar o que precisava. No nosso primeiro encontro, o doutor Augusto fez o que é de praxe, um questionário sobre o histórico de saúde dos meus genitores. Examinou minhas mamas, olhou os exames, confirmou que havia a possibilidade de serem malignos. Os nódulos eram incircunscritos, pequenos, somente com uma biópsia teríamos um diagnóstico preciso. Saí do consultório com a solicitação do exame e pensando: "Isso deve ser caro. E agora como farei?".

A clínica do doutor Augusto ficava próxima à minha residência, fui a pé. No retorno passei pelo posto de saúde do meu bairro, a fim de me informar se poderiam marcar a biópsia pelo SUS. A atendente me disse que não aceitavam solicitação de particulares. Só pedidos de exames dos médicos daquela unidade eram marcados ali. Se eu quisesse teria que fazer tudo novamente e poderia demorar meses, ou até anos, para conseguir consulta com um mastologista.

Decidi fazer uma caminhada a fim de clarear as ideias, no parque de Coqueiros, que fica no lado continental da ilha de Florianópolis, próximo às pontes Hercílio Luz e Colombo Salles. Aquele era o lugar preferido das crianças. Eles adoravam fazer piqueniques, o algodão doce e o sorvete que os ambulantes vendiam, andar de bicicleta e de roller e levar pão para alimentar os peixes no pequeno lago artificial de água salgada que havia ali. Nunca queriam ir embora, sempre reclamavam, não importava o quanto brincaram, sempre saíam emburrados. Me lembro das palavras deles dizendo: "Mãe, só mais um pouquinho, por favor! Por favor! Ainda é cedo". Mas quando entravam no carro desmaiavam de cansaço e até chegar em casa já estavam dormindo. Quanta lembrança linda! Que saudade deles. Sentei-me à sombra de uma árvore para fugir do sol, tirei os tênis e as meias e senti a grama misturada com a areia nos meus pés. Tirei também a máscara e respirei fundo. Nossa! Há quanto tempo não faço isso, como é bom!, dizia a mim mesma enquanto curtia aquele momento, apreciando o barulho das pequenas ondas se chocando nas pedras. Pensei comigo, eu preciso ser como essas rochas, que por mais açoitadas que sejam continuam firmes, inabaláveis. Fiquei lá perdida em meus pensamentos, nem vi o tempo passar, quando dei por mim já estava escurecendo.

No dia seguinte fui ao banco e penhorei algumas joias que tinha, e paguei o exame. Fiz a biópsia em uma clínica de referência de Florianópolis, e em poucos dias ficou pronto. Estava muito ansiosa para saber o resultado, mas ao mesmo tempo com muito medo. Cheguei em casa, joguei ele na gaveta e fiquei semanas protelando, abro, não abro, abro, não abro. E se der ruim o que eu vou fazer? Meu Deus, que aflição!

— *Beth! Até quando vai se fazer de boba? Por quanto tempo mais vai fugir? Você precisa encarar a realidade, garota. Covardia não é o seu estilo. Comecei a repetir isso a mim mesma na frente do espelho todos os dias.*

Me enchi de coragem e abri o envelope e pelo que entendi deu ruim. Tirei fotos do exame e enviei para o WhatsApp da doutora Eunice, na esperança de ter entendido errado, mas ela me confirmou que, pela conclusão do laudo, era cancerígeno. E me disse para ir imediatamente ver o doutor Augusto. Mais uma vez ignorei completamente os conselhos dela, guardei todos os exames na última gaveta da cômoda e fiz de conta que aquilo não era comigo, fingi demência e continuei agindo como se nada estivesse acontecendo.

Os dias foram passando e a ficha começou a cair.

No início fiquei em negação, me recusava a aceitar que algo assim estivesse acontecendo comigo. Mais tarde veio o desespero, o choro e os questionamentos, por que eu?, por que comigo? E, por fim, à custa de muita lágrima, aceitação. Então, depois de semanas de total descaso com meu diagnóstico e minha saúde, era hora de encarar a realidade e ir visitar o mastologista.

Logo que o doutor viu os exames, confirmou que se tratava de dois nódulos malignos e falou o quanto é importante descobrir no início, que as chances de cura são muito maiores. Explicou também sobre as opções de tratamento e que deveríamos começar o mais rápido possível. Meu corpo estava ali sentado na cadeira, em sua frente, mas minha mente fazia a ponte aérea entre Florianópolis e Rojava. Sem conseguir prestar atenção em nada do que dizia, apenas via seus lábios se movendo e concordava com ele. Pensei o tempo todo nas crianças e em Janu. E se eu morrer? Como ficarão meus filhos? Quem cuidará deles? Eles têm o pai e a madrasta, e se ela os maltratar? Pensei também no Janu. Nunca o conhecerei? Que injustiça! Talvez eu deva viajar para Rojava, antes de iniciar o tratamento. Esqueci que as fronteiras estavam fechadas, tanto no Brasil quanto na Síria, e eu não tinha dinheiro. Me vi sem saída e, por um momento, admito que fraquejei na fé. Começou a me bater um desespero, meu coração queria sair do peito. Senti um nó na garganta me sufocando e parecia que ia morrer.

Bah, Beth, que provação! Onde está sua fé? Se acalme, respire fundo e seja racional, por favor!, dizia para mim mesma em uma oração silenciosa. Aos poucos senti meus batimentos cardíacos diminuírem, minha respiração voltar ao normal e minha mente clarear.

Pedi, por favor, ao médico que repetisse as recomendações, para eu poder entender melhor. Ficou decidido que o tratamento seria a quimioterapia mesmo. Caso os "bebês", ou seja, os nódulos, não desaparecessem, aí pensaríamos em cirurgia. Tudo resolvido, saí do consultório decidida a tentar seguir minha vida normalmente. Pensei que de repente eu poderia fazer o tratamento em segredo e, se ninguém percebesse, isso me pouparia de dar explicações. Sou bastante reservada, não gosto de expor minha vida pessoal.

Talvez não precise contar nada disso ao Janu, quase não temos nos visto mesmo. Eu poderia fazer as chamadas de vídeo com pouca luz, ele nem vai notar diferença alguma, pensei comigo mesma.

Quanta ingenuidade, eu realmente não fazia ideia do que vinha pela frente. Os efeitos colaterais da quimioterapia foram devastadores para mim. Na primeira sessão vomitei até a alma, a sensação é de que ia morrer, o que me deu muito medo de continuar com aquilo. Além da diarreia, lesões na boca e dias de depressão em que me recusava a sair da cama, eu não era tão forte quanto imaginava. E foi assim até o final, depois de um tempo parei de chorar e reclamar, de nada adiantaria mesmo.

Devido à minha condição de saúde, sem familiares vivendo perto de mim, me vi obrigada a contar ao meu ex-marido, precisava que ele estivesse a par de tudo por conta das crianças, se algo me acontecesse. Mas fiz ele me prometer que faria segredo por enquanto, achava desnecessário preocupá-los. Por falar nisso, meus cabelos estavam começando a cair, encontrava fios espalhados por todo o apartamento, no banho saía com mechas nas mãos, para meus filhos não perceberem eu estava constantemente juntando do chão. Apesar da minha relutância, chegou o momento de passar a máquina zero, só não fazia ideia de como justificar aquilo ao Pedro e à Ana, que até aquele momento nada sabiam.

Por ironia do destino, a minha irmã Zenir também lutava contra um câncer de ovários e, assim como eu, não tinha contado para ninguém. Infelizmente o caso dela era mais grave e ela teve que informar à família, porque os médicos não lhe deram esperança de cura. Foi Débora, nossa irmã caçula, que me deu a notícia. E agora o que eu ia fazer? Meus pais nunca se mudaram da cidadezinha em que eu nasci, chamada Três Barras, interior do Paraná. Precisava visitar minha irmã primogênita, que morava com minha mãe, já com seus 90 anos de idade. Mas como fazer isso sem revelar minha condição? Temia que ela não fosse aguentar saber que suas duas filhas estavam doentes.

No mesmo dia em que recebi a notícia de que a Zenir estava com câncer, liguei para ela em chamada de vídeo, sua netinha Larissa estava em seu colo enquanto falávamos. Sua aparência não era de uma pessoa doente, ainda ostentava a linda cabeleira ondulada e loira, que caía em suas costas. A Zenir havia passado dos 50 anos, mas aparentava ter no máximo 40, era bonita, com a pele muito branca e bem cuidada, olhos meigos, tinha uma personalidade singela. Conversamos um pouco, ela me explicou que a cirurgia estava fora de cogitação, faria apenas quimioterapia, pois sua doença já tinha tomado outros órgãos e ossos, que lhe causavam grande dor. Meu coração sangrou quando ela me falou essas coisas. Precisei ser forte e me segurar para não desabar na frente dela. Tentei animá-la com palavras de otimismo e esperança. Disse a ela que precisava ter fé, pois somente Deus é quem sabe de todas as coisas e às vezes os médicos também se enganam.

Enquanto ouvia os relatos da minha irmã, senti meus problemas desaparecendo aos poucos. Mal podia acreditar no que ela me falava. Em minha oração silenciosa pedia que o Senhor a curasse, ela não podia partir tão cedo assim.

Certo dia, Zenir me falou que seus cabelos estavam caindo. A aconselhei-a a cortá-los bem curtos e enviá-los a alguma instituição que faz perucas e doa aos centros oncológicos. Dessa forma suas lindas madeixas que ela cuidava com tanto capricho poderiam beneficiar outras pessoas, ao invés de serem simplesmente descartadas no lixo. Eu sabia da sua vaidade, então aproveitei e disse que quando chegasse o momento de raspar a cabeça eu também faria para lhe dar um apoio moral. Zenir ficou extremamente agradecida e feliz pela minha atitude de solidariedade. Não tive coragem de contar sobre mim, afinal ela tinha sua própria luta, e era incomparável, para que fazê-la sofrer ainda mais? Quando eu aparecesse careca, tinha a minha justificativa e ninguém suspeitaria de nada.

Naquele dia, quando desligamos o telefone, eu me deitei no chão e chorei até ficar rouca e perder as forças. Chorei pela infeliz coincidência, chorei por mim, chorei por ela, chorei pelos nossos filhos que poderiam ficar órfãos. As crianças não estavam comigo, então tive liberdade de me desmontar, desabafar, colocar para fora tudo o que estava reprimido dentro de mim.

Sempre que estava em videochamada com Janu, tentava parecer bem, apesar da minha fragilidade não deixava transparecer o meu mal-estar. Janu adorava minha cabeleira ruiva e certamente ia notar a falta das minhas madeixas. Certa noite, depois de falar com minha irmã, tomei coragem e abri o jogo para ele. Janu parecia uma rocha, se manteve calmo e me disse simplesmente que estaria comigo em qualquer circunstância. Me lembro das suas palavras. "Você é forte, vai superar. Não se preocupe." Honestamente, achei que ele não se importou muito com a notícia, não senti empatia de sua parte. E depois disso não tocamos mais no assunto.

Nossa! Contei para ele que estou com câncer e posso perder o peito ou morrer e ele nem ligou. Que insensível, é assim que ele me ama?, pensava comigo.

Não me lembro do dia exato, mas sei que no início do mês de março, numa manhã ensolarada, Zenir fez uma videochamada no WhatsApp e me mostrou que havia raspado o cabelo. Segurei-me para conter as lágrimas na sua frente quando a vi sem cabelos nem sobrancelhas. Seu rosto estava pálido e sua cabeça lisinha, como um ovo. Me assustei com seu estado, meu coração ficou espremido de tanta compaixão, mas disfarcei minha reação. Ela não estava sozinha, Larissa e nossa mãe estavam junto, era um trio inseparável. Larissa me mostrou as perucas que a vovó tinha ganhado no hospital onde se tratava. Graças a Deus por isso, pois tirou minha atenção da aparência impactante de Zenir. Tentei animá-la, falamos de coisas boas, não entramos em detalhes sobre a doença.

Beth, seja esperta. Contar para a Zenir que você também está doente só irá piorar o estado emocional dela. Lembre-se de que precisa apoiá-la, e não lhe causar mais preocupações. Sem falar que a mãe também vai sofrer. É melhor poupar as duas disso, pensava comigo mesma enquanto falava com elas.

Naquele mesmo dia decidi ir até uma loja e comprar alguns lenços de cabeça. Esperei as crianças chegarem da casa do pai. Me sentei perto deles e lhes contei sobre o estado de saúde da tia Zenir. Informei minha decisão de raspar meu cabelo para apoiá-la. Ana rejeitou a ideia imediatamente e se levantou em protesto. Quanto a Pedro, foi mais compreensivo e até me ajudou a passar a máquina. Me sentei resoluta na cadeira em frente à penteadeira de camarim, cheia de luzes, no quarto de Ana. Brinquei um pouco com as madeixas douradas que caíam solitárias sobre meus ombros e formavam caracóis. Por um momento achei que não ia conseguir. Confesso que uma angústia tomou conta do meu ser quando vi meus cachinhos caindo no chão. Enquanto eu me encarava no espelho, mentia para mim mesma, usando a doença da minha irmã como subterfúgio. Só conseguia pensar em como eles reagiriam quanto eu contasse a verdade. Então naquela mesma noite enviei fotos da minha careca, Zenir ficou muito surpresa pela minha atitude generosa e solidária. Porém, eu me sentia uma covarde, que a estava usando a fim de esconder minha própria história.

Beth, o que você está fazendo? Mentir, enganar é errado. Tu é uma mulher cristã, deveria se envergonhar. Espere! Na verdade eu não menti, porque ninguém me perguntou sobre minha saúde. Então tecnicamente apenas omiti informações e de qualquer maneira eu faria isso pela minha irmã sem pensar. Cabelo cresce como grama, e eu não tenho nenhum apego a ele. Havia um duelo na minha mente e naquela noite o sono me abandonou.

Na manhã seguinte, Janu me chamou, ignorei suas mensagens, estava muito deprimida e sem vontade de vê-lo. Porém ele insistiu. Quando a câmera abriu e eu o vi, comecei a chorar, até ali eu tinha sido forte, mas ao vê-lo desabei. Me senti tão fragilizada, tão desamparada. Eu só queria que Janu estivesse ali naquele momento, me abraçasse em silêncio, e me fizesse esquecer as coisas ruins que estavam acontecendo comigo. Janu me ofereceu dinheiro para o tratamento. Recusei gentilmente sua oferta, sei que a vida dele é difícil, não poderia aceitar. Além do mais, aqui em Florianópolis, contamos com atendimentos oncológicos pelo hospital universitário, muito eficiente e totalmente gratuito. Ele reafirmou que me apoiaria no que eu precisasse. Fiquei muito grata, era reconfortante saber que ele estava comigo, ainda que não fosse fisicamente.

— Por que está usando lenço na cabeça? — perguntou-me.

— Porque estou sem cabelos e não consigo me olhar no espelho assim — expliquei.

— Tire isso da cabeça, deixe-me olhar para você — pediu-me. Relutei um pouco, mas acabei tirando o lenço.

— Você é a coisa mais linda do mundo, meu amor. Agora pare de chorar, não quero uma lágrima dos seus olhos, elas são preciosas demais para mim — exigiu ele.

Eu não me reconhecia mais, tinha perdido minha identidade, sentia falta dos meus cabelos. Era difícil encarar o espelho, ou sair do apartamento. Na semana em que as crianças ficavam com o pai, a angústia aumentava, pois tinha muito tempo livre para pensar bobagens. A ideia de morrer e deixar meus filhos órfãos começou a me aterrorizar. Não sei se foi o tratamento, a ansiedade, o sedentarismo, ou a pandemia, mas tudo isso contribuiu para minha baixa estima, e fazia minha cara parecer uma lua cheia.

Não podia demorar muito para ir visitar minha irmã, devido às condições de saúde dela, que pioravam rapidamente. Então algumas semanas depois arrumei a mala, dirigi cerca de oitocentos quilômetros e surpreendi Zenir e minha mãe. Graças a Deus naqueles dias que passei em sua companhia ela estava bem. Com boa aparência, tinha recobrado a cor rosada do seu rosto. Seus cabelos, cílios e sobrancelhas já haviam crescido um pouco. Tiramos uma selfie juntas mostrando as carequinhas, para registrar nosso encontro. Tive a oportunidade de lhe fazer companhia e cuidar um pouquinho dela. Que acredito ter sido a melhor fase dos últimos meses da sua vida. Conversamos sobre nossa infância e juventude, relembramos algumas travessuras, como o dia em que joguei uma cobra nela e quase a matei de susto. Bem, eu me lembrava vagamente, Zenir teve que refrescar minha memória. Isso aconteceu quando éramos adolescentes, e morávamos na fazenda. Segundo seu relato, eu cheguei de mansinho enquanto ela passava cera no assoalho da sala e joguei um filhote de cascavel já crescidinho, vivo em seus pés. Ainda bem que minha irmã tinha bons reflexos e rapidamente o matou com a própria lata da cera. E saiu correndo atrás de mim estrada afora, até me pegar e me dar uns tapas. Depois me fez cavar um buraco e enterrá-la.

Ah, eu me lembro dela me puxando pelos cabelos e dos tapas também. Mas a grande pergunta é: como eu consegui pegar aquela serpente venenosa? Hoje fico arrepiada só de pensar. Que loucura!

Foi bom voltar ao passado, rimos muito. Fizemos as famosas "orelhas de gato", com canela e açúcar, uma receita da nossa mãe. As refeições eram sem pressa, comemos tudo o que tínhamos vontade, ignorando completamente a dieta rigorosa que deveríamos seguir. Nos sentamos na varanda no final da tarde, tomamos mate com nossa mãe. Vimos juntas o pôr do sol e colocamos o papo em dia. Foi um encontro em circunstâncias difíceis, é verdade, nostálgico, regado de boas lembranças, e foi também nossa despedida. Alguns meses depois ela faleceu, eu não quis ir ao seu funeral. Preferi guardá-la em minha memória do jeito que a vi pela última vez. Sei que fiz a coisa certa em não lhe contar nada sobre a minha saúde, pois ela já tinha que lidar com sua própria dor.

Nos dias que passei na casa da minha mãe, mantive Janu informado de tudo. Ele se mostrou solidário com minha irmã, me deu forças. Sempre me lembrando que estava ao meu lado. Ele foi meu companheiro de viagem, esteve comigo o tempo todo. Se preocupou com minha segurança e só ficou tranquilo quando eu cheguei em casa. A distância entre nós parecia não existir, um fazia parte da vida do outro, éramos como uma só pessoa.

Janu e eu chegamos em casa juntos, eu de viagem, e ele tirou seus dias de folga do trabalho. Eram por volta das oito horas para mim e quatorze para ele. Assim que larguei as malas no quarto, ele me escreveu. — Preciso falar com você urgente! Me liga. Ignorei a mensagem dele e fui tomar banho, estava cansada, com sono, tinha dirigido a noite toda.

Seja qual for o assunto, ele pode esperar, pensava comigo mesma enquanto a água quente caía sobre mim no chuveiro.

Vi que as mensagens de Janu não paravam de chegar, e ele já estava me enviando emojis de carinhas raivosas. Vesti meu pijama e fiz a ligação. Quando a câmera abriu e o vi, levei um choque e não contive as lágrimas. Eu já estava totalmente fragilizada e aquela cena me quebrou. Janu dizia para mim não chorar e quanto mais ele falava mais eu chorava. Ele desligou e me escreveu. — Se você continuar chorando, vou ficar muito bravo contigo. Entendeu? Prometi me acalmar e ele fez a chamada novamente. Janu tinha cumprido a promessa que me fez, de raspar o cabelo para ficarmos iguais. Essa atitude dele me mostrou o quanto se preocupa comigo, o carinho, o zelo e a nobreza de seu coração. Fiquei tão emocionada, que me faltaram palavras de gratidão. Ele também aparou a barba e o bigode, deixando-os bem curtos, mostrando bem os lábios, e seu rosto fino parecia menor agora, como de um garoto. Conversamos um pouco, ele sabia que eu precisava descansar, e estava na hora da sua sesta também. É costume do seu povo dormir depois do almoço, então toda a família de Janu faz isso. Adormecemos com a câmera ligada, minha última lembrança antes de cair no sono foi dele me observando e dizendo que me amava.

Depois que voltei de viagem, os dias foram se passando, e eu estava cada vez mais entediada e preocupada com minha situação profissional e financeira. Precisando extravasar, decidi pintar um desenho na parede do meu quarto, acima da minha cama. Encontrei a figura perfeita! Do sol cercando a lua, como se a estivesse abraçando. É assim que me refiro a Janu, "meu sol", porque mesmo à distância, sem nunca poder me tocar, ainda me protege com sua luz e energia. Da mesma forma que os astros foram colocados cuidadosamente separados no firmamento do universo, desde a criação. No entanto, dependem um do outro.

Fotografei minha arte, passo a passo, desde os primeiros rascunhos a lápis. Sem pressa de acabar, demorei vários dias para concluir, pois tempo era o que eu mais tinha. Usei a própria parede do quarto na cor branca como tela, utilizei tinta preta comum de pintar parede mesmo, e ficou perfeito. Depois de tudo acabado, enviei as imagens para Janu, que, imediatamente, visualizou e entendeu a analogia. No entanto, pareceu não ter se importado muito. Fiquei meio decepcionada, esperava uma reação mais empolgada da parte dele.

Beth! Seja sensata, o cara tá numa realidade muito diferente da sua. Com tanta coisa importante que ele tem para se preocupar, acha mesmo que ele vai se importar com um desenho na parede? Nem que fosse uma obra do próprio Picasso ele ligaria. Deixa de ser sentimentaloide, garota!, pensava comigo mesma, rindo da minha infantilidade.

Certo dia, do nada, Janu me pediu pelo WhatsApp que eu lhe enviasse fotos do desenho que fiz no meu quarto. Perguntei por que ele queria, me respondeu. — Apenas me mande as fotos. E se desconectou.

Nossa, quanto mistério e grosseria. Mas vou te enviar, sim, seu insensível, pensei comigo.

Alguns dias depois, sem nada dizer, me enviou alguns arquivos. Qual não foi a minha surpresa! Ao abri-los, eram fotos. Ele pediu a um amigo artista para reproduzir a arte que fiz no meu quarto, exatamente igual, na cabana dele. A única diferença é que ele pintou todo o resto daquela parede de azul, deixando o desenho centralizado, que ficou parecendo um grande adesivado. Gostei da criatividade dele. Combinou nossa cor favorita com o que seria, a partir daquele dia, o nosso símbolo.

E eu que achei que ele não tinha se importado! O chamei de insensível! Como fui injusta, pensava comigo mesma enquanto examinava as fotos.

No entanto, surpresa mesmo foi o que veio depois. Janu havia tirado seus dois dias de folga e estava em Qamishli, curtindo seu merecido descanso. Confesso que adorava saber que ele estava em casa, seguro, bem alimentado e mimado por todos. Como ele sempre fazia, me disse que estava pegando a estrada e quando chegasse no seu destino me avisaria. Naquele dia, ele fez silêncio, estranhei, mas não quis incomodá-lo, sei que seu tempo com a família é curto. Mais tarde, enquanto preparava o jantar, recebi notificações no WhatsApp. Eram fotos. Janu havia acabado de tatuar nosso desenho em seu antebraço esquerdo. A pele ainda estava vermelha e inchada. Mal acreditei quando vi aquilo.

— Que loucura! Você fez uma tatuagem, querido? — perguntei surpresa.

— Sim, eu queria ter algo seu no meu corpo. Esse é nosso símbolo agora — escreveu ele.

Naquela noite não nos falamos muito, ele estava cansado e faminto. Só queria me mostrar a tatuagem, antes de ir dormir.

Achei tão carinhoso aquele gesto de Janu, que até me esqueci dos meus problemas, naquela noite. E fiquei pensando, isso deve ser amor mesmo!

Naquele final de semana, Janu estava tão ocupado resolvendo assuntos pessoais, que não tivemos oportunidade de nos vermos. Apesar da saudade da sua companhia, tinha que entender que dois dias eram poucos para ele fazer tudo o que precisava e passar um tempo de qualidade com seus filhos também. Saber que ele estava bem me bastava e quanto a isso ele me tranquilizava enviando o nosso código secreto. "Rosas da manhã e jasmim", um emoji de uma xícara de café da manhã, uma rosa e um coração azul.

— Beth! Esse é o preço que se paga por ter um namorado que mora do outro lado do mundo, resmungava comigo mesma.

Janu pegou covid, dias depois de fazer a tatuagem. Achei que ficaria em casa até se recuperar e pensei, bem, ele cuidou de mim quando estive doente, agora é minha vez de retribuir. Fiquei extremamente preocupada, Janu é fumante, descuidado com a alimentação, se recusa a ir a médicos. Como conheço bem os sintomas da doença, poderia acompanhar a evolução dele. Janu começou reclamando de dores fortes na cabeça, nas articulações, coriza e tosse. Minha preocupação era com sua respiração, se sentisse falta de ar, e precisasse de oxigênio. Sabia que lá os hospitais não tinham estrutura, nem vacinas para atender os contaminados, como temos aqui no Brasil. Ele tentava parecer bem, a fim de me tranquilizar. Eu sei como é ter aquele maldito vírus no corpo, quanto mal ele nos faz. Lamentei estar tão longe, mas ficaria conectada com ele dia e noite, lhe apoiando, dando forças até tudo passar.

Acho que foi aí que Janu começou a me ouvir pela primeira vez, a falar de Jesus Cristo e da minha fé. Porque, a partir desse ponto, sua opinião sobre Deus começou a mudar. Me recordo bem disso.

De repente ele se desconecta de tudo, nem recebia as mensagens, no Messenger ou WhatsApp. Fiquei extremamente preocupada com ele, sem saber o que estava acontecendo. Será que seu estado de saúde se agravou rapidamente? Me enganei achando que poderia cuidar de Janu. Um desespero tomou conta do meu ser e tive uma crise de ansiedade, parecia que ia infartar. Odeio remédios, mas acabei tomando uma superdosagem de ansiolíticos, só assim consegui me acalmar. Para piorar a situação, não conseguia falar com ninguém da sua família, ou com Baran, seu amigo que sabia tudo sobre ele. Uns três dias depois, Evan me respondeu, disse que Seu Janu tinha simplesmente voltado ao quartel. Aquela informação de fato acendeu minha ira contra Seu Janu. Como ele pôde fazer isso comigo?

Pela primeira vez senti muita raiva de Janu. Não esperava aquela falta de consideração, tratou meus sentimentos com total descaso, e isso me feriu profundamente. Comecei a pensar que era hora de reavaliar aquela relação.

— Rosas da manhã e jasmim, meu amor. Como você está, querida? — Li a mensagem que recebi do Seu Janu, no WhatsApp, nas notificações, sem visualizar. Não tinha certeza se queria conversar com ele, é claro que fiquei feliz de vê-lo online, significava que estava vivo. Mas senti-me muito magoada também, pelo descaso dele com minha preocupação. Dez dias haviam se passado desde o dia em que ele voltou para a base sem me avisar. O via conectado, mas o ignorava, dei um gelo nele por uma semana. Até que decidi quebrar o silêncio e responder, ouvi suas justificativas, porém continuei zangada, e com vontade de lhe dizer umas verdades. Janu me disse que preferiu se isolar na cabana para evitar o risco de contaminar a família com o vírus. Janu se recuperou rápido. Ele costumava dizer que não aceitava a doença em seu corpo, e que ele ia vencer, porque era muito forte. Seu otimismo foi um ponto positivo e em poucos dias estava novamente na ativa.

Me lembro da manhã em que Janu ligou, queria me mostrar seu cachorro, o qual tinha ganhado de um camarada. Como ele sempre fazia, gravava vídeos do seu cotidiano e me mostrava, era importante para ele compartilhar sua vida comigo. Nesse videoclipe ele se serviu de uma xícara de café, acendeu um cigarro e saiu da cabana. Queria que eu conhecesse seu novo amigo. Era um lindo labrador, macho, adulto, cor de caramelo, parecia dócil e ficou animado abanando o rabo ao

ver Janu se aproximando e acariciando sua cabeça. O dia estava amanhecendo em Derek, os primeiros raios de sol surgiam no horizonte,
ouvia-se o som da vida despertando, aves, grilos. Janu adorava a brisa
matinal, mostrou-me sua horta, que havia cultivado como prometeu
quando se mudou para lá. Fiquei muito surpresa! Estava linda, com
canteiros de várias espécies de hortaliças, feijões-de-corda agarrados
à cerca, e algumas flores. Nem parecia o mesmo lugar abandonado de
meses atrás. Havia também galinhas e patos ou marrecos, não tenho
certeza, correndo por lá. Ele realmente transformou aquele lugar.

— Querido, você é um fazendeiro nato. Olha o que você fez em
tão pouco tempo! — escrevi para ele, que sorriu e digitou:

— Estou plantando muitas árvores também, aqui e na praia.
Compro as mudas com meu próprio dinheiro, quero transformar esse
local num lugar verde, e cheio de vida. — Fazia sentido, pois aquela
região era bem árida.

*Eu só conseguia pensar no quanto ele é uma pessoa rara, generosa.
Com consciência ecológica, amor aos animais, à natureza, à vida de um
modo geral. E em quanta sorte eu tinha de tê-lo em minha vida.*

Naquela manhã Janu me mostrou a parte bonita das coisas a
fim de preparar meu espírito para receber uma triste notícia. Ele
escolheu bem as palavras ao me dizer que a Eva, sua gatinha, tinha
falecido. Ele sabia que eu amava a Eva, e o quanto sou sentimental.
No entanto, eu senti mais por ele do que por mim. Com a Eva, Janu
sorria, brincava, se tornava um menino, isso fazia ele esquecer um
pouco a vida dura que tinha fora daquela choupana.

Poucos meses depois, Janu me disse que seria remanejado e
ganharia outro aposento, dentro do mesmo batalhão. Seu novo quarto
era limpo e organizado, forro branco, paredes de cor clara, cortina
na janela, chão de cerâmica e ar-condicionado. Ele estava muito mais
confortável, com certeza. No entanto, perdeu a privacidade, pois não
estava mais sozinho. Me mostrou onde dormia apenas uma vez. Seu
trabalho aumentou, sua responsabilidade também, deixou de ir à praia.
A partir dali nossa comunicação era por mensagens e raramente.

QUARTO DAS NOSSAS MEMÓRIAS

Nos víamos só em casa em seus dias de folga, o que acontecia uma ou duas vezes no mês. Confesso que meu coração apertou quando ele se mudou, sabia o quanto se sentia livre e bem ali na sua velha cabana, no cantinho só seu com seus animais e suas plantações. Todavia, fiquei muito feliz por ele estar subindo os degraus em sua carreira, sei o quanto Janu merecia uma vida melhor.

Janu viveu na cabana pouco mais de um ano, foi um período muito bom para ele. Enquanto eu passava pelo que chamo de "prova de fogo", Janu participou de tudo. Nas grandes provações que enfrentei, ele é o meu Humano, a minha pessoa, o meu suporte, o meu alento, esteve comigo nos risos, nas lágrimas. Ninguém me conhece do jeito que ele me conhece, ninguém me viu do jeito que ele me viu, no fundo do poço, destruída. Ele me ajudou a juntar meus cacos e me reconstruir. Criamos memórias de tudo o que passamos, e isso nos aproximou de tal forma, que estávamos tão juntos, tão unidos, que um podia respirar o ar do outro e sentir o que o outro sentia. Às vezes nos esquecíamos que oceanos nos separavam.

Me lembro da nossa última videochamada, na praia. Foi uma conversa difícil no início, Janu estava com ar de preocupado, e soou como uma despedida. Falei para ele como me sentia. Então Janu me disse:

— Ouça! "Minha casa", somos uma só alma, conhecemos os mínimos detalhes um do outro e pertencemos um ao outro. — Verbalizei que sim, concordando com ele. — Você sabe que se tornou minha história, meu futuro e minhas preocupações?

— Como assim? — perguntei, buscando mais detalhes. Janu prosseguiu escrevendo.

— Eu sei, meu amor, que antes de te conhecer eu buscava a morte, mas depois que te vi soube que viveria, ficaríamos juntos e cuidaríamos um do outro. Desde 2019, te enviei minha alma, meu coração e minha vida, e eles são seus. Não tenho mais meus pensamentos, meus sentimentos e todas as emoções não as tenho mais, porque você os tem. Sim, você se tornou minha história, minha vida e minha luz. Assinei nosso amor, com tatuagem no meu corpo, assinei nosso amor na minha alma.

Quando li o que ele escreveu, fiquei sem palavras, as lágrimas queriam vir, eu as engolia, sabia que ele não gostava da minha choradeira.

Respirei fundo e respondi.

— Você é para mim o mesmo que sou para você.

— Isso não é uma despedida. Por circunstâncias do trabalho vamos apenas nos afastar um pouco. Mas estaremos juntos em coração, mente e espírito — escreveu-me Janu e se despediu.

Janu dizia que o desenho do sol e da lua na parede da cabana era o nosso símbolo, e isso fazia com que ele sentisse minha presença, e tudo naquele quarto fazia lembrar de mim, pois foi o mais perto de um lar que tivemos juntos. Janu nomeou aquela cabana de "O quarto das nossas memórias".

Tive uma ideia de como eternizar o "quarto das nossas memórias" e acho que vai ficar muito bacana e Janu vai curtir muito! Quando nós dois estávamos sem cabelos, tiramos fotos, em nossas camas, e compartilhamos um com o outro, lembro de Janu ter falado sobre nos casarmos carecas, brincamos com isso e rimos muito na ocasião. Planejei criar uma belíssima pintura de nós dois, mas isso teria que esperar minha situação financeira melhorar. Enquanto a vida do Janu seguia melhorando, o que me deixava muito feliz, por outro lado, eu enfrentava a pior fase da minha vida. Estávamos no mês de outubro, minha saúde andava boa naquele momento, o tratamento deu certo. Meus cabelos nasceram bastante grisalhos, mas cresciam rápido. Voltei a praticar atividade física no calçadão da beira-mar continental todas as manhãs, precisava recuperar minha forma urgentemente. Aos poucos os brasileiros começavam a respirar normalidade, mas a situação econômica da maioria, principalmente dos autônomos como eu, era precária. Meu dinheiro acabou, estava falida e devendo no cartão de crédito. Só não faltou nada em minha casa graças ao meu ex-marido, que me ajudou com as despesas básicas, por causa das crianças, é claro. Eu havia fechado a clínica, e vendido os móveis por um preço muito abaixo do valor. No entanto, não tive escolha, precisava entregar a sala. Amarguei um grande prejuízo. Quanto aos equipamentos estéticos, não me desfiz de nada, tinha planos de voltar a trabalhar quando fosse possível, então os guardei em casa.

Meu Deus, o que vou fazer da minha vida? Preciso ganhar algum dinheiro com urgência! Acho que terei que mudar de profissão e fazer uns freelances por aí. Falava com Deus enquanto organizava as coisas que trouxera da antiga clínica para casa.

Comecei a oferecer atendimento de massoterapia, tratamentos faciais e corporais em domicílio. Poucas meninas me chamavam, a maioria ainda estava cautelosa, por conta do vírus, apesar de terem tomado a vacina. Sinceramente, ir até a residência das clientes dava muita mão de obra. Sair com maletas cheias de produtos, maca, equipamentos, organizar tudo o que ia usar, em espaços improvisados, e depois guardar tudo novamente, era desgastante. As consumidoras dos meus serviços tinham ótimas condições financeiras e investiam muito tempo e recursos em tratamentos estéticos, pois priorizavam aparência e beleza. Longe de mim criticá-las, respeito a opção de cada um e, além do mais, foi assim que sempre ganhei meu sustento, o qual me proporcionou uma vida confortável. Porém, ultimamente vinha perdendo o encanto por esse trabalho que eu tanto amava, mas ele só me deu foi dinheiro. Eu queria algo a mais! Algo que me envolvesse, que agregasse, que mexesse comigo, que preenchesse a minha alma e fosse mais do que só rentável. Às vezes, durante a aplicação de um peeling ou uma sessão de massoterapia, numa cliente, ficava pensando no privilégio que elas tinham de poderem se dar esses luxos. Enquanto a maioria das mulheres do mundo mal podiam alimentar seus filhos.

Sentia que não me encaixava mais naquele mundo de ostentação e vaidade.

Minha ideologia de vida, meus valores estavam mudando desde que conheci Janu, as combatentes curdas e os movimentos femininos de Rojava, que lutam por questões realmente importantes. Sacrificam suas vidas pela sobrevivência do seu povo, para libertar as mulheres da opressão, da escravidão, dos casamentos forçados, pelo direito de manter viva sua cultura, sua língua e por aí afora. Essas guerreiras me ensinaram que o verdadeiro empoderamento da mulher é ela ser valorizada, respeitada, ser tratada como igual ao sexo oposto, ser livre! Ser livre, inclusive, dos padrões de beleza que a sociedade machista e capitalista impôs sobre nós, nos fazendo consumir cada vez mais e mais seus produtos, enriquecendo a indústria da beleza, que cresce acelerada, dia após dia.

Parando para refletir mais profundamente, me dei conta de que o gênero feminino, seja aqui no Brasil ou em qualquer outra parte do mundo, sempre foi manipulado e usado pelo homem para promover suas marcas, na maioria das vezes de forma pejorativa. Por que no comercial de cerveja ou de perfume as garotas aparecem seminuas? A verdade é que a raça masculina sempre exerceu poder sobre o feminino, apenas mudando as táticas, tornando as armadilhas mais sedutoras. A ironia disso tudo é que as garotas que se submetem ao entretenimento e deleite dos homens se acham livres, donas de si, empoderadas! Se intitulam "artistas, estrelas".

Coitadinhas! Tão iludidas, tão alienadas, que não conseguem ver a realidade. Mal sabem elas que são escravas do dinheiro, da fama e do domínio masculino. Isso só reforça meu repúdio a esta sociedade cada vez mais decadente, imoral, machista e capitalista.

Por outro lado, crescia o interesse e admiração pela ideologia do líder Abdullah Ocalan, um homem que em 2003, mesmo cumprindo pena na prisão turca Imrali na ilha de Mármara, enxergava a mulher em pé de igualdade e respeito.

Ocalan escreveu a teoria da geneologia, em curdo "Jineolojî", "Ciência da Mulher", que era uma ideologia, um chamado para as mulheres, inspirando-as a lutarem pelos seus direitos. Mas era além e muito mais profundo do que isso, era também o resgate da própria essência feminina, dos valores que foram se perdendo ao longo do tempo na sociedade.

Ocalan se refere à mulher como um pequeno universo. Um ser dotado de energia fluida resultado da soma da consciência cósmica. Uma deusa com grande poder de amar, perceptiva, articulada, intuitiva, sensível. Capaz de compreender o mundo de um jeito que o homem jamais conseguirá. Essas alegações do líder dos curdos, Ocalan, não são apenas tentativas de tirar o gênero feminino de sua posição de inferioridade. Ele realmente consegue ver seu potencial. E também consegue entender com clareza como aconteceu esse processo de submissão. Ao qual as mulheres foram sujeitas pelos homens com o passar dos séculos.

As análises de Ocalan sobre o assunto do universo feminino são tão profundas, que seus estudos nos remetem aos tempos dos sumérios. No seu livro *Libertando vidas, a revolução das mulheres*, Ocalan descreve como foi que se enraizou a autoridade patriarcal no Oriente Médio, e faz uma citação muito triste.

"A mãe se converteu na deusa antiquada; agora se senta em seu lar como mulher obediente e casta. Longe de ser igual aos deuses, não pode fazer ouvir sua voz ou mostrar sua cara. Pouco a pouco, é envolvida em véus, converte-se em uma cativa dentro do harém do homem forte."

Sua doutrina de geneologia é ensinada às mulheres nas academias militares e intelectuais, e tem se espalhado em todos os movimentos femininos nas regiões do Curdistão e também nas comunidades curdas da Europa. Todos que buscam novidades de vida se encontram na filosofia de Ocalan, pois é uma cura para todas as doenças da alma. Tem uma frase do líder dos curdos que eu amo muito. "Uma sociedade nunca pode ser livre sem a libertação das mulheres."

Nunca vou entender como alguns países consideram Ocalan um terrorista. Talvez não tenham conhecimento da sua ideologia, talvez tenham. Não importa. Abdullah Ocalan é o líder supremo dos curdos, e já escreveu seu nome na história, daqui a milhares de anos ele será lembrado como o homem que colocava as mulheres como protagonistas da humanidade e as chamava de deusas.

Me lembrei das palavras que Janu me disse há muito tempo. "Leia o que escreveu o líder Abdullah Ocalan e sua maneira de olhar o mundo irá mudar." Bem, meu amado Janu, você estava certo.

Certa manhã, enquanto degustava meu cafezinho na varanda do meu apartamento, comecei a olhar para o meu bairro, quase cem por cento residencial, com outra visão, e tive uma epifania.

— *Beth! Depois disso tudo que você leu, você vai ficar sentada aí? Você é uma Deusa empoderada! Sacode essa poeira! Sai dessa depressão! Você consegue o que você quiser! Você pode abrir um salão de beleza tradicional, aqui, para atender a vizinhança. O que acha? Só terá que mudar os serviços a serem oferecidos. Verdade! Eu poderia vender os equipamentos de estética que estão empilhados e seria o suficiente para começar um novo espaço, humilde, simples, é claro, mas pode dar certo — falava comigo mesma, empolgadíssima com a ideia que surgiu do nada. Senti meu coração palpitar naquele momento, e esse sentimento sempre foi um bom sinal para mim.*

E assim eu ofereci meus equipamentos em todos os sites e grupos de vendas, fiquei muito decepcionada, consegui apenas um terço do que valiam. Mas, enfim, juntei dinheiro suficiente e consegui comprar os móveis básicos, como cadeira de corte, lavatório, espelho e outros utensílios, todos usados, e pagar o primeiro mês de aluguel. E por providência divina consegui locar uma bela sala, com ar-condicionado, sem taxas de água, condomínio, IPTU, direto com a proprietária e com um valor razoável. Eu mesma instalei o lavatório, espelho e pintei as paredes. Peguei duas poltronas, cafeteira, lixeiras, aspirador de pó e outros utensílios de que precisava. A minha filha Ana reclamava, dizendo: — Mãe, você está levando as coisas de casa. Eu respondia que era apenas um empréstimo, logo traria de volta. O espaço era grande, ficou estranho com os poucos móveis que havia lá. Dava eco quando falávamos. No início fiquei perdida, demorei a me acostumar com aquele ambiente simples, de alguém que está começando do zero mesmo. Tive que encerrar a microempresa que tinha desde 2006 e abrir um registro como microempreendedor individual. Também mudei a razão social e o nome do salão, de "Clínica de Estética Bela Forma" para "Spazio di Belleza Betty Granella". Mandei imprimir panfletos e fui distribuir na vizinhança todas as manhãs antes de abrir o salão. Pesquisei preços com a concorrência, para me atualizar e cobrar um preço justo pelos serviços oferecidos em meu espaço. Certo dia, procurando meus certificados, encontrei o de cabeleireira, o primeiro curso profissionalizante que fiz há décadas e lembrei que eu era muito boa em cortar qualquer modelo, bastava olhar. Então criei um Instagram e coloquei lá como minha especialidade.

Não teve nenhuma inauguração, mandei apenas fazer uma bandeira com o nome do salão, coloquei na calçada, no dia 2 de fevereiro de 2022, abri a porta e comecei a trabalhar. Aos poucos as clientes foram chegando, a maioria idosas, donas de casa, aposentadas. O perfil das freguesas mudou totalmente, mas foi para melhor. Elas eram mais afáveis, atenciosas e algumas bastante carentes, também, com necessidade de interagir com outras pessoas. Adoravam conversar sobre todo tipo de assunto, família, política, receitas de bolo, chás etc. Pela primeira vez estava trabalhando no bairro em que morava, gostei, me senti acolhida. E algo me dizia que faria amizades verdadeiras. Como guardo o santo sábado, abri agenda com atendimentos aos domingos. Essa novidade fez toda a diferença, para as mulheres que trabalhavam a semana toda e não tinham tempo de ir ao cabeleireiro. Todas as manhãs, antes de abrir a porta do salão, eu orava e repetia as mesmas palavras. "Trabalhe com honestidade, seja fiel a Deus, leal aos seus princípios e o Senhor te honrará." E a cada atendimento que fazia agradecia ao meu Senhor e Salvador Jesus Cristo.

Se eu acreditasse em sorte, poderia jogar no bicho com os números da inauguração do meu novo salão: "dois de dois de dois mil e vinte e dois". É, Beth, vai dar certo! Pode acreditar, garota. Pensava comigo mesma enquanto varria os cabelos do chão do primeiro corte que fiz, na minha amiga de longa data, Adriana.

Em nenhum momento, duvidei que teria sucesso, pois se tem uma coisa que eu tenho de sobra é otimismo, fé em Deus e na minha competência naquilo que faço. Meu propósito inicial era ganhar dinheiro, pagar as dívidas e, depois, na medida do possível, investir no salão, eu merecia um espaço bacana, de bom gosto, para trabalhar, e as clientes também. Comecei sozinha; como eu esperava, o início foi dificílimo, muita labuta, precisei administrar com sabedoria cada centavo que ganhava, para pagar todas as minhas dívidas, mas eu consegui fazer isso. Oito meses depois da inauguração, a primeira parte dos meus planos foi alcançada, com sucesso, meu nome estava limpo. No segundo semestre de 2023, o salão estava do jeitinho que planejei no início. Móveis novos, para oferecer conforto e receber bem as clientes, sala de estética. Fiz parcerias com manicures, depiladora, designer de sobrancelhas e cílios. Formei uma boa equipe com os serviços que o nosso público bairrista procurava. Não é nenhuma clínica luxuosa que fatura rios de dinheiro, mas é o suficiente e estou muito feliz, me sinto em casa. Tem aquelas clientes que costumam passar só para me dar um abraço e saber como eu estou, como a Dona Vilma, que todas as quartas-feiras à tarde vai na missa e quando volta entra um pouquinho, para me dar um beijo e dizer que rezou por mim. Tem outras que trazem presentes, flores, chocolates, quiabos, mudas de plantas, porque sabem que eu gosto. Tem a Denise, uma pessoa linda, vibrante, generosa, com um coração que não cabe no peito, nossa paixão por gatos nos aproximou muito e nos tornamos amigas. As sessões de massoterapia se transformavam em gatoterapia, pois nosso assunto predileto era falar das travessuras dos nossos bichanos. E tem a Adriana, uma garotinha especial, no corpo de uma mulher de 42 anos, que me adotou como sua irmã e me chama de Betinha. Nunca se esquece do meu aniversário e sempre que pode vem tomar um cafezinho comigo.

Se tem algo que essa pandemia me ensinou é que tem coisas que dinheiro não compra, e uma delas é a amizade e o carinho das pessoas. Aprendi lições valiosas, que me fizeram evoluir, sei que me tornei um ser humano melhor do que era antes da covid, devido a todas as provações por que passei. E agora sei também o quanto sou resiliente.

Vinte e um.

MÃES: DORES E AMORES

Minha vida voltou ao normal, trabalho, filhos, casa, enfim a velha e boa correria do dia a dia. Certo domingo, olhava minha página do Facebook e senti que estava em falta com meus amigos curdos, pois há muito tempo deixei de apoiá-los nas redes sociais.

— *Beth, não me diga que vai voltar ao velho comodismo de sempre, na sua vidinha confortável? Cadê seu espírito revolucionário? Depois de conhecer os movimentos femininos curdos, os ensinamentos do líder Ocalan? Vamos lá, garota, arregaçar as mangas e mãos à obra*, disse a mim mesma.

Tive a ideia de criar um blog novamente, para apoiar os movimentos femininos curdos. Pensei em fazer uma abordagem diferente, ao invés de atacar o terrorismo, homenagearia os mártires e os lutadores e falaria das suas conquistas. Dessa forma minha página não seria banida. Bem, que tal começar com um post sobre os filhos das minhas amigas? Mesmo não as conhecendo pessoalmente, consegui fazer boas amizades. Manter contato com elas fazia parecer tudo mais real, mais humano, diferente de apenas ler nos noticiários sobre pessoas anônimas. Embora, muitas vezes, eu preferisse não saber dos detalhes, era extremamente difícil. Comecei pedindo permissão a Nesrîn para fazer uma publicação sobre seu filho Îbraîm, ela prontamente concordou. Nesrîn foi a primeira mulher curda que conheci, num grupo de WhatsApp, em 2020, enquanto tentava ajudar Mara a fazer seu trabalho de conclusão da universidade, cujo assunto era "o protagonismo das mulheres curdas". Me lembro dela ter me dado as boas-vindas e nos oferecer apoio, demonstrou-se uma boa diplomata, articulada e escrevia muito bem. Porém nossa amizade ficou mais no campo político mesmo. Nesrîn é minha amiga curda mais antiga, por quem tenho grande apreço e com quem mais interajo. No entanto, nunca a vi inteiramente. Vi apenas sua foto no Facebook, tirada de longe em frente a um túmulo, que mais tarde descobri ser do seu menino. Ela estava de perfil, cabisbaixa, nem deu para ver seu rosto, com vestes pretas e o lenço que cobria sua cabeça na mesma cor. Nesrîn é bastante reservada, não fala sobre si ou sua família. Me revelou apenas ser casada e mãe de uma menina e quatro meninos, sendo que seu segundo filho, Îbraîm, perdeu a vida na guerra, e isso a fez também entrar para a luta. Antes da revolução ela ensinava línguas na escola da aldeia onde mora, o que voltou a fazer depois que as escolas reabriram.

Apesar de Nesrîn ser reservada no que dizia respeito à sua família, ela me contou sobre seu filho Îbraîm, de apenas 14 anos, que entrou para a luta contrariando sua vontade e foi martirizado, em 2 de outubro de 2013. Sem entrar em detalhes de como aconteceu seu falecimento, eu também nunca perguntei. Sentia que quando Nesrîn falava do seu querido filho parecia que o embalava em seu colo. Nunca entendi sua personalidade, era enigmática. No entanto, ela ficava à vontade falando comigo sobre Îbraîm. Bem, talvez lhe fizesse bem desabafar com alguém que não podia olhar no seu rosto e ver sua dor, nem suas lágrimas.

Nunca esquecerei as palavras de Nesrîn. — Agradeço a Deus porque meu filho foi mártir e não se afogou nos mares enquanto buscava refúgio ou morreu de fome nas florestas. Tenho orgulho dele, porque levantou a bandeira e defendeu a pátria.

Nesrîn me dizia que Îbraîm queria lutar de qualquer jeito, então ele fugia e ia se juntar às Unidades de Proteção Popular. Os comandantes o traziam de volta para casa arrastado e pediam que ele ficasse com sua mãe, pois era muito jovem, mas logo depois ele

QUARTO DAS NOSSAS MEMÓRIAS

escapava novamente, e isso se repetiu várias vezes, até que um dia ele não retornou mais.

Jesus Cristo! Îbraîm tinha a idade do meu Pedro quando entrou para a luta. Não consigo deixar meu filho ir nem à praia só com os amigos, porque tenho medo que entre no mar sem mim. Imaginar ele indo para a guerra é surreal.

Assim como Îbraîm centenas de adolescentes meninos e meninas ingressaram nas milícias curdas quando a guerra começou em Rojava. Me lembro das palavras de Janu, ao me falar sobre seu irmão Baran, que também era um adolescente. — Não queríamos a guerra, mas não tivemos escolhas. Quando os inimigos chegaram em nossas portas, ou pegávamos em armas e lutávamos ou morríamos.

Como todo guerreiro ao ingressar nas fileiras dos lutadores, Îbraîm adotou o codinome Farhad Karbawi, em homenagem à sua aldeia, onde nasceu e passou toda a sua vida. Nesrîn me falou com satisfação que seu menino teve uma bela infância, cresceu livre com as crianças da vizinhança. Era conhecido entre seus amigos da escola como protetor dos mais fracos. Certa vez confrontou seu professor, que queria aplicar o castigo em seu colega por não fazer o trabalho de casa. Îbraîm o defendeu ferozmente e acabou levando uma surra em seu lugar. Desde então, assumiu a responsabilidade de combater a injustiça onde quer que ela se encontre. Ficar ao lado de seus companheiros nos bons e nos maus momentos. Esse era o verdadeiro espírito de redenção e sacrifício.

O dia em que os revolucionários tomaram a aldeia de Karbawi e ele subiu com seus camaradas para hastear a bandeira curda sobre a escola, foi o momento que mudou o destino do mártir Farhad. Depois disso, abandonou seus estudos e se juntou às fileiras da juventude revolucionária em Rojava. Apesar da sua pouca idade, participou de diversas campanhas, entre elas as de Tal Eid e Tal Koçer, em 2013. Farhad ficou conhecido entre seus companheiros pela coragem e paciência.

O martírio do guerreiro Farhad causou grande comoção em toda a comunidade, seu funeral foi uma majestosa procissão e reuniu milhares de pessoas de toda Rojava. O bravo menino guerreiro descansa em paz no cemitério do mártir Dalil Sarukhan.

Na parte superior da lápide dos lutadores é registrado seu nome de guerra. E abaixo vem seu nome de registro, local e data do martírio.

Após seu martírio muitos de seus companheiros se juntaram às Unidades de Proteção do Povo, inclusive seu pai. Quando Nesrîn perdeu seu menino, ela não se conformou. Na tentativa de preencher o vazio que ele deixou, Nesrîn engravidou novamente e se sentiu abençoada por dar à luz um garotinho, e o chamou de Îbraîm para se lembrar do seu filho justo, corajoso e abnegado.

Achei Nesrîn muito corajosa, entretanto nunca faria isso. Primeiro, porque um filho é um indivíduo único, insubstituível. Segundo, acho injusto colocar sobre um irmão as expectativas do outro, pois isso será um grande fardo sobre seus ombros. E terceiro: trazer outra criança ao mundo com meu país enfrentando uma guerra, propositalmente, me desculpe, mas para mim é loucura. Por mais que meu coração estivesse dilacerado pela dor de perder meu menino, eu teria me despedido dele, o abençoaria e o deixaria partir, pois na minha memória ele viveria para sempre. Mas essa sou eu, o que vai no coração de Nesrîn somente ela é que sabe. E não estou aqui para julgá-la.

Em seguida, fiz o mesmo com a Dellal, mãe do mártir Muhammed Jamal al-Din, nome de guerra Jamshid Qamishli. Conheci a história desse bravo guerreiro inicialmente por intermédio do Janu. Foi inusitada a forma como descobrimos que Dellal era a genitora do mártir Jamshid, parceiro de batalhas e amigo pessoal de Janu. Certo dia, enquanto conversávamos, Dellal me mandou áudios no WhatsApp, ela sabia que eu não entendia sua língua, mas gostava de brincar comigo, pois tem um grande senso de humor. Então os enviei a Janu para que os traduzisse. Quando ele ouviu a voz dela, reconheceu imediatamente. Ele disse. — Essa é Um Jamshid, mãe do mártir, reconheço sua voz forte. A palavra "Um" quer dizer "mãe" em sua língua. Janu falou que Dellal é uma mulher extraordinária, com grande personalidade, e ficou surpreso por eu conhecê-la. Então ele me enviou uma foto junto com o Jamshid e pediu que compartilhasse com Dellal e lhe dissesse que tínhamos um amigo em comum.

Nossa, que feliz coincidência, dizia a mim mesma!

A foto em questão mostrava Janu e Jamshid, juntos. O fotógrafo deixou seu dedo cobrir parte da lente e cortou um pouco de Janu. Devem ter sido pegos de surpresa, a julgar pelas expressões de seus rostos olhando para a câmera. Eles descansavam debaixo de uma árvore frondosa, com tronco grosso, talvez uma velha oliveira, muito comum naquela região. Seus ramos e folhas verdes, igual à grama que forrava o chão ao seu redor, pareciam uma daquelas "miragens". O lugar era alto, no fundo se via um deserto escaldante, até onde as vistas alcançam.

Eles estavam deitados no gramado, lado a lado, apoiando seus braços em grandes almofadas, estampadas de marrom e cinza, que, acredito, trouxeram de seus aposentos. Espalhados em sua frente, havia maços de cigarros, uma chaleira chamuscada, dois copos de mate, um recipiente com açúcar e uma pequena colher de cabo vermelho. Próximo de Jamshid havia uma embalagem plástica, que talvez fosse de pão ou biscoitos.

A aparência de Janu naquela foto era de partir o coração, ele estava tão abatido, tão magro, olhos fundos e sem vida, com cara de doente. Parecia que não comia ou dormia há dias. Nunca o tinha visto naquele estado. Janu me disse que vinha de muitas campanhas, sem férias, sem descanso, estava exausto. Desde que a invasão do Estado Islâmico começou em 2014, ele lutou em muitas frentes. Naquele período, acontecia a campanha que recebeu o nome de "Mártir Robar Qamishli". Em Serêkaniyê, Al-Hasakah e também em Kobane, que recém tinha sido libertada dos terroristas islamitas no final de janeiro de 2015.

O mártir Robar merecia a honra de ser homenageado com uma campanha que levasse seu nome. Ele foi um jovem lutador de Qamishli que dedicou sua vida à luta pela defesa do seu povo e se tornou um comandante militar sênior. Seu martírio foi um terrível e lamentável acidente. Os terroristas espalham minas por todos os lados nas regiões que ocupam, usavam os mais variados objetos para plantar as bombas. Robar e seu amigo Akef estavam trabalhando em Suluk, na campanha de penteabilidade, "desativação de minas". Akaf viu um objeto que parecia uma garrafa de água, ignorou o alerta de seu comandante Robar para não tocar nela. Akaf abriu a mina, ela explodiu, e ambos foram martirizados.

Ocorre que a companhia de Janu havia sido quase toda martirizada, nos últimos confrontos, e poucos restaram. Seus superiores os deslocaram para as unidades de combate, nas primeiras frentes, porque tinham experiência. Jamshid era o oficial encarregado da administração do batalhão ao qual ele foi enviado. Janu me disse que os primeiros anos da revolução foram dias, semanas, meses e anos de tarefas, guerras e fadigas. Ele não se lembrava de muitos detalhes nem das datas exatas em que os fatos ocorreram. Mas tinha certeza de que aquele retrato foi tirado no início do mês de junho de 2015 e que estavam na aldeia de Suluk, área que pertence à cidade de Tel Abyad.

Janu me confessou, muito emocionado, que aquele retrato era o registro de uma despedida. Tomaram seu último mate juntos no dia em que tiraram a fotografia, pois cerca de uma semana depois Jamshid faleceu.

Jamshid aparentava estar relaxado na fotografia, usava um boné preto, uma máscara, que cobria o nariz e a boca, e um tapa-olho do lado direito, ambos brancos. Não dava para ver seu rosto, exceto pelos lábios e queixo. No entanto, notava-se que era um homem de grande estatura, de presença, com braços fortes, pois o Janu parecia pequeno ao seu lado. Vestia a camisa do uniforme camuflado, com as mangas dobradas até a metade do antebraço, e uma aljava com sua pistola presa em seus ombros. Entre seus dedos segurava um cigarro.

Janu me explicou por que Jamshid usava a máscara e o tapa--olho. Há quase um ano, ele tinha sido ferido em batalha. Perdeu o olho direito e o nariz, e seu rosto ficou desfigurado. Ele se recusava a deixar a luta, no entanto sofria muito quando respirava, pois o clima da região é desértico. Com muito custo, o convenceram a ir para sua casa em Qamishli. No caminho, o motorista pegou uma estrada que ainda não havia sido limpa pelo esquadrão de bombas, que os terro-

QUARTO DAS NOSSAS MEMÓRIAS

ristas plantavam. O carro explodiu ao passar por cima de uma mina, e ele foi martirizado.

Fiquei muito comovida com Jamshid, quis saber mais detalhes sobre seu acidente. No entanto, Janu me disse para perguntar a Dellal, pois ele não se lembrava de muitas coisas. E foi exatamente o que fiz.

Há muito tempo eu vinha falando com a Dellal. Usávamos o tradutor virtual, e às vezes as palavras mudavam completamente o sentido. Então tinha meio que adivinhar o que ela escrevia pelo contexto do assunto. Janu sempre me socorria nessas horas com a tradução, sem saber quem Dellal era. Ele se divertia com isso e ria de nós duas, dizendo: "Ela te ama muito". Eu sabia que Dellal tinha perdido um filho na guerra, mas nunca especulei sobre isso, não queria fazê-la sofrer relembrando sua dor.

Embora imagine que uma mãe jamais supera a perda de um filho. Acho que é impossível esquecer, apenas aprendem a conviver com a dor.

Quando lhe enviei a foto de Janu e Jamshid juntos, ela quis saber como eu conhecia aquele guerreiro. Fiz um breve resumo da nossa história para ela. Lembro-me de suas palavras. — Ah, os jovens curdos e suas paixões.

Certa manhã, antes de começar meu trabalho no salão, enviei saudações a Dellal. Falávamos há tempos por mensagens no WhatsApp. Eu tinha muita curiosidade de conhecê-la. Decidi pedir uma chamada de vídeo, ela prontamente aceitou. Em Rojava deveria ser por volta das quinze horas de uma tarde ensolarada. Dellal e algumas amigas tomavam lanche no jardim da sua casa, dava para ver os canteiros de flores que as rodeavam. Parecia um piquenique, se encontravam sentadas, descalças, em um grande tapete colorido sobre o piso de cimento bruto. No centro havia um bule, copos de vidro escuro, servidos de chá, bandejas com guloseimas da culinária curda e um cinzeiro com xepas de cigarros. Dellal usava uma túnica floral longa, essa peça de vestuário dá conforto e mobilidade quando elas se sentam e se levantam do chão, como é costume da sua cultura. Ela é exatamente do jeito que eu imaginava, com uma presença marcante,

251

risonha e divertida. Me apresentou suas convidadas, elas falavam comigo e entre si em curdo, mas uma não entendia nada do que a outra dizia. Por fim, nossa linguagem foi cheia de gestos, sinais e muitas gargalhadas.

Talvez elas até estivessem rindo de mim, pensei comigo.

Mostrei-lhes meu espaço de beleza e o que eu fazia. Isso elas compreenderam. Todas estavam bem à vontade, sem seus lenços na cabeça. Dellal apontou para seus cabelos, que cresciam grisalhos, precisava retocar a tintura da raiz. Uma de suas amigas também mostrou seus cabelos loiros, entendi que ela também os pintava. Ficamos ali por uns minutos tentando nos comunicar, sem sucesso. De repente, Dellal entregou o celular a uma das mulheres ali presentes, que se levantou e entrou na casa ao lado, a fim de me mostrar a foto de sua jovem filha combatente que fora martirizada, em confronto contra o Estado Islâmico. Na sala havia uma mesa, com retratos de sua menina, flores e outros enfeites cuidadosamente colocados que compunham um lindo altar.

Naquele momento, fiquei sem ação, não sabia o que dizer àquela mãe.

Então fiz sinal de que sentia muito e meu coração estava doendo, ela entendeu minha linguagem e me agradeceu. Voltou para junto da Dellal e das demais mulheres. Nos despedimos e encerramos nossa chamada, e foi assim que conheci minha querida amiga Dellal.

Quando desligamos fiquei pensando: De onde essas mulheres tiram tanta força? Como conseguem ser tão gentis, calorosas e sorrir assim? Depois de ter perdido seus filhos e passarem por tanto sofrimento.

Senti que, depois daquela ligação, Dellal passou a confiar mais em mim, me contou um pouquinho sobre sua família. A história de vida deles mexeu com meu coração. Dellal é uma linda mistura de árabe e curdo, logo se via pelos seus traços marcantes que era uma mulher de personalidade forte e princípios. Vivia em Hilaliya, um bairro de Qamishli. Seu rosto sofrido revelava seus 65 anos, mas seu espírito era jovem. Criou os quatro filhos sozinha, três meninos e uma menina, com pulso firme, dentro dos princípios da moralidade

QUARTO DAS NOSSAS MEMÓRIAS

em uma sociedade extremamente machista. Dellal era uma mulher vibrante, que contagia todos à sua volta com sua boa energia. Nem parecia que enfrentou tantas provações.

No ano de 1995, três dias após Dellal ter dado à luz sua caçulinha, seu marido partiu para se juntar à guerrilha, nas montanhas de Qandil, deixando-a sozinha e com toda a responsabilidade de cuidar da família. A intenção de seu esposo era lutar pela liberdade do seu povo e dar um futuro melhor a seus filhos, porém nunca mais retornou. Tempos depois da sua partida, foi detido pelo então presidente do Curdistão iraquiano, Massoud Barzani, que o entregou ao governo da Síria. As prisões do regime sírio submetem os prisioneiros curdos a terríveis torturas. Ele não resistiu, adoeceu e faleceu em 2005 no cárcere.

Ao ler o que Dellal escrevia sobre a traição de Massoud Barzani ao seu próprio povo, não deixei de pensar que, se os curdos de todas as regiões se unirem e lutarem pelo mesmo ideal, serão invencíveis. Infelizmente quem tem poder político e pode fazer a diferença, como os Barzanis, são inescrupulosos e só querem defender seus próprios interesses. E para isso eles fazem alianças com seus inimigos, sem se importar com quem vão sacrificar. Dellal e sua família foram vítimas dessa traição descarada.

Os relatos que ouvi de Dellal me envolveram por completo. Ela não foi a primeira nem será a última mãe a se sacrificar por seus filhos, mas compartilhou sua história de vida comigo, despertando em mim grande empatia. Dellal viveu em extrema pobreza enquanto suas crianças eram pequenas. Sem seu próprio leite para amamentar sua bebezinha e sem dinheiro, seus meninos mais velhos, Ali de 11 anos e Muhammed de 10 anos, foram forçados a ajudar. Mas, por causa da pouca idade, ninguém queria lhes dar emprego. Então eles procuravam materiais plásticos, cobre e coisas que as pessoas jogavam no lixo, para conseguir uns trocados. Depois foram trabalhar em uma fábrica de fundição de peças. *Esse método é baseado na peneiração de areia, que é uma tarefa dura, pesada.* Tempos mais tarde conseguiram serviço em uma oficina de costura, de onde levavam peças de roupas e sua mãe fazia os arremates das linhas, colocando botões, e assim conseguia algum dinheiro.

Foram tempos extremamente difíceis para Dellal e suas crianças, em muitas noites a fome e o frio não os deixavam dormir. Como posso não me sensibilizar e admirar essa mulher, depois de saber de tudo isso?

Dellal trabalhou em lavouras por pequenos salários, que mal davam para sobreviver. Apesar das dificuldades, manteve sua família unida. Os meninos não concluíram os estudos, mas isso nunca os impediu de terem uma boa formação. Se tornaram homens íntegros, pais protetores e amorosos. Quanto à sua filha, que era recém-nascida quando seu marido partiu, recebeu o nome de Ronahi, que significa "novo dia" na língua curda. Cresceu saudável e fez-se uma linda mulher, contraiu um belo matrimônio e deu a Dellal lindos netos.

Os filhos de Dellal servem de exemplo de que as adversidades da vida não são motivos para formar pessoas revoltadas ou delinquentes, pois ela me disse que seus meninos nunca tocaram em nada que pertencesse a outra pessoa, nem que estivessem passando fome. Dellal falava com muito orgulho que educou suas crianças com valores e consciência moral.

Dellal era testemunha ocular de tudo o que se passou em Rojava, antes e depois da revolução. Desde o início ela é membro ativo dos movimentos políticos, participando das manifestações com suas companheiras, usando camisetas estampadas com a foto do líder Abdullah Ocalan, carregando suas bandeiras e seus slogans de liberdade. Certo dia ela me disse: — Fazer política é muito mais difícil do que fazer guerra. Realizei atividades sociais em todas as áreas, exceto empunhar armas. Seus filhos se tornaram combatentes. Dellal se sentia abençoada por ter sido privada de apenas um de seus meninos na guerra. Há famílias que perderam muitos dos seus membros. Em cada lar de Rojava, seja ele curdo, árabe, armênio, assírio, todos tinham um mártir. E sem dúvida a casa de Dellal tinha o seu. O Mártir da casa de Dellal.

Certo dia, Dellal postou a foto de um jovem cheia de corações e beijos, no status do WhatsApp. Parecia ser uma homenagem a ele. Lhe enviei saudações e, sem querer ser indelicada, perguntei sobre sua publicação. Ela imediatamente me respondeu, disse se tratar do seu filho Muhammad e que aquele dia era o aniversário de sete anos

QUARTO DAS NOSSAS MEMÓRIAS

do seu martírio. O retrato em questão foi o último que ele tirou antes de ser ferido e seu belo rosto ficar desfigurado.

Sabe aquele momento em que você fica sem palavras? O que dizer para uma mãe nessas horas?

Nunca tinha visto outra foto de Jamshid até aquele momento, apenas a que Janu me enviou dos dois juntos tomando mate, mas mal dava para ver seu rosto por causa da máscara e do tapa-olho que usava. Ele se encontrava num vale forrado por uma vegetação muito verde, tipo de savana, exceto por um campo limpo e preparado para o plantio. Havia uma estrada de chão que seguia rumo às montanhas que ficavam ao fundo. Era um lugar lindo e parecia calmo, transmitia uma sensação de paz e tranquilidade. Jamshid usava o colete tático aberto, sobre o uniforme camuflado, as mangas da blusa puxadas até os cotovelos, deixando à mostra seus braços fortes com pelos castanhos e o relógio digital preto que usava no pulso direito. Segurava seu fuzil em posição de descanso, do que deduzi estar em um momento de folga. Seu lenço marrom de franjas envolto ao seu pescoço e o boné escuro em sua cabeça que protegia seu rosto do sol completam seu visual.

Não, não era coisa de "mãe coruja". Jamshid realmente fazia jus à sua beleza. Imponente, charmoso e fotogênico. Sua pouca barba e bigode castanhos, ele os mantinha curtos, o que permitia mostrar os contornos do seu rosto, lábios e nariz bem feitos, a covinha no queixo. Pele branca, olhos grandes esverdeados. Na verdade ele se parecia com sua mãe. Observei que Jamshid tinha o mesmo olhar triste e preocupado de todos os guerreiros que conheci. Me senti compadecida por ele e por Dellal.

— Lamento muito, minha querida amiga. Receba os meus since-ros sentimentos — escrevi a ela. Dellal me agradeceu e prosseguimos conversando.

— Seu filho era um rapaz lindo — comentei.

— Sim, ele era, mas sua maior beleza estava em seu coração — teclou Dellal.

Naquele dia ela me contou um pouquinho sobre seu amado filho. Me senti honrada pela confiança, pois sabia o quanto aquele assunto a fazia sofrer. No entanto, me falava com muito orgulho do seu menino.

— Muhammad era meu filho do meio, lutou muito e foi martirizado com 30 anos. Ele adotou o nome de guerra de Jamshid e desde então é assim que o chamamos. Quando ele era jovem, se distinguia entre seus amigos. Tinha um belo espírito, força física e amava sua família. Principalmente seu irmão Ali, eram mais que irmãos, eram grandes amigos. Praticavam esportes juntos, nunca se separaram. Cada um comprava no mercado os alimentos que gostava, ao chegar em casa colocavam tudo na mesma tigela e comiam. Ele era muito amado dentro da nossa família e por seus amigos — me explicou ela.

Não tive coragem de interromper sua narrativa. Me pareceu que estava lhe fazendo bem relembrar.

Ela prosseguiu:

— Éramos pobres, nossa situação financeira era muito difícil, não tínhamos nada, apenas a casa feita de barro. No inverno os vizinhos ajudavam uns aos outros, a consertar os buracos dos telhados e das paredes das casas, para não chover dentro e ficar mais aquecida. Jamshid sempre ajudava. Todos na aldeia conheciam sua moral e generosidade. — Como assim: o telhado da sua casa era de barro? — perguntei curiosa.

— Sim, minha casa é feita de barro. As casas antigas aqui eram todas feitas de barro, paredes e tetos. O telhado era coberto com uma grande quantidade de palha. Depois misturamos argila, sal e palha de trigo, fazemos uma massa consistente e espalhamos sobre a palha que está no teto, de forma que fique bem liso e bem vedado. Colocamos nas paredes e polimos bem, depois pintamos com as cores que gostamos e fica um trabalho de profissional. Essa era a maneira que nossos ancestrais faziam, para nos proteger do calor do verão e do frio do inverno. Hoje em dia meu filho Ali e sua família moram na nossa antiga casa e ainda fazem a manutenção do jeito tradicional — me explicou ela.

QUARTO DAS NOSSAS MEMÓRIAS

Longe de mim romantizar a difícil condição que Dellal e sua família passaram. Mas não consegui deixar de imaginar a cena deles misturando a argila. Jamshid e Ali brincando, passando as mãos sujas no rosto e cabelo um do outro, ou até mesmo fazendo lutinha de barro. Como as guerras de travesseiros que a Ana e o Pedro costumavam fazer. Voltei minha atenção a Dellal, que continuava me escrevendo, e eu tinha que traduzir e responder em um tempo hábil para ela não pensar que eu a estava ignorando.

— Mas foi em março de 2004 que Jamshid testemunhou um grande tormento e sua vida mudou completamente — escreveu Dellal.

— O que aconteceu, minha amiga? — perguntei assustada.

— Em 12 de março de 2004, durante uma partida de futebol no estádio municipal, entre o time dos curdos de Qamishli e o time árabe de Deir Ezzor, a torcida árabe tinha armas com silenciadores e começou a atirar nos torcedores curdos e houve um grande massacre. Trinta e duas pessoas morreram, entre elas duas crianças e o Youssef, amigo de Jamshid. Quando ele soube que seu amigo tinha sido martirizado, abandonou seus peixes e foi ao estádio. Lá começou a ajudar no resgate das vítimas transportando os feridos. Quando ele voltou uma segunda vez para resgatá-los, a polícia síria o prendeu e ele ficou um ano e dois meses detido. Durante sua prisão os curdos foram maltratados e Jamshid não suportou esses insultos e partiu para a briga junto com seus companheiros dentro dos dormitórios. Sua resistência na prisão o tornou destemido, então ele decidiu se juntar à revolução em 2011 e assumir as lideranças com todo o empenho. Ele tinha um espírito elevado, era forte e intrépido — contou-me Dellal.

Bem como eu imaginei, esse guerreiro foi forjado no fogo.

— No mês de julho de 2014, na campanha de Al-Hasakah, muitos lutadores caíram contra o Estado Islâmico. Meus meninos estavam lutando, então sempre verificava os feridos — me escreveu Dellal, então notei que por um momento ela parou de digitar como se estivesse pensando sobre as palavras, e só depois continuou. — Certo dia fui ver como estavam as coisas no hospital, eu soube que toda a unidade de Jamshid tinha sido martirizada, por causa de uma bomba, meu filho tinha perdido o olho direito, o nariz, partes do rosto, se machucado na mão e na perna também. Seu corpo estava cheio de estilhaços, demorou dois meses para se recuperar. Achamos que ele não sobreviveria.

Enquanto Dellal me relatava a triste história de seu filho, eu não conseguia parar de pensar em como deveria estar seu coração naquele momento.

Percebi a satisfação que Dellal sentia ao escrever sobre Jamshid.

— Ele era muito forte! Mal se recuperou, saiu de casa e foi se juntar a seus camaradas, que é claro que o impediram de travar batalhas, deram-lhe liderança dentro do batalhão, para que ele não participasse dos combates — Dellal me falou com orgulho do seu menino. — Na ocasião, os líderes pediram que os soldados que tinham sido feridos fossem para Qandil, a fim de realizarem uma conferência, e entre eles estava meu filho Jamshid. Ele foi para as montanhas e sua moral estava alta quando encontrou seus camaradas lá.

Ela me enviou algumas fotos que Jamshid tirou durante a conferência com líderes nas montanhas, combatentes masculinos e femininos. Aquele foi um evento muito importante para Jamshid. Ele tirou outros retratos com crianças de familiares e amigos, sempre usando uma máscara branca e seu lenço marrom de franjas. Tirando as sequelas do seu rosto, seu estado físico e sua aparência eram bons.

— Minha querida, por que o exército o chamou de volta à batalha nas condições em que ele se encontrava? — perguntei confusa.

— Oh! Não o chamaram. Jamshid voltou ao trabalho, mas estava impaciente, não suportava ficar sentado cuidando de trabalhos burocráticos. Amava muito seus companheiros e adorava lutar ao lado deles. Então, cerca de dez meses depois de ter sido ferido, ele se juntou aos seus camaradas sem o conhecimento de ninguém, nem a mim ele contou. Foi na campanha de Tal Abyad, onde ele e Janu tiraram a última foto juntos. Janu sabe bem disso, lá meu filho lutou um pouco ao lado dos companheiros de campanha, mas eles o mandaram voltar para Qamishli — explicou Dellal.

Eu me lembrava bem dessa parte da história, Janu já tinha me contado, mas não a interrompi. Senti que ela queria ir até o fim em sua narrativa sobre seu menino.

— Ele voltou depois de uma briga com seus superiores e disse revoltado: "Vocês acham que não posso mais lutar como antes?". No seu retorno, na cidade de Suluk, o carro dele passou sobre uma mina e explodiu. Ele sobreviveu por dois dias no Hospital Militar Mártir Khabat e foi martirizado — disse-me ela.

— Ele foi muito corajoso em querer continuar lutando, outra pessoa teria ficado em casa lamentando seu infortúnio — comentei.

— Ele teve determinação para continuar no caminho. Mas sofreu muito, principalmente porque amava crianças pequenas, mas elas tinham medo do seu rosto desfigurado e não se aproximavam mais dele. Meu filho teve uma vida de lutas desde menino, mas era dele que tirávamos forças. Jamshid, viveu e foi martirizado com honra — concluiu Dellal.

Nesse momento eu não suportei mais ler o que ela escrevia. Deixei o celular na sala e fui até o quarto do Pedro, que dormia profundamente. O segurei em meus braços, cheirei o seu cabelo e o beijei. Na verdade eram Jamshid e Dellal a quem eu estava abraçando. Voltei para a sala, respirei fundo e prosseguimos conversando.

— Ele era casado, deixou filhos? — perguntei a fim de tirar a imagem do rosto de Jamshid da minha mente.

— Não, ele tinha uma noiva, ela lutou muito para se casar com ele, mas ele não pôde fazer isso, pois estava casado com a luta — respondeu Dellal.

Sem querer ser muito enxerida, especulei um pouquinho sobre a noiva de Jamshid. Eu amo uma boa história de amor, sou uma romântica incorrigível e aquele me pareceu um bom momento para falar de coisas lindas e leves. Precisava saber por quem o coração daquele guerreiro batia. Bem, tratava-se de Safaa, uma jovem de origem árabe, seu nome significa "pureza da alma". Eles começaram a namorar antes da guerra. Como todo casal apaixonado, Safaa e Jamshid faziam planos para o futuro, eles sonhavam com uma casa simples e uma família pequena e amorosa. O mais importante para eles era serem felizes.

Mas a guerra chegou como uma nuvem negra, destruiu os sonhos deles e os separou para sempre.

Quando a revolução eclodiu em Rojava, Jamshid ingressou nas forças das Unidades de Proteção Popular, se tornou um combatente, dedicando todo o seu tempo e energia à luta. Ele sacrificou seu grande amor pela sua pátria. Sabia que poderia cair em batalha a qualquer momento e a ideia de tornar Safaa viúva era inconcebível. Apesar de amá-la muito e contrariando seu coração com todas as suas forças, tentou afastá-la para longe dele. Pediu a ela que o esquecesse, que seguisse com sua vida, que fosse feliz!

Como Jamshid pôde pensar que Safaa conseguiria ser feliz sem ele? Se ele era sua felicidade?

Safaa ignorou os apelos de Jamshid para se afastar e esquecê-lo. Nunca desistiu do seu amor, esperou pacientemente por sete longos anos por ele, até seu martírio em 17 de junho de 2015. Ela o amava tanto, que mesmo depois dele sofrer os ferimentos e seu rosto ficar desfigurado, ainda insistia para se casarem. Jamshid costumava dizer a ela: — Não deixarei as fileiras da luta contra o Estado Islâmico, até que libertemos toda a nossa terra. Quando recebermos a liberdade e nosso país se curar de suas feridas, teremos o casamento mais lindo de todos. E, se eu cair como mártir, esse será o maior e mais lindo casamento, para mim.

Coitadinhos, jamais consumaram seu amor. Me senti profundamente triste por eles.

Depois que Jamshid foi martirizado, os pais de Safaa a força-ram a se casar com um árabe mulçumano radical, de outra cidade. Dellal nada pôde fazer para impedi-los, pois não tinha o direito de interferir nos assuntos familiares de Safaa. Ela se tornou uma esposa cativa, vivendo sob as tradições da cultura patriarcal. Foi proibida de se comunicar com Dellal e, por medo do seu marido, Safaa cortou contato com ela até nas redes sociais.

Meu Deus! Que destino triste o de Safaa. Chegou tão perto da felicidade. De repente o sonho de se casar com um guerreiro da liberdade virou um terrível pesadelo, que a levou de volta à escravidão da mulher. Da qual Dellal e todas as bravas revolucionárias lutaram e se sacrificaram para se libertarem. Isso é realmente uma grande ironia.

Lamentei muito Jamshid não ter se permitido ser feliz com sua amada. Certamente, Safaa teria preferido viver ainda que fosse um curto período de regozijo com seu grande amor. A estar condenada a coabitar com alguém que nunca a amará. As lembranças daqueles momentos seriam imortalizadas em seus corações e teriam sido válidas por toda a sua vida. Porque a verdadeira felicidade não é medida pelo tempo que passamos junto da pessoa amada, mas quão intenso, quão verdadeiro foi e o quanto significou.

Bem, a história do Jamshid foi forte demais, precisei de um tempo para me recuperar. Decidi fazer um passeio no calçadão da beira-mar, antes de começar a falar com a mãe da minha próxima heroína, Ivana Hoffmann. Quando voltei da minha caminhada, sabia exatamente o que tinha que fazer.

Conheci Michaela Hoffman por intermédio de Janu, eles eram amigos de Facebook. Janu sabia que eu costumava publicar sobre os lutadores no meu blog e achou que seria interessante se eu conversasse com a Michaela, pois sua filha foi a primeira mulher ocidental a lutar ao lado dos curdos e a primeira também a cair mártir combatendo o Estado Islâmico. Em 7 de março de 2015, em Tal Tamr, durante a ofensiva de Al-Hasakah. Então fiz contato com ela pelo WhatsApp que Janu me forneceu, Michaela me atendeu com gentileza e concordou em falar comigo sobre sua filha.

Quando fiz contato pela primeira vez, ela estava ocupada com os preparativos do oitavo festival em homenagem ao aniversário do martírio de sua filha Ivana. Essa celebração conta com discursos, atrações musicais, quiosques da cozinha internacional e muito mais. Acontece todos os anos em Duisburg, sua cidade natal. O evento foi organizado pelos amigos da família e o grupo curdo Young Struggle, "Luta Jovem", presente na Alemanha.

Imagino que seja um período difícil para Michaela e sua família. Não deve ser fácil relembrar tudo o que aconteceu com sua menina.

Michaela tem seus 40 e poucos anos, possui as belas características da típica mulher europeia, cútis branca levemente salpicada de sardas, grandes olhos verdes e cabelo claro. Quanto a Ivana, era uma linda garota de 19 primaveras, de pele morena, lábios carnudos e olhos tão escuros quanto suas madeixas crespas. Puxou a aparência do seu pai, que é de origem africana.

Passado o festival, Michaela me contou um pouco sobre sua pequena guerreira. Na infância Ivana sonhava em consertar o mundo e ser uma estrela do futebol. Dona de uma personalidade forte, brava e amável ao mesmo tempo, era convincente em seus discursos, todos a ouviam com atenção. Cativava as pessoas com facilidade, por isso vivia cercada de amigos.

No final de 2015, em solidariedade aos curdos, Ivana partiu para a Síria em segredo, deixando sua família e sua vida segura na Alemanha. Sua mãe, Michaela, não se lembrava muito bem de como ficou sabendo que sua menina estava na Síria, ela disse que achava que Ivana estava simplesmente dando um tempo na casa de seus colegas, tampouco sabia que fosse membro do partido comunista marxista da Turquia, nunca imaginou que Ivana tivesse deixado o país. Recordava apenas que foi por meio de um vídeo gravado e lançado na internet, depois do seu martírio, que ela ficou sabendo de toda a verdade.

Enquanto ouvia seus relatos fiquei pensando, como ela pôde fazer isso com sua mãe? Se Michaela soubesse, teria conseguido impedi-la? Acho difícil. Esses jovens com coração revolucionário ninguém segura.

Ela me confessou que sentiu muita raiva de Ivana. Se recusou a acreditar que ela foi para a Síria e que foi martirizada. A ideia de nunca mais ver sua menina com vida era inaceitável. Mas, quando

QUARTO DAS NOSSAS MEMÓRIAS

veio a confirmação, que sua garotinha tinha falecido, seu mundo desabou. Michaela me mostrou a última foto que tiraram juntas, na noite anterior à sua partida. Elas estavam na cama da Michaela, e Ivana tirou uma selfie abraçada à sua mãe, Michaela repousava a cabeça em seu peito.

— No dia que tiramos essa foto juntas, ela me disse: "Mãe, posso dormir na sua cama hoje? Porque eu te amo muito". Eu disse a ela: "Ivana, você tem a sua, por favor". E ela insistiu: "Por favor, mamãe!". Eu deixei e acariciei um pouco seus cabelos.

Ah, se a Michaela soubesse que aquela seria a última noite que estaria com sua menina...

Eu sempre tenho uma palavra de conforto, mas confesso que quando li essa parte da despedida fiquei muda.

As forças militares curdas fizeram tudo o que estava ao seu alcance para entregar o corpo de Ivana à sua família. Uma cerimônia fúnebre foi preparada em Rojava à moda dos curdos, uma grande multidão compareceu para prestar homenagens a Ivana. Michaela não pôde ir até a Síria buscar o corpo da sua menina, o encontro aconteceu na fronteira com a Turquia. Ivana ficou pouco tempo em Rojava, mas na aldeia em que ela passou seus últimos meses de vida todos a amavam e a conheciam pelo seu nome de guerra, **Avaşin Tekoşin Güneş**.

Em Duisburg, Alemanha, Ivana Hoffmann foi recebida como uma heroína que teve a coragem de abdicar da própria vida para defender um povo oprimido. Milhares de pessoas a acompanharam até sua última morada. Michaela jamais vai superar a falta da sua menina, mas agora entende a bravura e a nobreza do coração da sua filha. No vídeo publicado pelas forças militares curdas, após a morte de Ivana, podia se ver ela dizendo o que a motivou a entrar para a luta. "Decidi vir para Rojava, porque aqui lutam pela humanidade, pelos direitos e pelo internacionalismo. Rojava é o começo. Rojava é a esperança."

Falar da bravura de jovens revolucionários como Ivana é fácil e inspirador. Você também deseja ter seus 20 e poucos anos e se juntar a uma boa luta, fazer algo para mudar o mundo. Difícil é conversar com suas genitoras, como foi com a senhora Michele, mãe do meu próximo herói, Reece Harding.

Assim como Ivana Hoffmann, Reece Harding partiu para a Síria em segredo, e sua família só soube do seu paradeiro ao receber a notícia do seu falecimento. Reece era um jovem australiano de 24 anos que se juntou às forças curdas em Rojava, para lutar contra o Estado Islâmico, que na ocasião estava massacrando a população curda. Pelo que entendi dessa guerra, o ano de 2015 foi o mais mortal, tanto para locais quanto para estrangeiros. Reece levava uma vida pacata, trabalhava como gerente de compras em um hotel em Gold Coast e ainda morava na casa dos pais quando partiu. Entretanto teve uma atitude altruísta, que exigiu muita coragem, e realizou um feito extraordinário.

Conheci Michele Harding como todas as outras mães, no Facebook. Certo dia entrei em contato com ela e expliquei que simpatizo com a causa curda e pedi sua permissão para fazer uma homenagem a Reece no meu blog. Ela imediatamente concordou em falar comigo sobre seu doce filho, mas quando começamos o assunto Michele simplesmente parou de me responder e ficou em silêncio por vários dias. Não entendi o que aconteceu, mas respeitei sua mudez.

Passados alguns dias ela me escreveu:

— Lamento muito ter decepcionado você depois de dizer que te escreveria algo. Foi demais para mim reviver essas memórias, senti muita tristeza... Eu simplesmente não conseguia voltar lá. — E depois disso nada mais disse.

Me senti uma dessas blogueiras sensacionalistas que exploram a dor alheia para se promover. Então decidi deixá-la em paz. Tinha informação suficiente para escrever sobre ele, pois sua morte virou notícia internacional.

Certa manhã, com o coração mais calmo, Michele voltou a falar comigo, me contou um pouco a respeito da personalidade e humanidade do seu querido filho e da sua própria experiência na visita que fez a Rojava. De todas as conversas que tive com as mães dos mártires, a mais difícil foi com a senhora Michele Harding. Chorei muitas vezes

QUARTO DAS NOSSAS MEMÓRIAS

e tive que sair do bate-papo para respirar e me recompor, enquanto ela narrava sua história.

Michele Harding é uma dessas matriarcas impressionantes, que fazem da maternidade e da família seu universo. É aquela mãe que se lembra do momento exato do primeiro sorriso, das primeiras palavras, dos primeiros passos do seu bebê, que guarda todas as fotografias em álbuns bem cuidados, como preciosos tesouros. Michele tem 60 anos, é esposa de Keith, mãe de Reece Paul Harding e de Jordan, de 26 anos, formado em medicina. Vive com sua família em Gold Coast, Austrália.

Gold Coast, em português: "costa do ouro", é uma belíssima cidade litorânea localizada no sudeste de Queensland, na costa australiana, de clima subtropical, com temperaturas amenas. Recebe milhares de turistas todos os anos, inclusive muitos brasileiros. Aí eu me pergunto: o que leva um jovem bem nascido como o Reece Harding a deixar sua vida confortável e segura para ir a um país mergulhado numa guerra sangrenta? Bem, essa e muitas outras perguntas foram respondidas pela sua mãe, Michele.

A foto que eu vi de Reece era simplesmente apaixonante e tinha uma descrição dizendo "the lions of Rojava".

— Seu filho era muito charmoso — comentei.

Então ela me contou a história daquele retrato.

— Conheci a jovem que tirou essa foto, ela mandou emoldurar a original e deu a mim como um presente especial. Não me lembro do nome dela, mas era uma combatente da Unidade de Proteção da Mulher. Reece era tímido e não queria que seu retrato fosse tirado, ele olhou para baixo e quando olhou para cima novamente ela tirou essa foto. É a minha favorita, todos podem ver sua gentileza nessa foto — me contou Michele.

O retrato de Reece em questão mostrava seu rosto e parte dos ombros, dava para ver a camisa camuflada que usava. O fundo estava desfocado, ele parecia uma estrela solitária no meio da escuridão, iluminando tudo ao seu redor. O que mais me chamou a atenção foi seu olhar compassivo, gentil, mas penetrante! Que parecia ver dentro da nossa alma. Os lábios aparentavam estar desidratados, a barba castanha dourada estava por fazer, sua pele branca com manchas de queimaduras de sol. O cabelo loiro desarrumado, jogado para o lado direito, e uma pequena mecha caída sobre seu olho azul como o oceano. Michele a colocou num lugar especial na parede da sua sala de jantar, assim ele estaria sempre presente entre eles, em todas as refeições.

Escrevi para ela:

— Minha querida, conte-me o que sentir no seu coração e fique à vontade para interromper quando desejar.

Michele começou a digitar rapidamente em inglês:

— Meu querido Reece era um jovem com uma bela alma que se ofereceu como voluntário a fim de ser sacrificado para defender pessoas inocentes do flagelo mais bárbaro e maligno do Estado Islâmico. Ele não tinha experiência militar, mas sentiu necessidade de ajudar civis indefesos do outro lado do mundo. Não por qualquer ideologia política ou religiosa, ele sentiu vergonha pelo resto do mundo, que nada estava fazendo para acabar com essa selvageria horrenda e brutal. Reece também entendeu que esse grupo terrorista se expandiria por todos os continentes, trazendo sua barbárie, morte e destruição a um número incontável de pessoas inocentes. — Prosseguiu Michele: — Reece não gostava de política nem de revolução. Ele era apenas um jovem comum e decente que viu os horrores do que estava acontecendo ao povo curdo, pela internet. Ele não podia simplesmente ficar parado e não fazer nada para ajudar a combater o mal que o Estado Islâmico estava perpetrando contra crianças, mulheres e homens inocentes. Ele não disse nada sobre seus planos de se voluntariar para qualquer um de seus familiares ou amigos. Ele apenas saiu silenciosamente, sem qualquer problema; pensamos que ele estava indo embora apenas em mais umas férias.

— Agora sei que sua beleza interior era muito maior que sua beleza exterior — comentei.

— Ele nunca percebeu o quão bonito era. Tinha um jeito tranquilo, e seus motivos eram genuínos, por isso se ofereceu como voluntário para a unidade de sabotagem, os curdos não concordaram, mas ele insistiu, e ficaram impressionados com sua inteligência. Sua unidade muitas vezes ia além da linha de frente, entrando em território inimigo para ajudar seus soldados a avançar com mais segurança. As minas eram tantas, que pontilhavam a paisagem. Projetadas para causar o máximo de baixas no campo de batalha, eles desativavam tanto quanto podiam. Sua equipe era responsável por entrar em aldeias que o Estado Islâmico havia capturado, e de onde foram expulsos, pelas forças curdas. Sua missão era tornar seguro o retorno das famílias às suas casas. Os terroristas gostavam de espalhar o medo a fim de desencorajar as pessoas a regressar às suas residências. Eles colocavam armadilhas em portas, potes, panelas, caixas de brinquedos infantis, roupas de cama, geladeira, basicamente em todo lugar que um civil desavisado iria — explicou Michele.

Não sei de onde Michele tirou forças para falar sobre seu amado filho. Fiquei em silêncio e a deixei escrever, apenas sinalizando que estava entendendo.

— A unidade de sabotagem do grupo sofreu um elevado número de mortes e vítimas como consequência do seu trabalho perigoso. Reece foi um dos cinco homens perdidos no espaço de quatorze dias, ele faleceu apenas sete semanas depois de ter ingressado às Unidades de Proteção Popular. Nossas vidas ficaram absolutamente devastadas depois que recebemos o telefonema de um dos homens da Unidade de Proteção Popular, que nos avisou que ele tinha morrido. Não há outra dor pior, física, real, que você terá que suportar na vida, ou que se aproxime do que você sente ao perder e ter que testemunhar o enterro do seu próprio filho — desabafou Michele.

Eu estava ali emocionada com seus relatos, mas aguentando firme, até ler a última frase que Michele escreveu. Aí foi impossível segurar as lágrimas, deixei ela escrevendo e fui rapidamente lavar o rosto.

— Me desculpe perguntar, senhora Harding, a senhora conseguiu trazer o corpo do seu menino para casa? E quanto à Unidade de Proteção Popular, deu alguma assistência à sua família?

— Sim, mas demorou cinco semanas. Esse atraso foi uma bênção para mim, na época. Eu estava tão angustiada e tendo dificuldade em aceitar que meu filho realmente havia partido. Vê-lo voltar para casa em um caixão tornaria tudo muito real para mim, e eu não queria enfrentar isso, ou a horrível tarefa de fazer os preparativos para o funeral do meu próprio filho. Nesse ínterim, recebemos o relatório da autópsia detalhando seus ferimentos. Eu não queria ver as fotos, mas precisei fazê-lo. Primeiro pela possibilidade de que fosse um erro horrível e fosse outra pessoa, e não Reece. E depois tive uma necessidade enorme de saber cada pequeno detalhe das últimas semanas de vida do meu filho. Não haverá novas memórias dele, tudo parou abruptamente no dia em que ele morreu. Sim, o povo curdo, tanto aqui na Austrália como em Rojava e na Turquia, tomou todas as providências para garantir que Reece voltasse para casa, para nós — respondeu Michele.

— Não tenho palavras para expressar meus sentimentos, minha querida — comentei.

Enquanto Michele estava ali, abrindo o coração e compartilhando os piores momentos da sua vida, eu só conseguia pedir em minha oração silenciosa que meu Senhor Jesus Cristo a confortasse e desse paz à sua alma.

Michele me explicou como foi difícil trazer seu menino para casa. Demos permissão às autoridades australianas e curdas para cuidarem do traslado do corpo de Reece, através da fronteira da Turquia. No entanto, o governo turco não queria permitir sua passagem e alertou que Reece seria o último voluntário internacional a lutar ao lado dos curdos que passaria pelas suas fronteiras. Tivemos a ajuda do deputado curdo Selahattin, que se empenhou muito para tornar possível seu retorno. Para nossa consternação, Selahattin Demirtas foi preso mais tarde pelas autoridades turcas sob falsas acusações de apoiar um grupo "terrorista". No caso, a Unidade de Proteção Feminina e a Unidade de Proteção Popular. Ele ainda permanece preso na Turquia. Tenho para com esse homem uma dívida enorme que nunca poderei pagar. O povo curdo foi muito gentil com nossa família e ajudou com os custos de transporte e funeral.

A Turquia não se importava com contra quem os voluntários internacionais combatiam. O grande problema é que estavam lutando ao lado dos curdos, seus arqui-inimigos, o que os tornava seus inimigos também.

Escrevia Michele:

— A funerária levou dois dias para deixar meu filho apresentável o suficiente para que pudéssemos vê-lo e identificá-lo. Tivemos que nos despedir dele em particular. O funeral aconteceu no dia seguinte, em 1º de agosto de 2015, e contou com a presença de muitos curdos que vieram de toda a Austrália. Reece foi levado primeiro para Melbourne, pois havíamos concordado em realizar uma cerimônia memorial para ele como agradecimento à comunidade curda. Depois o levamos de volta para Gold Coast e o sepultamos. Amo e sinto falta do meu filho a cada minuto, em todos os dias da minha vida, e o amarei para sempre. Também tenho muito orgulho da pessoa decente e atenciosa que ele sempre foi e por ter tentado fazer a diferença na vida de outras pessoas. Eu realmente acho que de uma forma pequena Reece conseguiu isso.

— Imagino como deve ser difícil para a senhora falar sobre um assunto tão delicado. Sinto muito fazê-la reviver tudo novamente — disse a ela.

— É uma grande satisfação para mim falar do meu filho. E o que você está fazendo, homenageando os lutadores, também é honroso — Michelle me tranquilizou.

Nós estamos aqui para gerar nossas crianças, vê-los nascer, crescer, serem felizes e viverem muito mais tempo depois que partirmos. Nenhuma mãe neste mundo deveria presenciar o funeral do seu filho, isso é contra a ordem natural das coisas.

Dias depois daquela nossa conversa difícil, Michele e eu voltamos a nos falar. Tinha muita curiosidade de saber como era o povo curdo, na vida real no dia a dia. E Michele era a única pessoa ocidental que eu conhecia que esteve lá. Ela foi muito gentil em satisfazer minha curiosidade.

Michele esteve em Rojava quatro meses depois de ter perdido seu filho. Ela concordou em viajar com a equipe de TV australiana "Sessenta Minutos", interessada em produzir um documentário sobre Reece. Diferentemente do outro casal de pais australianos, cujo filho naquele momento servia em uma unidade do esquadrão antibombas, exatamente como Reece fazia, Michele teve que enfrentar tudo sozinha, pois seu esposo passava por sérios problemas de saúde naquele momento e não pôde acompanhá-la, ela foi muito corajosa.

Sem rodeios Michele me escreveu como foi sua experiência em Rojava:

— Em outubro de 2015, tive o privilégio de visitar essa cidade, com uma equipe de filmagem australiana. Precisava ver com meus próprios olhos onde Reece morou nas últimas semanas de sua vida. Queria ver as pessoas que estiveram com ele e ter minhas perguntas finalmente respondidas. Tive a honra de agradecer aos homens da sua unidade, por cuidarem dele. Cada um me contou pequenas histórias pessoais, sobre o tempo em que estiveram juntos. Deu-me grande conforto saber que Reece era considerado e tratado como família entre os curdos e outros voluntários internacionais. Agora sei que meu filho não estava sozinho quando morreu. Eu também me senti em casa e abraçada como família. Deixei um pedaço do meu coração com eles quando parti.

Enquanto Michele me escrevia, não pude deixar de pensar: Será que eu ia querer ir aonde meu filho viveu os últimos meses de vida?

Ela seguia digitando:

— Reece passou apenas sete semanas com os curdos, e eu tive sete anos para refletir sobre por que ele morreu e se ele fez a diferença neste mundo antes de deixá-lo. Embora nossa família tenha sofrido nossa dor em um fórum tão público, que era angustiante, e tão invasivo, Reece aumentou a consciência pública para o sofrimento do povo curdo, por meio do seu sacrifício. Não apenas aqui na Austrália, mas em todo o mundo. Bem como outros voluntários internacionais que também morreram. Tenho muitos amigos na comunidade curda aqui na Austrália, e isso tem sido um privilégio e uma honra para mim. Eles são pessoas adoráveis e compartilhamos muitos valores semelhantes, apesar de virmos de culturas diferentes. O povo curdo que conheci em Rojava era gente comum, com os mesmos sonhos e aspirações de vida de outras pessoas no mundo. Minha tradutora da Unidade de Proteção da Mulher queria ser arquiteta antes da invasão dos terroristas. Elas não eram soldados profissionais, mas não tinham escolha senão se levantar e defender seus lares. Eles são todos heróis. Quando fui a Rojava recebi dos homens da unidade de Reece uma camiseta preta com as palavras "Grupo de Sabotagem" e "Sehid Bagok". Esse era o nome curdo de Reece. — Michele me enviou uma foto da camiseta pendurada no cabide, no roupeiro do seu amado filho, que guarda com tanto carinho.

Michele me disse que trouxe de Rojava os pertences de outro mártir e os entregou à sua família. Estima-se que cerca de vinte voluntários australianos tenham se sacrificado na luta contra o Estado Islâmico em Rojava. Ela se tornou uma ativista pró-curdos por algum tempo depois do falecimento de Reece. Michele perdeu um filho e ganhou a amizade e a gratidão de uma nação inteira.

— Eu costumava ser muito ativa na promoção da causa curda, isso me ajudou a me distrair da dor. Você só pode atrasar a dor por um certo tempo, depois lembrar se torna insuportável, então tive que me afastar — confessou Michele.

— Posso apenas imaginar como se sentiu, minha querida — comentei.

Reece Paul Harding, nome de guerra em curdo "Bagok", nasceu em 31 de agosto de 1991. Tornou-se um şehîdê nemir, "mártir imortal", em 27 de junho de 2015. Reece fez uma declaração no vídeo que gravou para as Unidades de Proteção Popular com sua justificativa de ir ajudar os curdos: — Me ofereci para me juntar à luta do YPG. Acredito que o mundo ocidental não está fazendo o suficiente para ajudar. O povo curdo é um povo adorável, nunca conheci um grupo de pessoas tão legais… Gente, se alguma coisa acontecer comigo, meus pais, amo vocês. Te amo, irmão, eu amo você, Isabel.

Vinte e dois.

DISTÂNCIA, UM MERO DETALHE

Bem, minha situação financeira melhorou. Podia respirar aliviada e dava para gastar um dinheirinho comigo. Retornei às minhas aulas de pintura-terapia, estava com saudade do cheiro da tinta, das meninas, das conversas animadas, dos lanchinhos deliciosos. A primeira obra que pensei em fazer foi a do Baran, irmão do Janu, mas precisava criar o desenho do jeitinho que ele me pediu. O problema é que eu não era retratista e costumava reproduzir as pinturas de outros artistas.

Procurei nas escolas de arte de Florianópolis e região alguém para me ajudar, sem sucesso. Depois de uma busca na internet, encontrei a página da Paula no Instagram, seus trabalhos eram fantásticos! Entrei em contato com ela, que logo me respondeu. Expliquei que queria um desenho especial! Fiz uns rabiscos ao meu modo e mandei com as fotos do Baran e do anjo original que Janu escolheu. Por incrível que pareça, Paula captou minha ideia imediatamente e aceitou o desafio. Acertamos o valor, confiei nela e fiz a transferência.

Paula era maranhense, de 30 e poucos anos, uma artista livre, autodidata, desde criança gostava de desenhar, e de alguns anos para cá vinha estudando mais e aperfeiçoando suas técnicas. O que, além de ser um hobby, tinha sido sua profissão, seu meio de vida. Utilizava técnicas com giz pastel, lápis de cor e grafite e retratava cada obra que criava com muita habilidade.

No dia seguinte recebi uns esboços do desenho, gostei da sua honestidade e eficiência. Não foi fácil, mas aos poucos Paula foi acertando os detalhes aqui e ali, até o desenho ficar do jeitinho que Janu queria. Ela é realmente muito talentosa, conseguiu entregar um excelente trabalho. Depois de pronto levei para a aula de pintura, as coleguinhas queriam saber o significado daquele anjo guerreiro. Contei a elas toda a história de Baran e, aproveitando a deixa, as catequizei sobre os curdos também. Nunca tinha pintado figura humana, foi um grande desafio, mas coloquei meu coração naquela obra. Com a ajuda da professora Lelê, em um mês finalizei, mandei emoldurar e pendurei na parede da sala do meu apartamento. Finalmente eu pude cumprir a promessa que fiz a Janu, que devido às circunstâncias tive que adiar por tanto tempo. O surpreendi com a pintura do seu amado irmão.

A tela a óleo media um metro de altura por oitenta centímetros de largura. Nela Baran estava de joelhos com os braços levantados segurando o planeta Terra sobre si. Cabeça erguida, olhar triunfante, como se nada temesse. Caracterizado com seu uniforme camuflado, com a sigla do seu exército — YPG, "Unidade de Proteção Popular" — no lado esquerdo do peito, seu estiloso lenço colorido na cabeça, a arma em volta do seu corpo, presa na bandoleira. A pintura ficou linda, mas o que realmente importava era o que ela representava. Foi uma grande honra tê-la feito, senti a sensação de dever cumprido. Janu ficou muito grato pelo presente, me disse que não estava errado em confiar em mim, pois sabia da minha capacidade. Nomeei a obra do Baran de "Anjo guerreiro".

Se tem uma coisa que eu sempre procuro fazer é pagar minhas promessas. Agora tenho que cumprir a segunda parte, que é levar a pintura lá em Rojava para ele.

Aproveitando o talento da Paula, decidi ousar e criar um desenho meu e de Janu juntos.

Ah! Meu coração palpitou com essa ideia.

Quando Janu raspou o cabelo, a fim de me dar apoio, ele tirou fotos da sua careca e me enviou. Na maioria das vezes se encontrava deitado em sua cama na velha choupana, a qual chamou de "quarto das nossas memórias". Seria um grande desafio pintar esse desenho, pois

tive a ideia de fazer um retrato de nós dois juntos. Falei com a Paula sobre meu novo projeto de arte, ela entendeu e aceitou a empreitada. Dessa vez Paula demorou um pouquinho para me mostrar os primeiros esboços, o que me deixava em cólicas de curiosidade. Finalmente ela acertou todos os detalhes e ficou perfeito. Paula executou sua parte com maestria, agora era minha vez, quando risquei a figura na tela em branco sabia que ficaria maravilhoso.

À medida que as pinceladas espalhavam a tinta sobre a tela compondo as formas, as silhuetas, as características, o desenho ia ganhando vida, meu coração acelerava e eu sentia a emoção à flor da pele. Logo as coleguinhas perceberam que a moça do desenho era eu, deixei elas na curiosidade sobre meu par romântico, o que foi bem divertido. Se eu contasse que nunca estive de verdade com ele, provavelmente não acreditariam. Então ficou por conta da imaginação delas.

— *É, eu sei que parece loucura! E ninguém vai entender. Mas tenho que admitir que sou criativa e a arte está no meu sangue, dizia a mim mesma enquanto furava a parede para pendurá-la bem em frente à minha cama. Assim eu dormiria e acordaria olhando para o Janu.*

Esperei Janu estar de folga em casa, quando ele me ligou virei a câmera do celular e deixei que visse minha arte. A magnífica pintura a óleo, emoldurada, de oitenta de altura por sessenta de largura, na parede do meu quarto. Seus olhos brilharam e um grande sorriso brotou dos seus lábios. Ele ficou maravilhado e surpreso! Mal se continha de emoção, sua reação foi linda e excitante. Por isso Seu Janu não esperava mesmo! Ele sabia o sentido daquele desenho, o que significava para ambos.

— Querido, você me disse que registrou nosso amor com a tatuagem no seu braço. Então, eu eternizei nossa história nessa pintura — disse a ele.

— Agora vou tatuar esse desenho em meu abdômen, para nunca mais me separar de você — afirmou Janu.

As palavras de Janu me deram um click. Vou retribuir o carinho e tatuar nosso símbolo no meu corpo também. Quero sentir a mesma sensação que ele sente, em marcar minha emoção na pele. Mas isso não é assunto para este momento, disse a mim mesma, e voltei para nossa conversa animada.

A pintura naquela tela imitava uma fotografia, tamanha a perfeição e as riquezas de detalhes a que me ative, queria que parecesse o mais real possível. Paula fez exatamente como lhe pedi, recriou o interior da cabana de Janu. Os defeitos nas paredes, os desenhos indecifráveis nas cores em tons de marrom, alaranjado e tijolo. Da janela sem cortinas entrava pouca luz, pelos vidros embaçados, devido à neve que caía lá fora e ao calor que fazia naquele ambiente.

Nesse cenário, num canto da cabana, estávamos os dois bem à vontade. Sentados no chão num tapete colorido. Eu me apoiava em grandes almofadas, em tons rosas e lilás. Usava meu velho pijama de cetim azul, de mangas longas, e meias brancas de lã. Janu vestia apenas uma calça de agasalho preta. Deitado ao meu lado, com sua cabeça aninhada no meu colo, segurava minhas mãos sobre seu peito, enquanto eu me inclinava sobre ele beijando sua testa. Ambos de cabelos raspados, de olhos fechados, em plena sintonia, criando uma atmosfera romântica. Nossas características faciais ficaram muito parecidas, mas todos me reconheceram pela pintinha que eu tenho na testa, perto do cabelo. E Janu também seria reconhecido pelos familiares e amigos, com certeza.

Naquela noite brindamos nosso primeiro retrato juntos. Janu bebeu vodka e eu bebi uma taça de suco de uva, cada um em sua cama, a milhares de quilômetros um do outro. Um click nos conectava, em segundos estávamos na presença um do outro, e do mesmo jeito nos afastava. Tão perto e tão longe ao mesmo tempo. Ficamos em ligação até Janu dormir.

Depois que desliguei, me servi de mais uma taça de suco e me sentei na varanda. Fiquei lá bebericando e pensando: Até quando isso vai durar? Por quanto tempo mais vamos aguentar desse jeito? Cinco anos se passaram, é muito tempo de espera. Será que estou disposta a levar esse relacionamento adiante? Fui me deitar também e adormeci meditando sobre nossa vida.

Dois mil e vinte e três chegou mais manso, mais suave, as coisas de um modo geral estavam se ajeitando. Sentia que teríamos um ano de boas novas. E de fato tivemos muitas novidades e alegrias. No entanto, para mim a maior conquista foi a conversão de Janu ao cristianismo. Sem dúvida nenhuma, essa foi a maior de todas as vitórias. Me deixou com o coração exultante, o que me remeteu ao início da minha caminhada na fé.

Me lembrei do dia em que aceitei a Jesus Cristo como meu único e suficiente Salvador. Numa pequena igreja do ministério da Assembleia de Deus, na vila Boa Esperança, em Foz do Iguaçu, onde vivia nessa época. Eu tinha acabado de completar 20 anos. Era jovem, rebelde, pavio curto, desbocada. Usava maquiagem pesada no olho, roupas pretas e adorava minissaias e tops que mal cobriam as partes sensuais do meu corpo. Me recordo como se fosse hoje do dia em que o pastor Jorge me entrevistou, antes de eu me batizar nas águas. Ele me perguntou em que eu acreditava, respondi que acreditava em tudo o que podia ver e tocar.

A partir do momento em que aceitei a Jesus Cristo, como meu salvador, compreendi o significado do sacrifício da cruz. Comecei a estudar o livro sagrado e entender sua palavra. Meus olhos espirituais abriram e agora eu via tudo com mais clareza. Uma fé inabalável nasceu em meu coração, pois aprendi que "A fé é o firme fundamento das coisas que se esperam, e a prova das coisas que não se veem". Está escrito no Livro aos Hebreus, capítulo onze, verso um.

Desde então, passei a crer naquilo que meus olhos não viam e meus dedos não podiam tocar. Passei a crer em milagres e até vivenciei alguns em minha própria vida. Passei a crer no impossível, no sobrenatural.

Renasci e me tornei uma nova pessoa, passei de brigona, de garota rebelde a uma mulher pacificadora, centrada, responsável e comprometida com a verdade. Me livrei de toda aquela maquiagem, que escondia meu rosto, foi como tirar uma máscara. Meu vocabulário mudou, pois agora meus lábios louvavam e adoravam ao Senhor. Comecei a me vestir com mais recato e elegância, entendi que meu corpo é sagrado, que é o templo do Espírito Santo e devo cuidá-lo com todo o zelo e respeito.

Meus familiares e amigos logo notaram as mudanças em mim, mas a única pessoa que recebeu bem essa novidade foi minha mãe. Sofri discriminação por me tornar cristã, me julgaram, me rotularam, de "crentinha", "santinha" e essas coisas. Ouvia muito esta frase: "As pessoas depois que fazem tudo o que bem entendem viram crentes e acham que são melhores do que os outros". No entanto, eu não me importava com a opinião de ninguém. Nada me faria desistir da minha fé; quanto mais riam e zombavam de mim, mais eu me aproximava de Jesus.

Minha resposta aos insultos e preconceito que eu sofria eram sempre as mesmas. — Aceitei a Jesus Cristo porque desejava mudanças na minha vida. Se eu quisesse continuar do jeito que era, tinha rejeitado a salvação.

Certo dia, no início da minha caminhada com Cristo, abri a Bíblia aleatoriamente e me deparei com uma passagem que marcou profundamente meu coração. Foi como se o próprio Deus estivesse falando comigo naquele momento, do jeito que Ele fez com o profeta Jeremias. "Clama a mim e eu responderei e mostrarei a você coisas grandiosas insondáveis que você não conhece." Está escrito no Livro de Jeremias, capítulo trinta e três, verso três. Fiquei extremamente curiosa e ansiosa por conhecer essa promessa que Deus fez ao profeta há milhares de anos e que ainda serve para nossos dias, pois sua palavra é imutável. Desde então, tenho feito o exercício da minha fé e, por mais difíceis que as coisas estejam, eu jamais deixei de acreditar ou duvidar Dele, e farei isso até o fim dos meus dias.

Depois de todos esses anos testemunhando do amor e da misericórdia de Jesus Cristo, colhi os frutos da minha semeadura. E não foi com alguém que convive comigo, mas a pessoa mais improvável que conheço, que mora lá do outro lado do mundo. Há cinco anos, quando Janu chegou até mim, ele estava carregado de raiva e traumas, com o coração cheio de desejo de vingança contra seus inimigos. Ele era totalmente desprovido de fé e esperança, rejeitava qualquer religião, pois achava que todas estavam corrompidas. Janu só acreditava no que seus olhos viam e suas mão tocavam e na sua própria capacidade. Na verdade eu me via refletida nele, antes de me tornar cristã.

Bem, eu sempre estive orando por ele desde que o conheci e testemunhando das grandezas do Senhor. Nunca quis impor minha religião a Janu, mas apenas lhe mostrar que existe um Deus misericordioso que ouve nosso lamento e vê nossas angústias e sempre nos ouve quando clamamos a Ele. Acredito que o Espírito Santo estava trabalhando silenciosamente em seu coração todo esse tempo. Um belo dia, durante uma ligação, Janu me fez uma surpresa. Me mostrou sua Bíblia, de capa azul, nossa cor favorita, que havia comprado e vinha estudando em segredo. Ele estava completamente fascinado, apaixonado por Cristo; esse sentimento é o que chamamos de "O primeiro amor". Temos tanta alegria e satisfação em falar do evangelho, que às vezes até incomodamos as pessoas que não compartilham da nossa fé.

Confesso que fiquei muito surpresa, mal podia acreditar no que meus olhos viam. Janu estudando a Bíblia e me dando lição sobre como ser um cristão? Obrigada, Senhor, por esse milagre, dizia eu em meu coração enquanto via Janu me contar com tanta alegria as novidades, parecia um menino.

Janu também passou a assistir debates entre pastores evangélicos e líderes religiosos mulçumanos. Despertou nele o interesse de se tornar um apóstolo de Cristo e um pregador do evangelho. Para isso precisava conhecer tanto as escrituras sagradas do cristianismo quanto o Alcorão, o livro sagrado do Islã. Janu tinha total aversão ao islamismo, devido a todas as atrocidades que seu povo vinha sofrendo há séculos por causa dessa religião, e agora sentiu que era sua missão libertá-los dessa opressão também.

— Vou me tornar um soldado de Cristo, vou trocar a guerra dos homens pela de Deus. Começarei pela minha irmã e meus sobrinhos, depois com a permissão e autoridade do nosso Salvador Jesus Cristo ensinarei sobre seu evangelho a todos quantos eu puder — me declarou Janu.

— Se você realmente quiser isso, sei que será um grande evangelista, meu querido, eu creio nisso — o incentivei.

Bem, se eu nunca chegar a conhecer Janu, se não for nosso destino que fiquemos juntos um dia, ainda assim eu sei que terá valido a pena, pois sinto a sensação plena de ter cumprido com meu dever.

Os dias se passaram e ainda no início do mês de janeiro Janu foi remanejado novamente em seu trabalho; como sempre ele não me deu detalhes sobre sua nova função, disse apenas que ia se mudar de endereço também. Certa manhã ele me enviou pelo WhatsApp fotos de um quarto espaçoso, uma cama de casal, bem arrumada, com travesseiros e roupas de cama novas, tudo em azul, é claro. Ao lado a velha cama de ferro preto que ele trouxe da cabana, entre elas uma pequena mesa redonda, coberta com uma toalha vermelha, sobre ela frascos de perfumes, cremes, outros objetos, e sua Bíblia, que reconheci pela capa. Entendi que era sua nova casa e esperei que ele me contasse as novidades.

Cinco anos haviam se passado desde que nos conhecemos e nossa comunicação seguia o mesmo sistema do início, mensagens de texto e tradução digital. Eu tinha muita vontade de aprender a língua curda, mas aqui no Brasil não tem escolas que ensinem e também não consegui nenhum curso online.

Naquela mesma noite ele me ligou, todo empolgado. A primeira coisa que digitou foi:

— Meu amor, você percebeu a cor da cama? — Na verdade, nem notei que a cabeceira tinha o acabamento em azul.

— Meu amor, notei que você trouxe sua velha cama da cabana. Por que fez isso? — perguntei curiosa.

— Querida, essa cama faz parte das nossas memórias, eu gosto de dormir nela, pois sinto sua presença e seu cheiro — teclou ele.

Bem, era a primeira vez que Janu morava numa residência num bairro civil, com liberdade e privacidade, desde que eu o conheci. Janu me mostrou cada cômodo da sua nova casa, a cozinha com móveis modernos, eletrodomésticos, tudo limpo e organizado. A sala com sofás normais, ou seja, iguais aos nossos aqui do Ocidente. O banheiro revestido de cerâmica, boxe de vidro, balcão, armário com espelho e todos os demais acessórios necessários. O escritório com uma mesa, duas cadeiras e muitas caixas e equipamentos ainda por arrumar. O teto forrado por placas que pareciam gesso num tom verde-água.

Do lado de fora havia uma varanda e um espaço de terra, onde ele planejava fazer uma horta.

Fiquei muito surpresa com sua nova casa, parecia tudo novo e confortável. Me lembrei da velha cabana em que ele morou, quase inabitável. Acompanhar seu crescimento na carreira e seu progresso me deixava muito feliz, fazia meu coração sorrir. É óbvio que ele ia plantar hortaliças e flores. Não seria Seu Janu se não o fizesse. Esse é o meu guerreiro fazendeiro, pensava comigo mesma enquanto ouvia seus planos.

Desde que Janu se mudou, nós nos víamos quase diariamente. Isso foi maravilhoso, pois tivemos tempo de nos curtir como nunca fizemos antes e de conversar sobre todos os assuntos, desde o que comemos no café da manhã, política e até os ensinamentos das escrituras sagradas. Ele me surpreendia com a clareza da sua compreensão dos mandamentos de Jesus.

— Meu amor, estou aprendendo sobre o cristianismo, estou muito atento e entendo seu chamado. Antes meu tempo era para a guerra e a causa do meu povo e agora é para o Senhor Jesus Cristo — me confessou certa noite.

— Meu amor, me ouça com muita atenção e guarde minhas palavras. A partir de agora, sua mente e seu coração irão mudar, suas prioridades irão mudar. Você verá as coisas de outra maneira, porque agora serás guiado pelo Espírito Santo e não pensará mais por si mesmo. E enfrentará uma guerra espiritual, essa é mais difícil do que a que você conhece, porque seu inimigo não é físico e você não pode vê-lo. Terá que ser forte e prudente e perseverante na oração, pois é certo que o adversário de Deus vai lutar para te afastar dele — o alertei.

Meu querido Janu ainda não sabia, mas há uma guerra espiritual, feroz, sendo travada todos os dias entre o bem e o mal dentro de nós. O inimigo tem um único propósito, nos afastar do Criador.

— Eu sei disso, querida, entreguei minha vida nas mãos do nosso Senhor Jesus Cristo. Mas sinto que preciso ainda abdicar de algumas coisas, como beber álcool, fumar, mudar meu comportamento, para orar a Ele — digitou Janu.

QUARTO DAS NOSSAS MEMÓRIAS

— Não, meu querido. Com Jesus as coisas são ao contrário, você vem a Ele do jeito que está. Com toda sua bagagem, seus defeitos e pecados. Não se preocupe com nada, ore assim mesmo, Ele conhece seu coração e sua sinceridade. A mudança em sua vida virá tão suave, que você nem perceberá que aconteceu — lhe expliquei.

Eu pensava da mesma forma que Janu, antes de conhecer o amor de Cristo. Já estive em seu lugar. Nos sentimos tão pecadores, que achamos que somos indignos de falar com Jesus. No entanto, é com pessoas como nós que ELE deseja tratar.

Em fevereiro, antes do início das aulas e a rotina acelerada começar, decidi tirar um final de semana só para mim. Ana ia cursar o segundo ano em direito, sempre tirava excelentes notas, nunca me deu trabalho. Não podia dizer o mesmo do malandrinho do Pedro, que seguia seu ritual de ficar em recuperação desde o sétimo ano e nas provas finais estudava feito um doidinho para ser aprovado.

Eu sempre ditei uma regra aos meus bambinos. "É proibido reprovar." Inculquei isso na cabecinha deles, desde pequenos. Nunca exigi que fossem os melhores alunos da classe, mas esperava o mínimo. Ora! São saudáveis, inteligentes, a única coisa que fazem na vida é estudar. Têm todas as ferramentas de que precisam num click, na ponta dos dedos. Me lembro dos meus tempos de escola, quando tinha que tomar ônibus e ir para a biblioteca pesquisar. Talvez, o fácil acesso às informações que a geração atual tem os deixe tão preguiçosos, que não se sentem desafiados.

Bem, depois de todo esse estresse eu me dei de presente um mimo, um merecido descanso de apenas um final de semana. Aluguei um chalé numa pousada em Caldas da Imperatriz, um pequeno paraíso em meio à natureza. Fica apenas a uma distância de trinta minutos de carro da minha casa. Pretendia sair da cabana somente para ir embora. Então levei meu próprio alimento, pizza congelada, frutas, água de coco, marshmallow e os chocolatinhos, que não podiam faltar, é claro. Cheguei na casa principal às dezesseis horas, me dirigi à recepção, fiz o check-in e deixei o carro no estacionamento. Depois fui ao restaurante, que tinha um buffet de café colonial, com delícias da culinária local. Me servi de uma coisinha de cada, que no final deu um prato cheio, e de uma xícara de cappuccino. Escolhi uma mesa ao ar livre, me sentei e saboreei sem pressa, apreciando a vida ao redor e as árvores que dançavam no ritmo do vento.

Enquanto eu desfrutava daquele lugar maravilhoso, respirando paz e sossego, minha mente viajava até Rojava. Era inevitável pensar o quanto eu desejava que Janu estivesse ali comigo.

Peguei minha pouca bagagem, subi a pé por um estreito caminho de grama, por cerca de cinco minutos, até chegar ao meu destino, que ficava numa pequena colina. Na entrada tinha um terraço com piso de cerâmica cor de barro, uma mesa e dois bancos de cimento. O espaço para fazer fogueira parecia a boca de um poço antigo, feito de pedras lascadas e um suporte de ferro, onde se colocava a lenha. Havia uma rampa de alguns metros, com corrimão de madeira rústica, que dava acesso a uma área com churrasqueira e redes. Um mirante, com espreguiçadeiras, ofurô e um visual maravilhoso da mata nativa intocada. A cabana de alvenaria possuía uma pequena cozinha. Duas poltronas confortáveis em frente à lareira e uma bela banheira de hidromassagem. A cuba da pia era feita de tronco de árvore, o que me remeteu à minha infância na fazenda, lembrei-me das gamelas que usávamos como bacias.

O chalé, o local, a atmosfera, tudo ali era maravilhoso! Porém, eu me senti incompleta, aquele era um lugar para um casal passar um final de semana romântico. Não teve graça desfrutar de tudo aquilo sozinha, nem me animei a acender a fogueira para assar os marshmallows. Um dia vou voltar aqui com Janu e então será perfeito!, pensei comigo mesma.

Na bancada da cozinha, tinha um livreto que contava a história do município de Santo Amaro da Imperatriz e de Caldas da Imperatriz, local onde me encontrava. Decidi ler enquanto esperava minha pizza ficar pronta para o jantar, pois desconhecia as origens daquele lugar. Ocorre que essa região era habitada por indígenas, os legítimos donos dessas terras. Em 1813, quando o Brasil ainda era colônia de Portugal, caçadores descobriram fontes de águas termais. O governo imperial logo enviou policiais a fim de proteger o lugar dos nativos, a quem chamavam de hostis.

No dia 18 de março de 1818, o rei Dom João VI ordenou a construção de um hospital, criou-se então no Brasil a primeira lei de uma estância termal. Décadas mais tarde, em outubro de 1845, durante a visita de Dom Pedro II e sua esposa, Teresa Cristina Maria de Bourbon, a imperatriz mandou que construíssem um edifício com quartos e banheiros a fim de acomodar os enfermos, que vinham em busca de cura para seus males. A região, que se chamava Caldas do Cubatão, recebeu o nome de Caldas da Imperatriz, em sua homenagem. Atualmente a cidade das águas termais se tornou um centro turístico com hotéis, pousadas e resorts.

É irônico os invasores chamarem os legítimos donos das terras de hostis. Essa história me é familiar. Os nativos viviam aqui talvez há milhares de anos, usufruíam da natureza sem modificá-la. O homem branco chegou, tentou mudar seu modo de vida, introduzindo suas crenças, cultura, usurpou suas terras, riquezas, espalhou suas doenças e quase os levou à extinção. Nossa! Quanta semelhança com o povo curdo.

Bem, esse assunto me deu saudade do meu noivo curdinho. Então, quis lhe mostrar o lugar em que me encontrava. Enchi a banheira com água morna, joguei os sais e a espuma de banho que levei. Depois de estar mergulhada naquela babugem branca como a neve e relaxada pela hidromassagem, tirei uma foto e enviei a Janu. Queria provocá-lo e deu certo. No mesmo instante me respondeu. Ele ficou curioso para saber o que se passava, pois fiz segredo sobre meu passeio.

— Me liga, querido, tenho uma surpresa — escrevi.

— O que está fazendo? Onde está? — indagou ele.

— Quero que veja algo especial — respondi.

Janu estava em trânsito naquele momento, mas fez a chamada mesmo assim. Quando a câmera abriu, vi que dirigia, então lhe disse para desligar, pois não era seguro, ele concordou e disse que chegaria em casa em dez minutos.

No caminho Janu fez um vídeo de alguns segundos, mostrando a rua, que estava decorada com grandes borboletas luminosas na cor azul, presas nos postes. Que romântico, pensei comigo.

Em quatro minutos ele estava no quarto e me ligando. Acho que dirigiu como um piloto de corrida. Janu nunca tinha me visto de um jeito tão sensual, insinuante, apesar de eu estar coberta de espuma e só meu rosto e meus cabelos molhados aparecerem. Ele ficou encabulado, em silêncio, apenas me observando. Acho que não esperava essa minha ousadia. Então, o vendo daquele jeito e todo encapuzado, pois para ele era inverno, perguntei:

— Você está bem, querido? Parece desconfortável.

— Sim, estou bem, meu amor. Quando olho para você, quando falo com você e penso em você, da garganta ao estômago, o calor começa e as coisas se movem dentro de mim — declarou Janu.

Essa foi a declaração mais romântica que alguém já disse para mim. Não achei legal continuar mexendo com as emoções dele nem com as minhas. Então virei minha câmera enquanto saía da banheira e vesti meu vestido verde floral, soltinho, de malha.

— Querido, quero te mostrar o lugar onde estou — escrevi para ele, retornando a câmera novamente e mostrando meu modelito. Ele elogiou meu vestido e digitou:

— Você está linda. Da cabeça aos pés, você me encanta.

A coisa que mais me cativava no Janu era sua elegância, seu cavalheirismo. Por mais desejoso que ele pudesse estar, sua maneira de expressar os sentimentos sempre foi refinada, o que me fazia sentir valorizada, amada. Nunca me pediu nudes ou me disse algo que me constrangesse. Seu Janu, um homem à moda antiga.

Naquela noite, depois que mostrei a cabana e todo o lugar, expliquei por que estava ali. Janu entendeu e ficou feliz por mim, pois sabia que eu não descansava há muito tempo. Acho que todo aquele cenário romântico o inspirou. Janu me mostrou uma de suas mãos e pediu que eu prestasse atenção. Então, com o polegar, ele tocava a ponta

QUARTO DAS NOSSAS MEMÓRIAS

do dedinho e dizia "amor", em seguida tocava na primeira dobrinha e dizia "Beth", e repetia mais dois toques e as palavras também: "amor, Beth, amor, Beth, amor…". Seguia com isso, em todos os dedos das mãos. Janu me disse que fazia isso quando estava furioso, descontrolado, com problemas. Pensar em mim e falar meu nome o acalmava.

— Quando você estiver bravo, vou te seduzir coçando suas costas, sei que isso te deixa bem mansinho — provoquei.

— Um olhar de seus olhos, ou um beijo, ou seu abraço e seu cheiro acalmam o vulcão em meu coração — digitou ele.

— Hoje você está muito romântico, meu amor — comentei.

— Não me interrompa, deixe eu continuar, porque meu coração bate forte em meu peito — pediu ele e prosseguiu digitando. — Eu fico cansado, furioso e lido com tantos problemas todos os dias, mas sei que, no final da noite, sua alma estará comigo para me fazer sentir humano e me acalmar. É isso que me faz suportar tudo. Meu único pedido a Deus todos os dias é para me dar a oportunidade de ver você e estar com você, nem que seja por um momento. "Minha casa", você aceita se casar comigo? — escreveu Janu.

Que baita surpresa! Fiquei extasiada e apavorada ao mesmo tempo, com raiva e feliz, nem sei dizer. E é claro que eu chorei. O universo só podia estar de palhaçada. A primeira vez que sou pedida em casamento formalmente e meu pretendente está do outro lado do mundo! Nem podia ter todo aquele ritual que a gente vê nos filmes românticos. Sabe? Ficar de joelho na minha frente, em reverência como se eu fosse uma deusa. Abrir a caixinha com um belo solitário e colocar no meu dedinho, beijar minha mão… Demorei um pouquinho para responder. Fiz um suspensezinho a fim de me valorizar, né. Foi a primeira vez que Janu não me mandou parar de chorar, pois ele sabia que era de emoção, de felicidade. E tenho certeza que vi seus olhos lacrimejarem também.

— Sim, eu aceito me casar com você, Janu — respondi finalmente. Aí me dei conta de que não sabia seu verdadeiro nome, simplesmente nunca falamos sobre isso. — Mas temos um probleminha aqui, eu não sei o seu nome e não posso me casar com um desconhecido — digitei.

285

Janu deu uma gargalhada quando leu o que escrevi. E respondeu. — Eu não sou um desconhecido, meu amor, sou a outra metade da sua alma. Meu nome é Ibrahim Sheikoh. Mas esqueci desse nome quando me tornei um guerreiro.

— Por que fez isso? Seu nome é maravilhoso — perguntei curiosa.

— Ibrahim era um cara generoso que odiava a luta, incapaz de tirar a vida de outro ser humano. Ele não teria sobrevivido nem um dia na guerra. Então Janu tomou o seu lugar. Para fazer o que eu faço, tive que matar o homem dentro de mim e renascer num guerreiro. Janu significa "corpo e alma" — me explicou ele.

Foi muito profunda aquela confissão. Naquele momento eu consegui entender quem era Janu — o guerreiro — e quem era Ibrahim — o ser humano. E tive a certeza de que o Ibrahim estava muito vivo dentro dele. Isso explicava seu grande coração, seu amor às pessoas, à natureza, aos animais e o cuidado com as coisas delicadas como cultivar um pé de roseira. Janu não se deu conta, mas era a personalidade do Ibrahim que mantinha o equilíbrio emocional. Ele precisava de ambos, coração e razão.

Aceitei seu pedido, mas o que isso realmente mudaria nas nossas vidas? Ele ainda estava lá do outro lado do mundo. Por quanto tempo mais teríamos que esperar?

— Querido, eu tenho uma ideia. O que você acha de nos casar- mos virtualmente? Não vamos poder consumar nosso matrimônio, mas o compromisso é válido — digitei. Ao ler o que escrevi ele abriu um grande sorriso e vi seus olhos brilharem.

— Sim! Sim! — exclamou Janu em português, todo entusiasmado. Expliquei para ele como faríamos e marcamos numa data especial! Quatorze de fevereiro, quando se comemora o Dia dos Namorados em seu país.

Me lembrei que há cinco anos, quando Janu voltou de uma missão que me deixou superpreocupada, ele me escreveu desejando um feliz Dia dos Namorados e se referindo a mim como sua namorada também. Seu Janu estava profetizando sobre nosso futuro.

Naquela noite não pudemos ficar juntos e namorar um pouquinho. Houve um problema com soldados do Janu, em um ponto militar, e ele teve que ir até lá para resolver a situação. Nos despedimos com muita dor no coração.

No dia seguinte voltei para casa e segui com minha vida normal. Porém, aconteceu algo interessante, desde o momento em que Janu me revelou seu verdadeiro nome. Eu não consegui mais chamá-lo de Janu, meu coração recebeu tão bem o Ibrahim, como se eu sempre soubesse de sua existência. Janu repetiu por cinco anos que éramos duas partes da mesma alma, que estamos conectados e o que um sente o outro também sente. Bem, nunca fui de acreditar muito nisso, mas parece fazer sentido agora.

Depois que o Ibrahim se mudou para aquela casa, nos víamos quase todos os dias. Com exceção das pequenas missões que ele tinha, de um ou dois dias, em Al-Hasakah e nas cidades circunvizinhas. Me lembro claramente do terremoto devastador do dia 6 de fevereiro, na Turquia e na Síria, que deixou milhares de mortos e feridos. Rojava não foi afetada gravemente, o epicentro foi longe do enclave curdo, a população sentiu um leve tremor. Nesse dia, Ibrahim estava em Al-Hasakah e ficou preso lá. Por conta do abalo e do mau tempo, houve muitos acidentes nas rodovias.

Eu nada podia fazer além de orar por todas as vítimas daquela catástrofe e que meu amor tivesse um retorno seguro. Me lembro de ter pensado: Por que esses países gastam tantos recursos em armas e guerras e não investem em infraestrutura para manter sua população segura ou ao menos amenizar os impactos dessas tragédias naturais?

O casório se aproximava e eu comecei a ficar ansiosa. Apesar de ser uma cerimônia privada, sem convidados e virtual, eu me sentia em cólicas como uma noiva normal. Além do mais, tinha uma questão importante aqui, Ibrahim não contou a ninguém que ia se casar. Como seus superiores desconheciam seu compromisso, corria o risco dele estar em missão naquela data. Ele fez segredo, porque as pessoas nunca entenderiam e provavelmente zoariam dele. Bem, eu me preparei, comprei um vestido, um anel e uns enfeites de cabelo.

A esperada terça-feira, 14 de fevereiro, chegou e havia uns três dias que não conseguia falar com Ibrahim. Ele sequer recebia as mensagens. Mas decidi confiar nos meus instintos e fiz os preparativos. Ora, o que mais pode acontecer além de eu ser deixada no altar, murmurava comigo mesma enquanto escolhia as flores, no supermercado.

Bem, fiz minhas compras e segui para meu trabalho, tinha muitos atendimentos naquele dia, e com ou sem casamento a vida continuava. Marcamos para as dezenove horas no meu horário, já passava das quinze e nada dele dar notícias. É, levei um bolo com certeza! Deixe Seu Ibrahim dar sinal de vida, ele vai ouvir poucas e boas antes de eu terminar tudo, matutava em meus pensamentos.

Vamos ver se a alma dele está sentindo minha fúria agora. — Beth, você é uma mulher madura, como foi cair nessa? — indaguei-me sacudindo a cabeça.

Terminei meu último atendimento às dezessete horas e comecei a organizar e limpar o salão para encerrar meu trabalho. Não sentia mais raiva, era pura decepção mesmo. Quando estava prestes a fechar o espaço, recebi uma mensagem no WhatsApp do Seu Ibrahim:

— Meu amor, eu não esqueci o nosso casamento. Estarei com você no horário marcado. — Aquelas simples palavras me tiraram da mais profunda desolação para total alegria.

Chegando em casa fiz um lindo vaso com as rosas vermelhas que havia comprado mais cedo e espalhei um pouco das suas pétalas sobre a cama, coberta por uma colcha branca de cetim, com travesseiros e almofadas iguais. Acendi algumas velas aromáticas de canela, que eu gosto, para criar memórias olfativas daqueles momentos. Tomei um demorado banho, passei meu hidratante corporal, meu perfume favorito, fiz uma maquiagem leve. As curtas madeixas cacheadas deixei molhadas e coloquei a tiara com gotas de strass cintilantes, que combinava com o vestido ciganinha, azul-egípcio.

Aquela noite eu reservei para nós dois. Deixei as crianças com o pai delas. Tudo tinha que ser perfeito. Preparei um espumante no balde de gelo, duas taças, e aguardei meu noivo.

QUARTO DAS NOSSAS MEMÓRIAS

Às dezenove horas em ponto ele me ligou. Fiquei boquiaberta quando a câmera abriu.

— Meu Deus, quem é você? — perguntei espantada.

Ibrahim não entendeu minhas palavras, mas pela minha expressão de surpresa sabia que eu o estava admirando e sorriu encabulado. Ele caprichou no visual, barba e bigode aparados baixinhos, lábios à mostra, cabelos com gel penteados para trás. Vestia um traje típico curdo, preto, e meias na mesma cor. Como é de seu costume não usar sapatos dentro de casa, eu também fiquei descalça.

Eu sabia que debaixo de toda aquela armadura do Janu — o guerreiro casca grossa — tinha um homem charmoso e lindo. — Esse é o meu Ibrahim, se apresentando em carne e osso. Seja bem-vindo meu amor — disse a mim mesma.

Dois minutos depois que estávamos em ligação a energia elétrica da casa dele acabou.

Então ele me pediu licença e foi pegar velas, acendeu e espalhou várias por todo o quarto a fim de iluminar o suficiente para podermos realizar nossa cerimônia. Eu não havia mostrado a ele que também tinha velas acesas no meu quarto, o que o deixou muito surpreso, pois nada daquilo foi planejado. Apaguei a luz do meu quarto também e parecia que estávamos juntos. Mesma atmosfera, mesma energia, havia uma magia no ar. Não dava para distinguir o local entre nós.

Se aquilo não foi o universo conspirando a nosso favor, então não sei o que era.

Ficamos em pé como se estivéssemos um diante do outro. Posicionamos os dispositivos, para que pudéssemos ver claramente nossos rostos e trocamos nossos votos.

— Estou nervosa, com arritmia cardíaca, minhas mãos tremem e não sinto meus pés — digitei.

— Sim, eu sei que agora temos a mesma sensação, o coração que bate rápido no peito e tem uma coisa no estômago que não sei descrever. O sangue ferve no meu corpo e sinto cócegas nos pés — escreveu-me.

— Você está pronto, meu amor? — perguntei.

— Sim. Erê — Ibrahim confirmou em nossos idiomas.

Não escrevemos votos, tudo o que precisávamos dizer um ao outro estava em nossos corações e mentes. Então eu comecei.

— Eu, Beth, a partir de hoje, te aceito, Ibrahim, como meu marido, até o dia que nosso amor durar e for do nosso desejo ficarmos juntos. Enquanto estivermos comprometidos um com o outro, você terá o meu coração e a minha fidelidade. Mesmo que nunca venhamos a nos encontrar — escrevi.

— Eu, Ibrahim, tomo você, Beth, por minha esposa e a partir de hoje não é mais só coração e sentimentos. Tornou-se sangue e agora eu tenho o seu e você tem meu sangue, nossas almas se completam e nosso amor se consolidou. Beth Sheikoh, hoje você se tornou minha história e estará comigo até o último momento da minha vida. Eu prometo — teclou ele.

Colocamos os anéis de prata com pedras azuis que tínhamos comprado, para aquela ocasião, em nossos dedos de casados e nossa aliança matrimonial estava feita. Em seguida dobramos nossos joelhos e fizemos uma oração, cada um em seu idioma, pedimos as bênçãos do Senhor sobre nós. Da minha parte foi muito sincero, acredito que ele teve o mesmo sentimento. Agora era esperar que um dia possamos consumar nosso casamento, falar o mesmo idioma, brigar, dormir emburrados como qualquer casal normal.

Depois liguei a luz do meu quarto e lhe mostrei o vaso de rosas vermelhas e as pétalas espalhadas sobre a cama. Então ele me pediu para posicionar a câmera de forma que me mostrasse por inteiro, queria ver meu visual.

— Você está tão linda nesse vestido azul, seu cabelo, maquiagem, tudo está perfeito. Sabe o que é o coração tremer e um sentimento muito forte invadir todo o teu ser? É assim que fico quando penso e sinto você — declarou ele.

Brindamos à nossa união, ele com vinho, eu com espumante. Conversamos por muito tempo e rimos do que acabamos de fazer, parecíamos dois adolescentes. Sentimos fome, fomos até a cozinha, eu peguei geleia de uva e torradas, ele frutas e sementes e voltamos ao quarto, me deitei em minha cama em cima daquelas pétalas e ele na sua com a cabeceira com detalhes em azul. Fizemos planos novamente de eu ir até Rojava e oficializarmos nosso casamento e termos a nossa menina, da qual Ibrahim não desistiu.

— Ibrahim Sheikoh, você sabia que se duas pessoas concordarem sobre algo bom e justo na terra Deus aprova isso no céu? — digitei.

— Beth Sheikoh, eu sei que hoje nos tornamos cônjuges. Você é meu direito e eu sou seu direito e Deus aceitou isso. Somos realmente casados, mas em espírito, e quero me casar legalmente e fisicamente com você.

— Não acredito que estamos casados!

— Sim, minha esposa, hoje nosso casamento se tornou real, temos uma aliança e Deus é nossa testemunha. Eu juro que sinto seu sangue correndo em minhas veias e sua respiração está em meu corpo.

— Me imagino agora deitada em seu peito em silêncio, apenas ouvindo sua respiração e as batidas do seu coração. Estou ansiosa para ir até você, sinto um aperto no peito quando penso nisso, meu amor.

— Meu coração se parte pelo encontro. Ah! Quando eu te abraçar, sentir seu cheiro e adormecer entre o calor e o suor do seu corpo, será o meu dia de lua, não sei como descrever isso, minha esposa.

Então não foi um sonho, eu me tornei a Senhora Sheikoh!, disse a mim mesma olhando o anel no dedo, ao acordar pela manhã. Naquele dia, enquanto trabalhava, me pegava pensando nas coisas que aconteceram na noite anterior.

Depois do nosso casamento, Ibrahim fazia o possível para estar em casa todas as noites. Quando ele não vinha, sentia minha cama vazia. Me acostumei com sua companhia, era maravilhoso estar com ele, ainda que fosse à distância.

Deitados lado a lado, cada um em sua cama, nem sentíamos mais a distância dos continentes.

— Lutamos contra tudo, distância, cultura, idioma, tempo... e nos amamos cada dia mais e assim nos distinguimos entre os amantes, isso é um sinal de Deus, meu amor — dizia Ibrahim.

— Eu quero estar em casa todos os dias te esperando com uma refeição quentinha e um abraço caloroso, meu amor — completei.

— Esse é o desejo do meu coração também, minha esposa.

— Você viu o quanto evoluímos, querido?

— Sim, minha esposa. Passamos de dois amantes para um casamento e uma só alma.

— Sim, meu amor, nós mudamos muito e acho que a confiança também é maior agora.

— Nosso casamento tornou tudo mais real, nosso comportamento também, estamos mais maduros e mais seguros.

— E agora, meu marido? O que faremos?

— Continuaremos a construir nossa história e planejar nosso futuro, que começamos no quarto das nossas memórias, na pequena cabana. Até o dia em que você cruzar a fronteira da Síria, e pisar na terra sagrada dos meus ancestrais, onde estarei te esperando para recebê-la, e nunca mais nos afastaremos um do outro.